UNION GÉNÉRALE D'ÉDITIONS
8, rue Garancière PARIS VIᵉ

DÉMONS ET MERVEILLES

PAR
H.-P. LOVECRAFT

Introduction de
Jacques Bergier

ISBN 2-264-00416-9

Introduction

H.P. LOVECRAFT
CE GRAND GÉNIE VENU D'AILLEURS

Il a fallu vingt-cinq ans d'efforts pour faire connaître Howard Phillips Lovecraft au public français.

La récompense de ces efforts finit par venir: la critique, comme le public, comprirent ce que Lovecraft apportait d'exceptionnel. Jean Cocteau écrivit même que Lovecraft gagnait à être traduit en français.

Peut-être faut-il avoir beaucoup souffert pour apprécier Lovecraft et son œuvre a-t-elle gagné des lecteurs dans le désastre que nous venons de traverser? C'est possible. Je ne crois pas que ce soit là la seule raison de l'accueil chaleureux que vient enfin de trouver Lovecraft.

Je pense que l'une des raisons qui font que

DÉMONS ET MERVEILLES

Lovecraft trouva enfin cet accueil qu'il avait tant espéré est que l'imagination s'est réveillée chez beaucoup d'hommes et de femmes. Les événements invraisemblables que nous venons tous de vivre, la menace et les espoirs de l'atome, le contact avec la lune par radar, les grandes fusées et la conquête toute proche, semble-t-il, de l'Espace, les découvertes de la psychanalyse, il a peut-être fallu tout cela pour faire comprendre Lovecraft.

Car la grande idée de Lovecraft est que, comme nos sens et nos instruments, notre imagination elle-même a ses limites. *Il rejoint là les savants les plus rigoureux.* J.-B.S. Haldane, biologiste et généticien de grande valeur, matérialiste précis et marxiste convaincu, écrivait récemment: « L'Univers n'est pas seulement plus bizarre que tout ce que nous pouvons imaginer. »

« Au-delà du rayon d'action de notre imagination », comme écrit Lovecraft dans le roman que Louis Pauwels vous propose aujourd'hui, se trouve un immense inconnu. Cet inconnu recule, certes, comme recule l'ignorance où nous étions des galaxies à mesure que se développent les grands télescopes.

Mais (Pascal l'avait déjà fait observer) si le rayon d'une sphère augmente, sa surface augmente également, et beaucoup plus vite, puisqu'elle croît comme le carré du rayon. Et, à mesure que nos connaissances augmentent, le rayon de notre imagination doit croître avec elles, et multiplier la surface de contact avec l'inconnu.

Le grand mérite de Lovecraft est d'avoir conquis

pour l'imagination humaine d'immenses domaines où elle ne s'était jamais encore aventurée. Sa pensée à pénétré aussi loin que la pensée humaine le peut de nos jours. Il a créé un mythe dont il dit lui-même dans le récit que vous allez lire, qu'il « aurait encore une signification pour les cerveaux composés de gaz des nébuleuses spirales ». Un mythe qui exprime la grandeur et l'effroi du Cosmos non seulement à l'échelle humaine, mais pour toute intelligence, *même si sa forme extérieure ne ressemble pas à la nôtre. Car toute intelligence, même plus puissante que la nôtre, doit connaître l'existence des grands domaines inconnus, doit ressentir « l'effroi des espaces infinis » qui glaçait Pascal.*

Ces énormes étendues de l'espace et du temps, la Science a confirmé pleinement leur existence depuis la mort de Lovecraft. La radioactivité a permis d'établir que la Vie existe sur la Terre depuis près de trois milliards d'années.

Les dimensions de l'univers viennent de doubler, à la suite de mesures plus précises, H.-P. Robertson, en Amérique, Vorontzov-Veliaminov, en U.R.S.S. arrivent même à la conclusion qu'il est infini dans l'espace et dans le temps et non pas fini et courbe comme l'avait cru Einstein.

De cet univers peut-être infini, les radiotélescopes récemment inventés captent des signaux qui ne paraissent pas provenir des étoiles, qui sont peut-être la manifestation de phénomènes naturels inconnus, mais peut-être aussi celle d'intelligences disposant de moyens d'action infiniment supérieurs aux nôtres. Dans cet infini de l'espace et du temps, n'existe-t-il pas des activités supérieures à notre activité de microbes, des activités à l'échelle de l'univers tel que la science nous le montre?

La réaction à cette idée d'un univers vivant et riche en faits naturels inconnus comme en activités vivantes situées au-delà du rayon d'action de notre imagination varie évidemment avec la mentalité de celui qui se la pose.

Lovecraft avait répondu par un effroi qu'il réussit prodigieusement à communiquer au lecteur. D'autres réactions sont évidemment possibles. L'attitude de Lovecraft s'explique, en partie du moins, par sa psychologie personnelle.

Sur Lovecraft lui-même, les œuvres de lui publiées jusqu'à présent ne révélaient pas grand-chose. Pour la première fois, nous présentons aujourd'hui au public français une œuvre partiellement autobiographique. Par une ambivalence étrange, Lovecraft apparaît deux fois dans le récit: comme Randolph Carter, bien entendu, mais aussi comme Ward Phillips, dans la partie du récit intitulée: Les portes de la Clé d'Argent. Si les aventures de Randolph Carter et de Ward Phillips sont du domaine de l'imagination, de la terreur et du rêve, l'évolution de leur pensée est celle même de Lovecraft.

La Clé d'Argent est la seule autobiographie spirituelle de Lovecraft qui nous soit parvenue. Elle nous fait suivre le chemin qui mène hors de notre univers, dans les continus de l'inconnu.

Ce chemin suit, jusqu'à un certain point, la route de la science. Il se sépare, par contre, nettement de l'occultisme. Sur celui-ci, Lovecraft porte un jugement dur: « *La stupidité crasse, le jugement faux et la rigidité d'esprit ne sont pas des substituts pour le rêve.* »

Ce chemin qui mène aussi loin dans l'inconnu que l'esprit humain peut atteindre ne peut être suivi que par l'imagination, soutenue par les connaissances scientifiques et historiques les plus étendues. Cette route est ouverte à tout le monde, y compris au malade emprisonné dans sa maladie et sa pauvreté qu'était Lovecraft. (Le déporté que je fus s'est également aperçu que cette route d'évasion existe, et qu'elle mène très loin, bien au-delà des barbelés.)

Cette route existera toujours. Même si, un jour, l'homme développe l'astronef, ou des machines plus merveilleuses encore, voyageant dans le temps et les dimensions, au-delà d'un point extrême atteint physiquement, s'étendront toujours les domaines accessibles seulement à l'esprit humain.

Pour pouvoir suivre ce chemin, Lovecraft avait d'abord commencé par absorber une grande partie du savoir humain. Il ne m'est jamais arrivé de correspondre avec un être pareillement omniscient. Il connaissait un nombre incalculable de langues, y compris quatre langues africaines: Damora, Swahili, Chulu et Zani et de dialectes. Il écrivait avec autant d'érudition sur les mathématiques, les cosmogonies relativistes, la civilisation aztèque, la Crète ancienne, la chimie organique.

Il absorbait ce savoir par une espèce d'osmose extraordinaire. Lorsque je lui écrivis pour le féliciter d'avoir décrit un quartier peu connu de Paris dans La Musique d'Erich Zann, *(un conte qui,*

11

malheureusement, n'est pas encore traduit en français), en lui demandant s'il avait jamais visité Paris, il me répondit : « Avec Poe, en rêve » (With Poe, in a dream).

De sa maison du 10 Barnes Street, à Providence (Rhode Island), il avait voyagé dans tous les pays décrits ou imaginés par les hommes. De tous ces pays, c'est le dix-huitième siècle américain qu'il préférait et qu'il a admirablement décrit dans le début de son roman L'Affaire Charles Dexter Ward *(autre œuvre admirable non encore traduite en français).*

Il s'y trouvait chez lui et devait rêver d'une machine qui l'y emmenât à travers le Temps. « Le combat contre le temps », écrivit-il un jour, « est le seul véritable sujet de roman ». Marcel Proust ne l'aurait pas démenti.

Cette maison, au 10 Barnes Street, à Providence, Lovecraft ne devait pas la quitter bien souvent physiquement. La pauvreté l'en empêcha. La pauvreté et aussi une certaine hostilité que les choses lui manifestaient. Il ne pouvait supporter le froid, même aux environs de zéro degré et le moindre contact avec la mer ou des objets en provenance de la mer, le rendait malade. Il s'est donc très peu déplacé. Un voyage dans le sud des États-Unis, un séjour à New-York, quelques excursions dans la région de Boston, telles furent ses seules errances visibles.

Il se rattrapa en voyageant loin en imagination et en rêve. A ce point de vue, la dernière partie du présent volume est une véritable autobiographie. Les rêves de Lovecraft étaient d'une précision extraordinaire. Certaines de ses nouvelles en sont simplement la transcription. Il m'en envoya fréquemment des récits détaillés. Ces récits étaient extraordinaires, par l'envergure de l'imagination et la cohérence des détails. Il connaissait, bien entendu, à fond, l'œuvre de Sigmund Freud. Mais il n'y croyait guère. En effet, la psychanalyse aurait du mal à expliquer des constructions aussi cohérentes que le roman Dans l'Abîme du Temps ou la dernière partie du présent ouvrage. Le cas de Lovecraft n'est d'ailleurs pas unique. On trouvera dans un ouvrage allemand Le mystère des Rêves de très nombreux cas de découvertes scientifiques les plus diverses faites en rêve. On trouve, en particulier, dans cette énumération, la chimie aromatique qui est une importante partie de la chimie organique, l'invention du Radar et les découvertes archéologiques en Chaldée. Lovecraft est revenu sur l'importance des rêves dans une nouvelle intitulée Au-delà du Mur du Sommeil. Ces voyages imaginaires, qui étaient d'abord une évasion sont rapidement devenus la partie essentielle de la vie de Lovecraft. Mais, même dans les rêves, il conservait les traits essentiels de son caractère: la rigueur scientifique et la logique. J'ai rarement connu un matérialiste plus convaincu ou un amateur comprenant mieux les mathématiques. Dans d'autres circonstances, il serait certainement devenu un physicien extrêmement brillant. Une fois de plus, la pauvreté et la maladie opposèrent des barrières à son génie. Il paraît invraisemblable, dans un pays où l'argent est aussi facilement gagné qu'aux États-Unis, qu'un homme de la culture de Lovecraft ne soit jamais arrivé à gagner plus de 15 dollars par semaine. *Un laveur de vaisselle dans un restaurant en gagnait, à l'époque, 60 à 70 et ceci pour un travail bien moins pénible que celui de Lovecraft qui passait plus de 10 heures par jour à remettre en bon anglais des nouvelles et des romans destinés aux magazines américains. Plus d'une fois, ses amis essayèrent de lui faire gagner davantage en lui faisant directement écrire ces récits dont la trame est souvent très simple. Les magazines américains de l'époque (c'était avant la télévision et la grande vogue des bandes dessinées) étaient spécialisés. Il y avait des magazines consacrés aux histoires de cowboy, aux histoires d'amour, aux histoires policières, aux histoires de pompiers, aux histoires du Grand Nord, aux histoires de la jungle, etc. On fit essayer à Lovecraft tous ces genres. Chaque fois, les éditeurs durent lui renvoyer ses récits. Il s'agissait d'œuvres qui semblaient avoir été écrites par un martien. Dans un anglais parfait, l'auteur des récits révélait son ignorence des détails les plus normaux de la vie quotidienne. Il ne savait pas ce qu'était un homme, une femme, l'argent, le métro, un cheval, il ignorait même les réalités les plus fondamentales de la vie américaine: la situation (job), la position (standing), la nécessité du confort et du progrès matériel. Aux lettres étonnées des éditeurs, il répondit: « Je m'excuse, mais la pauvreté, le chagrin et l'exil m'ont fait sortir tout cela de la tête. »*

L'exil: voilà le mot-clé lancé. Lovecraft s'est toujours comporté comme un étranger, un être venu de très loin. De temps en temps surgissent des êtres de ce genre. *Kafka, qui ne semble pas avoir connu Lovecraft, paraît en avoir été un autre exemple.*

Vivant parmi nous en exil, il était inutile de lui demander d'apprécier nos valeurs. Son mariage fut tout naturellement un échec et les tentatives pour le « lancer » se terminèrent tout naturellement en désastre.

Aucune histoire des lettres américaines, aucun dictionnaire des lettres, aucun Who's Who, *ne l'a jamais mentionné.*

Il croyait pourtant à l'importance du réalisme fantastique. « Cette branche de la littérature », *écrivait-il*, « a été cultivée par de très grands écrivains comme Lord Dunsany, et par des ratés comme moi. Elle constitue le seul véritable réalisme, la seule prise de position de l'homme vis-à-vis de l'univers. »

J'ai toujours eu l'impression qu'il en aurait dit davantage si la pudeur, la crainte du ridicule ne l'avaient pas arrêté. Il était d'ailleurs très réservé vis-à-vis des hommes et des femmes. La seule forme de la vie sur cette planète qui avait sa confiance était le chat. Il en avait toujours plusieurs chez lui et obtenait avec eux cette communication secrète que les amis des chats connaissent bien. Ce n'est pas par hasard que l'on verra dans ce livre les chats protéger Randolph Carter, lors de son dernier voyage.

Était-il lui-même effrayé par les visions qu'il évoquait? Je ne le crois pas. Il a choisi la terreur comme sujet de son sermon, comme moyen de faire comprendre l'immensité de l'univers et des forces qui s'y meuvent. Il s'en explique clairement: « Il est stupide de présenter les Grands Anciens comme malveillants, c'est une présomption invraisemblable de notre part que de penser qu'ils pourraient se détourner de leur œuvre éternelle pour se venger de nous de façon mesquine. »

S'il a si bien réussi aujourd'hui, c'est qu'il avait un respect profond de son sujet en même temps qu'un art remarquable. A ce point de vue, le présent volume est peut-être le plus parfait.

Cette autobiographie d'aventures intérieures, qui décrit les aventures de Randolph Carter, aurait certainement été récrite sous forme d'un récit unique si Lovecraft avait vécu. Nous la présentons telle qu'elle est parue dans les magazines Weird Tales *et* Arkham Sampler, *dans l'ordre chronologique qui est aussi celui du déroulement du récit.*

Cet ouvrage complète et explique toute l'œuvre de Lovecraft. En même temps, elle constitue un voyage dans une dimension qui n'est pas comprise dans les calculs des mathématiciens: celle de l'angoisse humaine. Seul, un homme intensément malheureux aurait pu écrire ce livre, mais cette explication nécessaire n'est pas suffisante. Le mystère du génie et de l'inspiration reste entier.

Jacques BERGIER.

PREMIÈRE PARTIE

LE TÉMOIGNAGE
DE RANDOLPH CARTER

Messieurs, je vous répète que votre enquête est inutile. Détenez-moi à vie si vous voulez; emprisonnez-moi, exécutez-moi si vous avez besoin d'une victime pour satisfaire l'illusion que vous appelez justice: je ne peux rien ajouter à ce que je vous ai déjà dit. Tout ce dont je puis me souvenir, je vous l'ai rapporté avec la plus parfaite sincérité. Rien n'a été déformé ni dissimulé et si quelque chose dans mes propos demeure vague, c'est à cause de cette amnésie démoniaque qui s'est abattue sur mon esprit. A cause d'elle et de l'horreur souterraine qui a fait fondre sur moi ces malheurs.

Je vous le dis encore, je ne sais ce qu'est devenu Harley Warren. Je pense pourtant — j'espère presque — qu'il repose dans un oubli paisible, si toutefois pareil bonheur peut exister quelque part. Il est exact que durant 5 ans j'ai été son ami le plus intime et que j'ai partiellement participé à ses terribles recherches sur l'inconnu. Quoique ma mémoire soit incertaine et confuse, je ne nierai pas le témoignage qui m'est à charge: il est possible qu'au soir de cette

nuit de peur l'on m'ait vu vers 11 heures 30 à la barrière de Gains-ville marchant en compagnie de Warren dans la direction du marais du grand cyprès.
J'affirmerai même que nous portions des lampes
électriques, des bêches et un rouleau de fil métallique auquel étaient attachés de curieux instruments.
Je l'affirmerai parce que tous ces objets ont joué un
rôle dans la seule scène hideuse qui demeure gravée
au fond de ma mémoire bouleversée. De ce qui
suivit et de la raison pour laquelle je fus trouvé
seul, en état de complète hébétude, sur la berge du
marais, le matin suivant, je dois insister sur le fait
que je n'en connais rien, excepté ce que maintes et
maintes fois je vous ai expliqué. Vous me dites qu'il
n'y a rien dans ce marais ou dans son voisinage qui
puisse avoir été le décor de mon effrayant récit. Tout
ce que je puis répondre à cela c'est que je ne connais
que ce que je vous ai décrit. Ce fut peut-être une vision ou un chachemar — j'espère avec ferveur que ce
le fût — pourtant, de ces heures troubles et de tout ce
qui eut lieu après que nous eûmes quitté le regard
des hommes c'est tout ce que, jusqu'à présent, mon
esprit a retenu. Pourquoi Harley Warren ne revint-
il pas avec moi, seuls peuvent le dire, lui, son ombre
ou ce quelque chose sans nom que je ne puis décrire.

Comme je l'ai déjà rapporté, les fatales études de
Harley Warren me furent bien connues et j'y colla-
borai partiellement. De son immense collection
d'étranges livres rares consacrés à des sujets maudits,
j'avais lu tout ce qui était écrit dans la langue où
j'étais passé maître mais ces livres qui m'étaient
accessibles ne se montaient qu'à un nombre infime,

comparativement à ceux qui étaient rédigés dans les langues que je ne connaissais pas. Parmi ces derniers, beaucoup, me semble-t-il, étaient rédigés en arabe. Quant au livre inspiré du diable qui a provoqué la fin — ce livre que Warren emporta hors du monde dans sa poche — il était composé de caractères tels que nulle part ailleurs je n'en vis de semblables et mon ami se refusa toujours à me livrer le sens de ce qu'il renfermait. Dois-je répéter que je ne conserve plus une pleine compréhension de la nature de nos études? Il me semble extrêmement heureux pour moi de ne plus le savoir, car ces études terribles je les poursuivis plus par une fascination mêlée de répugnance que par une véritable inclination.

De tout temps, Warren me domina et il m'arriva même de le craindre. Je me souviens, durant la nuit qui vit l'épouvantable événement, de son visage tiraillé de frissons, tandis que sans arrêt il m'exposait sa théorie, m'expliquant pourquoi certains cadavres conservent dans leur tombe une chair ferme et grasse durant un millénaire. A présent, je ne peux plus craindre Warren, car je présume qu'il a connu des horreurs bien au-delà de ma connaissance. Maintenant, je crains pour lui.

Une fois de plus, j'affirme que je n'avais pas une idée nette de ce qui, durant cette nuit, devait être notre but. Ce but avait certainement un rapport avec le livre que Warren emportait dans sa poche — ce vieux livre aux caractères indéchiffrables qui lui était venu des Indes un mois plus tôt — mais je jure que j'ignorais ce que nous comptions découvrir.

Votre témoin dit qu'il nous vit à la barrière de Gainsville, à 11 heures 30, faisant route vers le marais du grand cyprès. C'est probablement vrai, bien que je ne me souvienne pas clairement de ce fait. Mon unique souvenir, comme gravé au fer rouge dans mon âme, n'a trait qu'à une scène qui dut se dérouler longtemps après minuit, car un blafard quartier de lune passait très haut dans le ciel vaporeux.

Nous étions dans un ancien cimetière, si ancien que je tremblais aux signes multiples d'années immémoriales. C'était dans une vallée profonde et humide, couverte de rangées d'herbe, de mousse et de mauvaises tiges rampantes, dans une vallée remplie d'une vague puanteur que ma futile imagination associa absurdement à l'odeur de la pierre pourrissante. Partout s'étalaient les signes de la négligence et de la décrépitude et j'étais hanté par l'idée que Warren et moi étions les premières créatures vivantes à envahir un mortel silence séculaire. Au-dessus du bord de la vallée, le sombre quartier d'une lune déclinante pointait à travers de répugnantes vapeurs semblant monter de catacombes inconnues. Sous les faibles et vacillants rayons, je pus distinguer un repoussant ensemble d'antiques dalles, d'urnes, de cénotaphes et de façades de mausolées couverts de mousses et tachés d'humidité. Tous ces monuments, à demi cachés par l'épaisse luxuriance de la végétation insalubre, tombaient en ruines.

La première perception de ma propre présence au sein de cette horrible nécropole me vint d'un moment d'arrêt que Warren et moi observâmes devant un vieux sépulcre en partie ruiné tandis que nous jetions à terre un fardeau que nous semblions avoir inconsciemment porté. Je me rends compte à présent que j'étais muni d'une lampe électrique et de deux bêches, cependant que mon compagnon s'était chargé d'un matériel de téléphone portatif. Nous ne prononçâmes pas une parole, le lieu où nous nous trouvions et la besogne qui nous y attendait semblant connus de nous. Sans délai, nous saisîmes nos bêches et commençâmes à enlever l'herbe, les mauvaises tiges et la terre qui s'était amassée sur l'archaïque sépulture. Après en avoir dégagé toute la surface composée de trois immenses dalles de granit, nous reculâmes de quelques pas et Warren sembla se livrer à quelque calcul mental. Il retourna ensuite au sépulcre et, usant de sa bêche comme d'un levier, il s'efforça de soulever la dalle la plus proche d'un amoncellement de pierres écroulées qui avaient dû être autrefois un monument. Il n'y réussit pas et me fit signe de venir à son aide. Finalement, nos forces combinées déchaussèrent la pierre que nous dressâmes et basculâmes sur un côté.

La dalle une fois enlevée, une sombre ouverture se révéla d'où s'échappèrent des gaz et des miasmes si nauséabonds que, saisis d'horreur, nous bondîmes en arrière. Au bout d'un moment, trouvant les exhalaisons plus supportables, nous approchâmes à nouveau de cette sorte de bouche d'ombre. Nos lanternes découvrirent le sommet d'une volée de marches de pierre sur lesquelles, de l'intérieur de la terre, chutait goutte à goutte une odieuse liqueur. Des murs humides, incrustés de salpêtre, bordaient ces mar-

ches. Ma mémoire enregistre, à cet instant, le souvenir des premières paroles que Warren, de sa voix
mûre de ténor, m'adressa sur un ton singulièrement
inchangé malgré le terrifiant décor qui nous entourait:

— Je regrette, dit-il, d'avoir à vous demander de
rester à la surface mais ce serait un crime que de permettre à quelqu'un ayant vos nerfs fragiles de descendre là. Vous ne pouvez imaginer, même d'après ce
que vous avez lu ou ce que j'ai pu vous raconter, les
choses que je vais devoir faire et voir. C'est un travail
diabolique, Carter, et je doute que, sans une sensibilité à toute épreuve, quelqu'un puisse regarder cela
jusqu'au bout et en revenir non seulement sain d'esprit mais vivant. Je ne veux nullement vous offenser
et le Ciel sait combien je suis heureux de vous avoir
avec moi, mais le sens de ma propre responsabilité
m'interdit d'entraîner dans cet enfer, vers une mort
probable ou une probable folie, un paquet de nerfs
de votre espèce. Je vous jure que vous ne pouvez imaginer réellement ce dont il s'agit, et je vous promets
de vous tenir au courant de chacun de mes mouvements par le téléphone. Vous voyez, j'ai assez de fil
pour atteindre le centre de la Terre et revenir !

Je peux encore entendre retentir dans ma mémoire
ces paroles empreintes du plus grand sang-froid et je
me rappelle mes protestations. Il semble que j'étais
désespérément désireux d'accompagner mon ami
dans ces profondeurs sépulcrales, mais il se montra
résolument inflexible. Il menaça même un instant
d'abandonner l'expédition si je continuais à insister.
Cette menace fut efficace, car lui seul tenait la clé

de la *chose*. C'est tout ce que je puis me rappeler n'en sachant pas plus long sur la nature de la *chose* que nous nous efforcions de trouver. Warren, après qu'à contrecœur j'eus acquiescé à son désir, ramassa ma bobine de fil et ajusta les instruments. Sur son ordre, je pris l'un d'eux et m'assis sur une vieille pierre tombale décolorée tout près de l'ouverture nouvellement découverte. Warren, ensuite, me serra la main, chargea sur son épaule le rouleau de fil et disparut à l'intérieur de l'indescriptible ossuaire.

Je pus, une minute, apercevoir la lueur de sa lampe et entendre le bruissement du fil qui se déroulait derrière lui, mais bientôt cette lueur disparut brusquement comme si Warren avait, dans l'escalier de pierre, rencontré quelque tournant et le son mourut au loin presque aussi vite. J'étais seul et pourtant prêt encore à descendre vers ces profondeurs inconnues toutes proches des magiques rivages dont la verte surface s'étalait au-dessous des rayons fatigués de ce crayeux quartier de lune.

Dans le silence délaissé de cette cité de la mort, blanche et déserte, mon esprit concevait les plus horribles fantaisies, les plus horribles illusions tandis que les tombeaux et les monolithes bizarres semblaient s'imprégner d'une personnalité hideuse. Des ombres amorphes semblaient se cacher dans les plus sombres replis de la vallée obstruée par les mauvaises herbes, passer vite et sans bruit comme dans quelque cérémoniale procession blasphématoire et franchir les portes des tombes en train de se putréfier dans la colline; ombres qui ne pouvaient avoir été dissoutes par l'apparition de ce blanchâtre clair de lune.

Constamment, je consultait ma montre à la lueur de ma lampe électrique, tendant anxieusement l'oreille vers l'écouteur du téléphone. Durant un quart d'heure, je n'entendis rien. Puis, un faible bruit monta de l'appareil et, d'une voix tendue, j'appelai mon ami au sein des profondeurs. Surexcité comme je l'étais à cet instant, je n'étais cependant pas préparé aux paroles qui, proférées en termes plus alarmés et plus tremblants que jamais auparavant je n'en avais ouïs de la bouche d'Harley Warren, montèrent de ce sépulcre d'outre-tombe. Warren qui, un bref moment plus tôt, m'avait si calmement quitté, appelait à présent du fond de son abîme dans un murmure plus sinistre que le plus perçant des cris :

— Dieu ! si vous pouviez voir ce que je suis en train de voir !

Je ne pus répondre. Privé de voix, je ne pus qu'attendre. Puis, vinrent à nouveau des mots affolés :

— Carter, c'est terrible, monstrueux, incroyable !

La voix, soudain, ne me manqua plus et je déversai dans le microphone des flots de questions fiévreuses, répétant continuellement dans ma terreur :

— Warren, qu'est-ce ? qu'est-ce ?

Rauque de peur et teintée de désespoir, la voix de mon ami monta à nouveau :

— Je ne peux vous raconter, Carter ! cela dépasse absolument la pensée, je n'ai pas le courage de vous raconter. Nul homme ne peut connaître cela et vivre — Grand Dieu ! Je n'avais jamais rêvé *cela* !

Silence à nouveau, excepté de mon côté d'où venait un impétueux torrent de questions frémissantes, puis la voix de Warren empreinte au plus haut point d'une consternation stupéfiante :

— Carter, pour l'amour de Dieu, replacez la dalle et sauvez-vous si vous le pouvez ! Vite ! Laissez tout tomber, ne vous occupez que de vous en sortir. C'est votre seule chance ! Faites ce que je vous dis et ne me demandez pas d'explications !

J'entendis, mais je n'étais capable que de répéter mes questions frénétiques. Autour de moi, il y avait les tombes, l'obscurité et les ombres : au-dessous de moi s'embusquaient des périls dépassant toute imagination humaine ; pourtant, mon ami courait un bien plus grand danger que moi ; je perçus, à travers ma peur, une vague irritation à l'idée qu'il pourrait m'estimer capable de l'abandonner dans de telles circonstances. Un petit cliquetis s'éleva dans l'appareil, puis, après un silence, un pitoyable cri de Warren :

— Barrez-vous ! Pour l'amour de Dieu, replacez la dalle et barrez-vous, Carter !

Quelque chose dans l'argot puéril de mon compagnon dénotait une épouvante si évidente que cela me rendit mes esprits. Je pris une résolution et criai dans l'appareil : « Warren, du courage ! J'arrive immédiatement ». A cette offre, le ton de mon ami se changea en un cri d'extrême désespoir :

— Ne le faites pas, vous ne pouvez comprendre ; il est trop tard. Et c'est de ma propre faute. Replacez la dalle et courez. Il n'y a rien que vous ou quelqu'un d'autre puissiez faire à présent !

Le ton changea de nouveau, se chargeant, cette fois, d'une douce sonorité, d'une résignation sans espoir, cependant qu'il demeurait anxieux à mon égard :

— Vite, avant qu'il ne soit trop tard !

Je n'essayais pas de l'écouter. Je voulais vaincre la paralysie qui me retenait et, remplissant mon vœu, me ruer vers les profondeurs à son aide, mais le murmure qui suivit me trouva encore inerte, enchaîné par une épouvante sans bornes :

— Carter, dépêchez-vous ! Ce n'est pas la peine. Vous devez partir. Mieux vaut un que deux. La dalle !

Un silence. Puis aucun cliquetis, puis la faible voix de Warren :

— C'est presque fini maintenant. Ne me rendez pas cela plus dur. Recouvrez ces damnés escaliers et courez, pour votre vie. Vous perdez du temps. Si long, Carter. Je ne vous reverrai plus.

Ici, le murmure de Warren s'enfla dans un cri ; un cri qui, graduellement, s'éleva jusqu'à un hurlement rempli d'une horreur venue du fond des âges :

— Maudites soient ces *choses* infernales — Légions — Mon Dieu — Barrez-vous ! Barrez-vous ! BARREZ-VOUS !

Après ce fut le silence. Je ne sais durant combien d'éternités je demeurai assis, hébété, soupirant, murmurant, appelant, criant dans le téléphone. Maintes et maintes fois, tout au long de ces éternités, je soupirai, murmurai, appelai, criai, hurlai :

« Warren, Warren! Répondez-moi, êtes-vous là? »

C'est alors que vinrent me saisir les affres finales. L'incroyable, l'impensable, l'indicible *chose*. J'ai dit que des éternités semblaient avoir passé depuis que Warren avait hurlé son dernier avertissement désespéré, depuis que seuls mes propres cris brisaient le hideux silence, mais, au bout d'un certain temps, un nouveau cliquetis grésilla dans l'appreil et je tendis l'oreille pour écouter. J'appelai à nouveau:

— Warren, êtes-vous là?

En réponse, j'entendis la chose qui a jeté cette amnésie sur mon esprit. Je ne puis essayer, messieurs, de vous traduire cette *chose*, cette voix, pas plus que je ne puis me risquer à en décrire le détail, puisque ces premières paroles m'arrachèrent à la conscience et me jetèrent dans une sorte de vide mental qui ne cessa qu'à mon éveil à l'hôpital. Dirai-je que la voix était profonde, sourde, gélatineuse, lointaine, surnaturelle, inhumaine, désincarnée? Que dirai-je? Ce fut la fin de mon expérience et c'est la fin de mon histoire. J'entendis cela, assis, hébété, parmi les pierres en ruines et les tombes croulantes, parmi les rangées de végétation et les vapeurs pleines de miasmes dans un cimetière inconnu au fond d'une vallée. J'entendis cela, jailli des profondeurs les plus reculées de ce maudit sépulcre ouvert tandis que je suivais des yeux d'amorphes ombres nécrophages dansant au-dessous d'une infernale lune déclinante.

Et voici ce qui me fut dit:

— ESPÈCE DE CRÉTIN, WARREN EST MORT!

DEUXIÈME PARTIE

LA CLÉ D'ARGENT

A trente ans Randolph Carter perdit la clé de la porte des rêves. De nocturnes excursions par-delà l'espace en d'étranges cités anciennes et en d'inoubliables jardins aux massifs charmeurs s'étendant au-dessus de mers éthérées, l'avaient, avant cette année-là, dédommagé des médiocrités de la vie. En atteignant le milieu de son âge, il sentit que, progressivement, ses privilèges lui échappaient jusqu'à disparaître à la fin complètement. Désormais, ses galères, après avoir passé les flèches d'or de Thran, ne pourraient plus jamais faire voile sur le fleuve Oukranos, ni ses caravanes d'éléphants cheminer dans le kled à travers les jungles parfumées où, sur leurs colonnes d'ivoire, dorment, intacts et fascinants sous la lune, les palais oubliés.

Il avait lu trop de choses dans la réalité, discuté avec trop de gens. Des philosophes bien intentionnés lui avaient appris à observer les relations logiques des événements et à analyser les processus engendrant les pensées et les rêves; après quoi le merveilleux avait fui tandis qu'il oubliait, lui, Carter, que toute vie, dans notre cerveau, n'est qu'une collection d'images et qu'il n'y a pas de différence entre celles qui naissent des objets réels et celles qui naissent de nos rêves intimes pas plus qu'il n'y a de raison de considérer les unes comme supérieures aux autres. L'habitude avait rebattu ses oreilles d'une superstitieuse vénération pour tout ce qui existe tangiblement, et l'avait rendu secrètement honteux de ses visions. Des sages lui avaient assuré que les images de ses rêves étaient puériles et vides, plus qu'absurdes, car ceux qui sont en proie à de telles images s'obstinent à les croire pleines de significations et d'intentions comme ils croient au sens de l'aveugle cosmos qui, en réalité, broie sans but le néant pour en extraire quelque chose et broie par retour ce quelque chose en un nouveau néant, n'attachant ne reconnaissant aucune importance ni à l'existence, ni aux désirs des esprits qui pour une seconde s'agitent dans le présent puis sombrent dans l'obscurité.

Ces sages l'avaient enchaîné aux objets visibles puis lui en avaient expliqué le fonctionnement jusqu'à ce que toute parcelle de mystère ait disparu du monde. Quand, se plaignant, il s'impatienta de trouver une échappée vers le crépusculaire royaume où la magie façonnait jusqu'au plus mince fragment de vie et faisait grand cas des moindres associations de son esprit haletant d'espoir et d'inextinguible joie, les sages le poussèrent vers les terres neuves et les prodiges de la science, l'invitant à trouver le merveilleux au sein des tourbillons d'atomes et le mystère au creux des dimensions célestes. Plus tard, lorsqu'il eut échoué, incapable de découvrir des merveilles au milieu de phénomènes dont les lois étaient connues et mesurables, les sages lui dirent qu'il manquait d'imagination et de maturité puisqu'il préférait les illusions du rêve aux illusions de notre monde matériel.

Ainsi, essayant de faire ce que font tous les autres, Carter avait prétendu que les événements quotidiens et les émotions terrestres ont plus d'intérêt que les imaginations des âmes délicates et rares. Il n'avait pas contredit les sages lorsqu'ils lui affirmaient que dans la vie réelle la douleur animale d'un porc que l'on saigne ou celle d'un laboureur dyspeptique ont autrement plus d'importance que l'incomparable beauté de Narath, de ses centaines de portes ciselées et de ses coupoles de calcédoine dont, confusément, il avait le souvenir d'avoir rêvé; et, sous leurs directives, il s'était mis à cultiver un sens aigu de la pitié et de la tragédie.

De temps en temps, il ne pouvait manquer cependant de s'apercevoir de la superficialité, de l'inconstance et du manque de signification de toutes les aspirations humaines ainsi que du vide absolu de nos impulsions réelles, vide contrastant radicalement avec les pompeux idéaux que nous prétendons poursuivre. S'étant aperçu que la vie quotidienne est à chaque pas bourrée d'extravagance et d'artifice, il voulut avoir recours au rire de bon ton dont les sages lui avaient appris l'usage contre l'extravagance et l'artificialité des rêves: il avait conscience que la réalité est moins digne de respect que le rêve, car elle est pauvre en beauté et répugne à admettre ses propres manques de raison et de buts précis. Sur cette voie il devint une sorte d'humoriste ne se rendant pas compte que l'humour lui-même est vide dans un univers dépourvu de toute inspiration supérieure et châtré de tout critère de vérité aussi bien au sein de la durée cohérente qu'au sein du chaos.

Aux premiers jours de son esclavage, il s'était tourné vers une rassurante foi de petite église que la naïve croyance de ses pères lui avait rendue chère, espérant qu'à partir de cette foi s'ouvriraient pour lui, droites comme des avenues, des voies mystiques prometteuses d'une échappatoire à la vie. En y regardant de plus près, il ne put, malgré les professions de foi éternelles, que constater parmi la majeure partie des prêtres le règne grotesque et accablant d'une beauté et d'une imagination en train de périr, d'une banalité se desséchant plus encore et d'une solennité aux rites empruntés et figés comme ceux d'une cour d'oiseaux nocturnes. Il ressentit profondément la maladresse avec laquelle cette foi cherchait à demeurer vivante comme si, littéralement, elle incarnait encore contre des peurs et des doutes croissants l'ultime salut d'une race primitive en proie à l'inconnu. Carter fut très déçu de voir avec quel luxe de cérémonies le peuple tentait d'extraire des vieux mythes une réalité terrestre que réfutait chaque pas en avant de sa science vantarde et le sérieux déplacé de cette tentative tua en lui l'attachement qu'il aurait pu garder pour les croyances anciennes, leurs rites sonores et les échappées émotionnelles qu'en guise de rêve et de voyages aux pays éthérés, lui offraient leurs vérités.

Lorsqu'il aborda l'étude de ceux qui ont jeté bas les vieux mythes, il les trouva pourtant plus détestables encore que ceux qui ne l'avaient pas fait. Ces gens ne savaient pas que dans l'équilibre réside la beauté et que dans un cosmos dépourvu de sens il n'y a pas de critère à la douceur de vivre puisque ce cosmos n'est en harmonie qu'avec nos sensations et nos rêves tandis qu'il façonne aveuglément les minuscules sphères qu'il tire du chaos. Ces gens ne savaient pas non plus que le bien et le mal, la beauté et la laideur, ne sont que les ornements d'une perspective dont la seule valeur dépend du hasard chanceux qui fit de nos pères des êtres doués de pensée et de sensibilité, hasard aux détails subtilement différents pour chaque race et pour chaque culture. Au lieu d'essayer d'y voir clair, ces gens ont soit totalement nié ces phénomènes, soit tâché de les transformer en instincts vagues et brutaux semblables à ceux qui gouvernent les bêtes et les manants. De cette façon, leurs vies, pleines de l'orgueil grotesque d'avoir échappé à un univers moins sensé que le leur, se traînent longuement dans la douleur, l'inharmonie et la laideur. Ils ont échangé les faux-dieux de pitié aveugle et de peur contre ceux de débauche et d'anarchie.

Carter ne goûta guère à ces libertés toutes modernes car leur médiocrité sordide rendait malade son esprit amoureux de la beauté unique et révoltait sa raison contre la bien maigre logique dont faisaient preuve leurs champions en plaquant sur des instincts brutaux un sacré arraché aux vieilles idoles qu'ils avaient rejetées. Il s'aperçut que la plupart d'entre eux, à la manière de l'ancien clergé qu'ils avaient renversé, étaient incapables d'échapper à cette duperie: croire que la vie a un sens étranger à ce que les hommes peuvent rêver en elle. Quand, à la lumière des dernières découvertes scientifiques, la nature crie son immoralité du fond de son inconscience et de son impersonnalité, la vie ne saurait, en effet, mettre de côté, au-delà de celles de la beauté, les évidentes notions des morales et des éthiques. Pervertis et rendus bigots par leurs illusions préconçues de justice, de liberté, de conformisme, ils ont jeté bas l'ancienne doctrine, l'ancienne voie et les vieilles croyances sans faire au moins l'effort de constater que cette doctrine et cette ancienne voie étaient l'unique origine de leur actuelle façon de penser et de juger, leur unique critère dans un univers dépourvu de sens, de buts fixes et de références stables. Ayant perdu ces cadres artificiels leurs vies, privées aussi bien de direction que d'intérêt, évoluèrent jusqu'au point où, à la fin, se livrant au bruit, à l'excitation, aux distractions barbares et aux sensations animales, ils prirent leur ennui pour un affairement prétendûment utile. Quand tout cela, les ayant déçus, fut devenu insipide et nauséeux, ils cultivèrent l'ironie et la causticité et, en même temps que l'ordre social, découvrirent la faute. S'apercevront-ils jamais que leurs brutales réglementations sont aussi versatiles et tout aussi contradictoires que les dieux de leurs pères et que ce qui est satisfaction d'un instant devient poison de l'instant qui le suit? La beauté calme et durable ne vient nous visiter qu'en rêve mais le monde a rejeté bien loin cette consolation le jour où son culte du réel exila les secrets de l'enfance et de l'innocence.

Dans ce chaos de vide et d'agitation Carter essaya de vivre en honnête homme de bonne pensée et de bonne famille. Ses rêves se flétrissant sous le ridicule de l'âge, il ne lui fut plus possible de croire, mais son amour de l'harmonie le garda tout près des chemins de sa race et de sa condition. Impassible, il marchait à travers les cités des hommes, soupirant parce qu'aucune échappatoire ne lui semblait réelle, parce que tout éclair de soleil sur les hautes toitures et tout clin d'œil, au ras du soir, sur les plazzas à balustrades, ne servaient qu'à lui rappeler les rêves autrefois vécus et à le faire se languir des contrées éthérées dont il avait perdu le secret. Les voyages n'étaient qu'une moquerie; la Grande Guerre, elle-même ne l'émut qu'assez peu bien que, dès son début, il se fût engagé dans la Légion Étrangère. Pour un temps, il y trouva des amis mais fut bientôt lassé par la crudité de leurs émotions, l'uniformité et la grossièreté de leurs visions. Que hors de sa portée tous ses parents soient loin de lui, lui faisait ressentir une vague joie, car ils n'auraient pu comprendre la vie de son esprit. Seuls l'eussent pu son grand-père et Christopher, son grand-oncle, mais tous deux étaient morts depuis longtemps.

Une fois de plus il se mit alors à écrire des livres, travail qu'il avait complètement abandonné lorsque ses rêves l'avaient délaissé. Il n'y avait, là non plus, ni plénitude ni satisfaction, car la présence du monde l'enveloppait, l'empêchant de penser comme autrefois à des formes admirables. Une humeur ironique détruisait les minarets crépusculaires qu'il avait élevés et la crainte bien terrestre de l'invraisemblance chassait de ses jardins féériques toute la surprise délicate des fleurs. Une pitié conventionnelle répandait sa fadeur sur ses personnages tandis que le mythe de la nécessité d'émotions réalistes et d'événements suggestifs et humains dégradait en satires sociales à bon marché ou en allégories à peine voilées, toute sa profonde inspiration. Ses nouveaux romans furent couronnés d'un succès que les anciens n'avaient jamais connu, mais lorsqu'il eut compris quel vide ils devaient renfermer pour plaire au vaniteux troupeau de ses lecteurs, il les brûla et cessa d'écrire. Vinrent alors de fort agréables romans dans lesquels il souriait courtoisement aux rêves qu'il tentait d'ébaucher mais il comprit que leur sophistication avait sapé toute leur vie.

Après ces tentatives, il cultiva délibérément l'illusion et passa maître dans les techniques du bizarre et de l'excentrique, les utilisant comme antidote à la banalité. Beaucoup de ces techniques ne tardèrent pourtant pas à montrer leur dénuement et leur pauvreté. Il s'aperçut alors que les doctrines populaires de l'occultisme sont aussi sèches et aussi inflexibles que celles de la science sans se racheter pour cela par une mince trace de vérité. La fausseté, la stupidité grossière et l'incohérence de la pensée ne sont pas l'équivalent du rêve, ils ne peuvent apporter, à un esprit d'un niveau supérieur, aucune évasion hors de la vie réelle. Carter acquit des livres maudits et se mit à l'étude des plus terribles et des plus pénétrants chercheurs du fantastique. En fouillant, ce que peu ont fait, les arcanes de la connaissance, en analysant les vibrations qui crépitent au fond des plus secrets abîmes de la vie, de la légende et de l'antiquité immémoriale, il fit des découvertes qui devaient par la suite le troubler à jamais. Il décida de vivre sur un plan inhabituel et dans ce but, meubla sa maison de Boston de telle sorte qu'elle fût adaptée à ses changeantes dispositions d'esprit: chacune eut sa pièce tendue des couleurs appropriées, fournie des livres et des objets qui lui convenaient, munie enfin, d'appareils générateurs de sensation, de lumière, de chaleur, de son, de goût et d'odeur.

Carter entendit parler, un jour, d'un homme que l'on craignait et fuyait dans le sud à cause des secrets blasphématoires qu'il avait découverts dans des livres préhistoriques et des tablettes d'argile venues en fraude de l'Inde et de l'Arabie. Il lui rendit visite et vécut avec lui durant sept années, partageant ses études jusqu'à ce que, saisi d'une horreur sans nom, au minuit d'une nuit, il ressortît seul d'un cimetière archaïque et inconnu où ils avaient pénétré tous deux. Il retourna alors, en Nouvelle-Angleterre, habiter la terrible vieille cité de ses pères, Arkham, ville hantée des sorcières. Là, parmi les saules blanchis et les toitures chancelantes, il poursuivit au cours de nuits obscures, des expériences qui le poussèrent à sceller pour toujours le journal de l'un de ses ancêtres à l'esprit trop particulièrement noir. Toutes ces horreurs ne le portèrent cependant, qu'au bord de la réalité, sans jamais lui faire franchir les bornes de cette vraie contrée des rêves que sa jeunesse avait connue; aussi désespérait-il, à 50 ans, de trouver le bonheur dans un monde trop affairé pour que s'y révèle la beauté et trop âpre pour qu'y naissent les rêves.

Enfin, conscient de la vaniteuse futilité de la réalité, Carter vécut dès lors dans une solitude meublée par les regrets et les souvenirs décousus du temps si plein de rêves de sa jeunesse. Il estima stupide de se tracasser pour se garder en vie, aussi se procura-t-il, par l'intermédiaire d'une relation sud-américaine, un curieux poison qui devait sans souffrances le jeter dans l'oubli. La force de l'habitude et l'inertie furent causes pourtant, qu'il différa cet acte et continua de languir, indécis, parmi ses premiers souvenirs. Il décrocha les étranges tapisseries dont il avait recouvert ses murs et remit la maison dans l'état où elle se trouvait lorsqu'il était enfant: draperies pourpres, mobilier victorien et tout le reste.

Avec le temps, il devint presque heureux d'avoir différé son suicide, car sa séparation du monde et les reliques de sa jeunesse lui firent sembler infiniment distantes et irréelles la vie et sa sophistication, tant et si bien qu'un vague espoir et une vague magie revinrent se glisser la nuit dans son sommeil qui, pendant des années, n'avait connu que les réflexions déformées des choses quotidiennes, ce que connaissent les plus banals sommeils. A présent réapparaissait la lueur vacillante d'un monde plus étrange et bien plus fantastique, lueur d'approche d'une imminence vaguement terrifiante s'incarnant en images intensément claires de ses jours d'enfant, tandis que lui revenaient en mémoire d'inconséquentes minutes depuis très longtemps oubliées. Souvent il s'éveillait en appelant son grand-père ou sa mère, alors que tous deux reposaient dans leur tombe depuis un quart de siècle.

Une nuit, son grand-père lui rappela la clé. Le vieil érudit grisonnant, aussi vivant que dans la vie d'autrefois, l'entretint longuement, avec fougue, de leur immémoriale lignée et des étranges visions qu'avaient eues les hommes raffinés et sensibles qui la composent. Il parla de ce croisé au regard de feu qui, pendant que les Sarrasins le tenaient captif, apprit d'extraordinaires secrets. Il parla du premier Sir Randolph Carter qui, à l'époque élisabéthaine, s'initia à la magie. Il parla, aussi, de cet Edmund Carter qui, de justesse, avait échappé à la pendaison dans l'affaire des Sorcières de Salem et avait rangé dans un coffret antique une grande clé d'argent léguée par ses ancêtres. Avant que Carter ne s'éveillât, le noble visiteur lui avait expliqué où retrouver le coffre, archaïque merveille de chêne sculpté, dont aucune main depuis deux siècles, n'avait soulevé le bizarre couvercle.

Carter le découvrit, dans l'ombre et la poussière d'une grande mansarde, oublié au fin fond du tiroir d'une haute commode. Il mesurait un pied carré environ et les sculptures gothiques qui l'ornaient étaient si effrayantes qu'il ne s'étonna pas que personne depuis Edmund Carter n'ait osé l'ouvrir. Le coffret ne laissa échapper aucun bruit lorsqu'il le secoua, mais dégagea une obscure odeur d'épices inconnues. Le fait qu'il contenait une clé n'était en vérité qu'une légende lointaine et le propre père de Randolph n'avait pas même été au courant de son existence. Scellé de ferrures rouillées, aucun système ne semblait avoir été prévu pour en faire jouer la formidable serrure. Carter avait la vague certitude qu'il y trouverait la clé perdue d'une porte des rêves, mais son grand-père ne lui avait pas dit où et comment l'utiliser.

Un vieux serviteur ébranlant, comme il l'avait déjà fait lui-même, les hideux visages aux regards méchants taillés dans le bois noir, força le couvercle sculpté. A l'intérieur, enveloppée dans un parchemin décoloré, il y avait une énorme clé d'argent terni, couverte d'arabesques occultes, mais aucune explication lisible.

Le volumineux parchemin ne contenait que de bizarres hiéroglyphes tracés au roseau dans une langue inconnue. Carter, pourtant, identifia ces caractères: ils étaient semblables à ceux qu'il avait vus sur certains rouleaux de papyrus appartenant à ce kabbalistique érudit du sud qui avait disparu à minuit, dans un cimetière ignoré de tous. Cet homme tremblait toujours en lisant ce rouleau. Maintenant c'était au tour de Carter.

Il nettoya la clé et la garda près de lui, la nuit, dans son odorant coffret de vieux chêne. La vivacité de ses rêves augmenta sans qu'ils lui montrassent aucune des cités étranges et des jardins incroyablement beaux d'autrefois. A présent, ils semblaient assumer un rôle bien précis dont le propos ne pouvait être mal compris. Tout au long des années, ils le rappelaient en arrière et de par toutes les volontés confondues de ses pères, semblaient le repousser vers quelque origine ancestrale et secrète. Il sut alors qu'il devait se tourner vers le passé et s'y perdre au sein des vieilles sources. Jour après jour il pensa à ces collines dans le nord où près de l'impétueux Miskatonic s'élèvent Arkham, la ville hantée, et la rustique demeure solitaire de sa race.

Dans la pallide lumière d'automne, à travers des lignes infiniment plastiques de collines se déroulant jusqu'à l'horizon, Carter prit la vieille route courbe qui s'allonge entre les prairies closes de petits murs, les pentes de terrain boisées, les fermes blotties au creux des vals, et les claires méandres de cristal du Miskatonic surmontés çà et là de rustiques ponts de pierre et de bois. Un tournant lui révéla le groupe d'ormes géants où l'un de ses ancêtres avait mystérieusement disparu un siècle et demi plus tôt.

Il frissonna tandis qu'à travers eux le vent soufflait de façon significative. Plus loin se dressait avec ses méchantes petites fenêtres et son grand toit incliné du côté nord, presque jusqu'au sol, la maison croulante de Goody Fowler, la sorcière. En passant devant, il accéléra et ne ralentit pas avant d'avoir grimpé la colline où calme et blanche, la vieille maison de sa mère et des pères de sa mère, regardait par-dessus la route l'angoissant et pourtant aimable panorama de pentes rocheuses et de vallées verdoyantes que hantaient à l'horizon les flèches éloignées de Kingsport et la présence dans le lointain arrière-plan, de la mer archaïque chargée de rêves.

La vieille résidence des Carter qu'il n'avait pas vue depuis quarante ans apparut alors au sommet de la plus haute colline. Quand il en atteignit le pied, l'après-midi était très avancée; il s'arrêta à mi-côte à la pointe d'une des courbes de la route pour scruter la région où, sous la magie des rayons obliques d'un soleil d'ouest, les choses semblaient se nimber de gloire et d'or au cœur d'un halo de lumière. L'étrangeté de ses rêves récents et l'espoir qu'ils recélaient semblaient présents dans cet extraordinaire paysage silencieux qui lui évoquait les solitudes vierges des autres planètes tandis que ses yeux découvraient le velours herbeux des étendues désertes ondulant sur les pentes entre les murs croulants, les masses féeriques des forêts rehaussant les lignes pourpres et lointaines de collines dressées par-delà les collines proches et la spectrale vallée boisée qui plongeait dans l'ombre vers des creux humides où les eaux sournoises murmurent et gargouillent parmi de turgescentes racines déformées.

Carter comprit que moteurs et mécaniques n'avaient aucune place au sein de ce royaume dont il était en quête: il abandonna sa voiture à la lisière de la forêt et, mettant dans la poche de son manteau la clé d'argent, il commença à gravir la colline. Il était à présent, comme immergé au fond des bois, mais il savait que la vieille demeure s'élevait sur un haut monticule qui, sauf au Nord, se dégageait de la forêt. Il se demandait quel serait à présent l'aspect de la maison laissée, de par sa négligence, vide et inoccupée depuis la mort de son singulier grand-oncle Christopher, survenue trente ans auparavant. Au cours de son enfance, il avait passé là de longues visites de vacances, découvrant dans les bois au-delà du verger d'étranges et fatales merveilles.

La nuit étant proche, l'ombre s'épaississait autour de lui. Une trouée soudaine s'ouvrit à sa droite parmi les arbres et lui permit d'apercevoir dans Kingsport, par-dessus des lieues de prairies crépusculaires, le vieux clocher de la Congrégation sur Central Hill. Roses sous les derniers flots du jour, les vitres des petites fenêtres rondes flambaient du feu qu'elles reflétaient. Un instant plus tard, lorsqu'il fut retombé dans l'ombre dense, il se rappela avec un sursaut de surprise que cette rapide vision devait avoir jailli du fond de sa mémoire enfantine et d'elle seule, étant donné que la vieille église blanche avait été abattue pour agrandir d'une salle, l'hôpital de la Congrégation. Il avait lu cette nouvelle avec intérêt dans un journal qui, à ce sujet, parlait de souterrains et de passages mystérieux qu'on avait découverts sous l'église, dans la colline rocheuse.

A travers cette énigme qu'il interrogeait, résonna soudain une voix aiguë et, de nouveau, à ce son familier malgré le nombre des années, il sursauta. Le vieux Benijah Corey déjà très âgé au temps de ses visites enfantines, avait été domestique chez son grand-oncle Christopher. Il devait donc à présent être sur la centaine, car cette voix aiguë ne pouvait venir d'aucun autre. Carter ne put distinguer les paroles, mais le ton était obsédant et tel qu'on n'en pouvait douter. Dire que ce vieux Benny pouvait être encore en vie !

— Mister Randy ! Mister Randy, où es-tu ? Veux-tu faire mourir de peur ta vieille tante Marthy ? Ne t'a-t-elle pas assez dit de rester dans les parages durant l'après-midi et de rentrer avant que la nuit tombe ? Randy ! Ran... dy ! Ce gosse a la passion de s'enfuir dans les bois ; il passe la moitié de son temps à rêver dans les hautes coupes, auprès de ce repaire de serpents ! Hé, Ran...dy !

Dans les ténèbres épaisses comme de la poix, Randolph Carter s'arrêta et se frotta les yeux. Il y avait quelque chose de suspect. Il s'était rendu dans un lieu où il n'aurait pas dû aller, où il n'avait rien à faire. Il s'était égaré fort loin et maintenant il était irrémédiablement tard. Il n'avait pas fait attention à l'heure au clocher de Kingsport bien qu'il eût pu aisément le faire avec sa longue-vue de poche, il comprenait que son retard avait quelque chose d'indicible et de sans précédent. Peu sûr d'avoir sur lui sa petite longue-vue, il porta sa main à la poche de sa blouse pour voir si elle y était. Non, elle n'y était pas, mais il y avait la grosse clé d'argent qu'il avait trouvée quelque part dans un coffret. Une fois, oncle Chris lui avait tenu des propos bizarres au sujet d'un vieux coffret jamais ouvert contenant une clé, mais tante Martha avait brusquement stoppé l'histoire disant que ce n'était pas une chose à raconter à un enfant dont la tête n'était que toujours trop pleine d'excentricités douteuses. Il essaya de se rappeler où justement il pouvait avoir trouvé cette clé, mais quelque chose lui semblait très confus. Il supposa que c'était dans la mansarde de sa maison de Boston et se revit vaguement en train de corrompre Parks en lui offrant le montant de son salaire d'une demi-semaine pour qu'il l'aidât à ouvrir le coffret. Ces réflexions le rassurèrent du moins sur ce sujet, mais tandis qu'il se remémorait cette scène, quelque chose dans les traits de Parks lui parut fort inhabituel, comme si tout à coup, de longues années avaient semé leurs rides sur le visage de l'actif petit Cockney.

— Rand... dy ! Ran... dy ! Hi ! Hi ! Randy !

Une lanterne oscillante s'avança sur la courbe noire et le vieux Benijah se jeta sur la silhouette ahurie et silencieuse du pèlerin.

— Le diable t'emporte, garçon, te voilà ! Tu n'as donc plus de langue dans ta bouche que tu ne puisses répondre ? Voilà une demi-heure que je t'appelle, tu dois m'avoir entendu depuis longtemps ! Ne sais-tu pas que ta tante Martha est complètement affolée de te savoir dehors la nuit ? Attends que je le dise à oncle Chris, il se fâchera. Tu sais que ces bois ne sont pas un endroit pour se promener à l'heure qu'il est. Il s'y trouve des choses qui ne peuvent faire que du mal, mon grand-père le savait avant moi. Allez, Mister Randy, on rentre ou bien Annah ne nous gardera pas notre souper plus longtemps.

Randolph Carter gravissait la route tandis qu'à travers les hauts rameaux d'automne les étoiles, fantastiques au-dessus des choses de la terre, jetaient des lueurs vacillantes. Les chiens aboyaient, la jaune lumière des petites fenêtres vitrées brillait au loin sur la plus haute tour et par-dessus le monticule déboisé où branlait un grand toit noir devant l'ouest faiblement éclairé les Pléiades brulaient. Tante Martha était sur le seuil, elle ne gronda pas trop fort l'enfant vagabond quand Benijah le poussa à l'intérieur. Elle connaissait suffisamment oncle Chris pour s'attendre à une telle conduite de la part des Carter. Randolph ne montra pas sa clé, mangea son dîner en silence et ne protesta que quand vint l'heure du coucher. Il lui arrivait de rêver mieux lorsqu'il demeurait éveillé, et puis il désirait utiliser la clé.

Au matin, Randolph fut debout de bonne heure, il eût couru vers le plus haut du bois si oncle Chris ne l'avait attrapé et forcé à s'asseoir sur sa chaise, devant la table du petit déjeuner. Il regardait impatiemment autour de lui la pièce à faible pente, avec son tapis en lambeaux, ses poutres apparentes et ses piliers d'angles. Il sourit lorsque les rameaux du verger égratignèrent les carreaux plombés de la fenêtre. Proches de lui les arbres et les collines étaient la porte de ce royaume intemporel, son vrai pays.

Quand il put s'échapper, il tâta la poche de sa blouse pour voir si la clé s'y trouvait toujours et, rassuré, fila vers cette pente de la colline qui, commençant au bout du verger, s'élevait plus haut que le monticule lui-même. Le sol de la forêt était moussu et mystérieux, çà et là, dans la faible lumière, on entrevoyait de grands rochers couverts de lichens ressemblant à des monolithes druidiques dressés parmi les troncs immenses et tordus d'un bois sacré. Pendant son ascension, Randolph traversait un ruisseau impétueux dont les chutes un peu plus en aval, modulaient pour les faunes cachés, les aegipans et les dryades, quelques incantations runiques.

Il atteignait alors, ouverte dans la pente de la forêt, la démoniaque caverne au nom redouté de « Tanière du Serpent ». Les gens de la contrée évitaient cette tanière et Benijah, bien des fois, lui avait recommandé de s'en tenir éloigné. Elle était profonde, plus profonde qu'aucune autre pensait Randolph pour avoir découvert dans le coin le plus noir une fissure conduisant à une grotte plus grande encore. Une sorte de lieu sépulcral et hanté dont les murs de granit donnaient la curieuse illusion de recéler quelque artifice conscient. Cette fois, il rampa comme d'habitude à travers la crevasse, s'éclairant avec des allumettes de sécurité chipées dans la boîte du petit salon et franchit l'orifice du passage avec un empressement qu'il lui eût été difficile d'expliquer et même de s'expliquer. Il n'eût pu dire pourquoi il approchait du mur le plus éloigné avec tant de confiance, ni pourquoi instinctivement il tirait, comme il était en train de le faire, la grande clé d'argent. Quand cette nuit-là, il retourna en sautillant à la maison, il ne fournit d'excuse ni sur son retard, ni sur le lieu d'où il venait et il ne fit pas attention le moins du monde, aux reproches qu'on lui adressait pour avoir complètement ignoré la corne du repas de midi.

Il est à présent admis par tous les parents éloignés de Randolph Carter que dans sa dixième année, quelque chose lui advint qui accrut son imagination. Son cousin, Ernest B. Aspinwall, de Chicago, son aîné de dix ans, se rappelle distinctement un changement survenu chez le jeune garçon après l'automne de 1883. Randolph avait eu des visions comme fort peu en ont, mais plus étranges encore étaient les dons qu'il révéla à propos de choses bien réelles. Il sembla pour tout dire, avoir obtenu un singulier don de prophétie et fit preuve de réactions des plus inhabituelles devant des phénomènes qui, dépourvus à cette époque de signification, justifièrent plus tard ses étranges déclarations. Tandis que dans les décades suivantes apparaissent, un à un, sur le livre de l'histoire de nouveaux noms, de nouvelles inventions ou de nouveaux événements, les gens purent de temps en temps, se souvenir avec étonnement de la façon dont Carter avait, bien des années auparavant, laissé négligemment tomber quelques mots offrant une indubitable correspondance avec ce qui alors était encore fort loin dans le futur. Lui-même ne comprenait pas ces mots, ne savait pas pourquoi certains faits lui faisaient ressentir certaines émotions, il pensait qu'étaient responsables de cet état de chose quelques rêves oubliés. C'est au plus tard en 1897, qu'une pâleur soudaine le saisit lorsqu'un quelconque voyageur fit mention dans ses récits de la ville française de Bellay-en-Santerre. Cela, ses amis se le remémorèrent lorsqu'en 1916 il fut grièvement blessé dans cette ville, alors qu'il servait, pendant la Grande Guerre, dans la Légion Étrangère.

Les parents de Randolph Carter parlent beaucoup

de ces faits parce qu'il a récemment disparu. Son vieux serviteur Parks est le dernier à l'avoir vu, un matin, s'en aller dans sa voiture, emportant une clé qu'il avait récemment trouvée. Parks l'avait aidé à extraire cette clé du vieux coffret où elle était enfermée et s'était senti obscurément impressionné par quelque autre cause singulière qu'il ne put nommer. Carter, en le quittant, lui avait dit qu'il s'en allait aux environs d'Arkham, visiter son pays ancestral.

On retrouva sur le chemin des ruines de la vieille résidence des Carter, à mi-côté de la Elm Mountain, sa voiture soigneusement rangée sur le bord de la route. A l'intérieur les gens du pays découvrirent un coffret de bois odorant dont les sculptures les effrayèrent. Ce coffret ne contenait qu'un curieux parchemin dont aucun linguiste ni aucun paléographe ne put identifier ou déchiffrer les caractères. La pluie avait à la longue effacé toute trace de pas, mais les investigateurs de Boston pourraient avoir quelque chose à dire des évidents dérangements opérés parmi les charpentes écroulées de la demeure Carter. C'est, affirment-ils, comme si quelqu'un récemment, avait fouillé les ruines. Un mouchoir blanc ordinaire trouvé plus loin sur le côté de la colline, au milieu des rocs de la forêt, n'a pu être identifié comme ayant appartenu au disparu.

Il y eut, entre les héritiers de Randolph Carter, discussion sur le partage de ses biens, mais je m'opposerai fermement à cette succession, car je ne crois pas qu'il soit mort. Il y a des spirales de temps et d'espace, de vision et de réalité que seul un rêveur peut deviner. Ce que je sais de Carter m'autorise à penser qu'il a tout simplement trouvé le moyen de franchir ces dédales. Reviendra-t-il jamais, oui ou non, je ne puis le dire. Il avait besoin de retrouver les landes perdues de ses rêves et soupirait après son enfance. C'est alors qu'il trouva une clé, et je ne sais pourquoi, je crois qu'il fut capable d'en tirer un étrange profit.

Je le lui demanderai quand je le verrai, car je m'attends à le rencontrer sous peu dans certaine cité de rêve que tous deux nous avions coutume de hanter. Par-delà la rivière Skai, il court dans l'Ulthar une rumeur disant qu'un nouveau roi règne sur le trône d'opale d'Ilek-Vad, ville fabuleuse qui dresse ses tourelles au sommet de creuses falaises de verre dominant la mer crépusculaire où les gnorri à barbes et à nageoires construisent leurs indescriptibles dédales. Je crois savoir, ou plutôt je sais, comment interpréter cette rumeur. Certaine est mon impatience de voir apparaître la grande clé d'argent car, dans ses occultes arabesques, reposent symboliquement tous les buts et tous les mystères d'un cosmos aveuglément impersonnel.

TROISIÈME PARTIE

A TRAVERS LES PORTES
DE LA CLÉ D'ARGENT

I

Dans une vaste salle dont le parquet était recouvert
d'un tapis de Boukhara, véritable chef-d'œuvre
d'habileté artisanale, et les murs tapissés de tentures
aux étranges dessins, quatre hommes étaient assis
autour d'une table parsemée de documents. Des
angles éloignés de la pièce, où un nègre incroyablement âgé, et vêtu d'une sombre livrée rechargeait
de temps à autre, de bizarres trépieds de fer forgé,
parvenaient les effluves hypnotiques de l'oliban,
tandis que sur l'un des côtés, tiquetait dans sa profonde niche une curieuse horloge en forme de cercueil dont le cadran était marqué de hiéroglyphes
déroutants et dont les aiguilles ne tournaient en
concordance avec aucun des systèmes de temps
connus sur cette terre. C'était une salle curieuse et
troublante mais bien adaptée au travail qui y était en
train. Dans cette maison de la Nouvelle-Orléans,
ancienne demeure du plus grand occultiste mathé-
maticien et orientaliste de ce continent, avait fini

par s'installer un écrivain érudit et rêveur. Cet écrivain à peine moins grand occultiste que son prédécesseur avait disparu de ce monde depuis quatre ans.

Randolph Carter, après avoir toute sa vie cherché à s'évader des ennuis et des limitations de la réalité dans les échappées attirantes du rêve et les voies fabuleuses des autres dimensions, avait disparu le 7 octobre 1928, à l'âge de 54 ans. Sa carrière avait été curieuse et solitaire et certains à partir de ses mystérieux romans, lui attribuaient une vie aux épisodes bien plus bizarres que n'en rapportait son journal. Son association avec le magicien de la Caroline du Sud, Harley Warren, avait pris fin lorsque ce dernier eut poussé jusqu'à d'extravagantes conclusions ses études sur le primitif langage Naacal des prêtres de l'Himalaya. Pour tout dire, ce fut Carter qui, par une terrible nuit de brouillard insensé, vit, dans un vieux cimetière, Warren descendre dans un caveau humide et nitreux d'où il ne remonta jamais. Randolph Carter habitait Boston, mais c'est des collines sauvages et hantées qui se dressent au-delà d'Arkham, la ville écrasée par les âges et remplie d'exécrables sorcières, que tous ses ascendants sont originaires ; et ce fut parmi ces collines anciennes pleines de puissances occultes qu'eut finalement lieu sa disparition.

Son vieux serviteur Parks — qui mourut en 1930 — avait parlé d'un coffret mystérieusement odoriférant et couvert de sculptures hideuses que son maître avait découvert dans la mansarde. Il avait parlé, aussi, de l'indéchiffrable parchemin et de la clé d'argent aux décorations bizarres que contenait ce coffret : sujets à propos desquels Carter lui-même entretint une correspondance. Parks disait que Carter lui avait raconté que cette clé venue de ses ancêtres l'aiderait à rouvrir les portes de son enfance perdue, celles d'inhabituelles dimensions et de fantastiques royaumes qu'il n'avait pu jusqu'alors visiter qu'au cours de vagues rêves évasivement brefs. Carter, alors, emportant un jour le coffret et son contenu s'en était allé au loin dans sa voiture pour n'en jamais revenir.

Un peu plus tard, des gens avaient découvert la voiture abandonnée sur le bord d'une vieille route envahie par les herbes dans les collines derrière Arkham, la ville en ruines, dans ces mêmes collines où les ancêtres de Carter avait autrefois habité et où la cave écroulée de leur grande demeure, béait encore vers le ciel. C'était dans un bosquet d'ormes immenses tout près de celui qui vit disparaître mystérieusement l'un des Carter en 1781 et à proximité du cottage à moitié pourri de Goody Fowler, la sorcière, qui, il n'y a pas si longtemps, y préparait encore ses potions maléfiques. La région, colonisée en 1692 par la caste fugitive des malheureux sorciers de Salem, porte, même à présent, le poids d'une malédiction trop terrifiante pour qu'on y réfléchisse. Edmund Carter avait de justesse échappé aux ombres de la *Colline des Potences,* et nombreux étaient les récits de ses sorcelleries. Il semblait, à présent, que son unique descendant fût parti quelque part le rejoindre.

On retrouva dans la voiture l'odorant coffret de bois hideusement sculpté et le parchemin que personne ne put déchiffrer. La clé d'argent avait disparu — probablement avec Carter. A part cela, il n'y avait pas d'indices certains. Des détectives venus de Boston dirent que les charpentes écroulées de la résidence Carter semblaient avoir été singulièrement déplacées et, quelqu'un ramassa, derrière les ruines, sur le versant sinistrement boisé, un mouchoir posé sur un haut roc, tout près de la redoutable caverne appelée Tanière du Serpent.

Ce fait donna un regain de vitalité aux légendes qui couraient le pays à propos de la Tanière du Serpent. Les fermiers parlaient à voix basse des rites diaboliques auxquels, dans cette horrible grotte, s'était livré Edmund Carter, le sorcier. A cela s'ajoutaient des histoires au sujet de la passion, qu'enfant, Randolph Carter lui-même, semblait avoir éprouvée pour ces lieux. Durant l'enfance de Randolph, le vénérable toit branlant de la demeure des Carter était encore debout et il était habité par son grand oncle Christopher. Randolph, souvent venait le visiter, et tenait de singuliers discours sur la Tanière du Serpent. Les gens se rappelaient qu'il avait parlé d'une profonde fissure débouchant sur une caverne inconnue. Ils faisaient des hypothèses sur le changement visible survenu chez le jeune Randolph après qu'il eût passé un jour entier dans la Tanière, vers l'âge de neuf ans. Cela s'était passé en octobre et à la suite de cet incident, Randolph sembla posséder le don mystérieux de prédire l'avenir.

Tard, durant la nuit de la disparition de Carter, la pluie était tombée, et personne n'était capable de suivre au juste, à partir de sa voiture, la trace de ses pas. A l'intérieur de la Tanière du Serpent s'étalait une boue liquide et stagnante, résultant d'une abondante infiltration. Seuls des paysans ignorants firent courir des bruits sur les traces de pas qu'ils pensaient avoir aperçues à l'endroit où les grands ormes se penchent au-dessus de la route et à flanc de colline dans le voisinage maudit de la Tanière du Serpent, où l'on avait retrouvé le mouchoir. Qui eût pu prêter attention aux murmures rapportant que parmi les souches, il y avait de petites pistes semblables à celles que laissaient les bottes à bouts carrés de Randolph Carter lorsqu'il était enfant? C'était une histoire aussi stupide que cette autre racontant que la trace des bottes au talon si particulier de Benijah Corey rencontrait les petites pistes sur la route. Le vieux Benijah avait été le domestique des Carter pendant la prime jeunesse de Randolph, mais il était mort depuis trente ans.

Ces rancontars — plus la propre déclaration de R. Carter à Parks et à quelques autres, disant que la clé d'argent couverte d'arabesques secrètes l'aiderait à ouvrir les portes de son enfance perdue — doivent être cause de ce qu'un grand nombre de savants occultistes proclamèrent que le disparu avait fait demi-tour sur le chemin du temps et, à travers 54 années, regagné cet autre jour d'octobre 1883, où, petit garçon, il avait séjourné dans la grotte. Lorsqu'il en ressortit cette nuit-là, soutinrent-ils, il avait de quelconque façon, fait tout entière, aller et retour, une excursion dans sa vie jusqu'en 1928; ne connaissait-il pas, en effet, après cette nuit-là, des faits qui ne devaient survenir que plus tard, tandis qu'il n'avait jamais parlé d'aucun événement postérieur à 1928?

L'un de ces savants — excentrique d'un certain âge qui habitait Providence, Rhode Island, et avait entretenu une longue correspondance intime avec Carter — avait une théorie encore plus au point et croyait que Carter non seulement avait pu retrouver son enfance, mais ayant atteint un état de libération bien plus avancé, pouvait à volonté errer à travers les prismatiques horizons de ses rêves d'enfant. A la suite d'une étrange vision cet homme publia une histoire de la disparition de Carter dans laquelle il insinuait que celui-ci régnait à présent sur le trône d'opale d'Ilek-Vad, cité fabuleuse qui dresse ses tourelles au sommet de creuses falaises de verre dominant la mer crépusculaire où les Gnorri à barbe et à nageoires construisent leurs mystérieux dédales.

Ce fut ce vieil homme, Ward Phillips, qui plaida le plus violemment contre le partage des biens de Carter entre ses héritiers — tous cousins éloignés: son argument de choc était que son ami vivant dans une autre dimension temporelle, pouvait un jour ou l'autre revenir. La partie adverse était représentée par l'un des cousins, Ernest K. Aspinwall, de Chicago, personnage de dix ans plus âgé que Randolph, dont la verve oratoire, formée aux disciplines légales, était, dans les débats des tribunaux, aussi combative que celle d'un jeune homme. Pendant quatre ans la controverse fit rage, mais l'heure du partage avait maintenant sonné et c'est dans cette grande salle au décor si bizarre qu'il allait avoir lieu.

L'exécuteur testamentaire de Carter, fin lettré

aussi bien que financier avisé, était un savant distingué d'origine créole très au courant des mystères de la tradition et de l'antiquité occidentale, il s'appelait Etienne-Laurent de Marigny. Carter avait rencontré de Marigny durant la guerre, alors que tous deux servaient en France dans la Légion Étrangère et s'était aussitôt lié avec lui à cause de leurs opinions et de leurs goûts semblables. Quand, pendant une permission commune, le jeune érudit créole eut emmené avec lui dans le sud de la France, à Bayonne, le rêveur bostonien qui désirait fort ce voyage, et quand, dans les cryptes immémoriales et ténébreuses creusées sous cette cité qui depuis des millénaires semble figée dans la méditation, il lui eut révélé certains secrets terribles, une amitié sans retour fut scellée entre eux. Par testaments, Carter avait institué de Marigny comme l'exécuteur de ses dernières volontés, c'est pourquoi l'érudit avide de savoir était, non sans répugnance, en train de présider au règlement de la succession. C'était pour lui une sale besogne car, tout comme le vieil habitant de Rhode Island, il ne croyait pas à la mort de Carter. Quelle valeur, il est vrai, peuvent avoir les rêves des sages initiés en regard de la dure sagesse du monde ?

Dans cette étrange salle, située en plein quartier français, étaient assises autour de la table, les personnes qui revendiquaient des droits sur l'affaire en cours. L'annonce de cette réunion avait été légalement faite, selon l'usage, dans les journaux paraissant dans toutes les régions où pouvaient résider des héritiers de Carter. Pourtant seuls quatre hommes avaient répondu à l'appel et assis maintenant dans l étrange salle, ils écoutaient l'anormal tic-tac de cette horloge en forme de cercueil qui n'indiquait aucun temps terrestre et la chute de l'eau dans la fontaine de la cour par-delà les fenêtres à moitié cachées par des rideaux. A mesure que passaient les heures, leurs visages semblaient se noyer à demi dans les ondulantes vapeurs venues des trépieds qui, rechargés négligemment, semblaient nécessiter de moins en moins de soins de la part du vieux nègre aux gestes silencieux, mais d'une nervosité croissante.

Étaient présents : Étienne de Marigny, lui-même, svelte, brun, beau et encore jeune ; Aspinwall, le représentant des héritiers, cheveux blancs, face apoplectique, favoris imposants et grande corpulence ; Phillips, l'occultiste de Providence, maigre, grisonnant, nez long, dos rond, face soigneusement rasée. Le quatrième était d'un âge indéterminé, maigre avec un profil très régulier et un sombre visage barbu singulièrement immobile, coiffé du turban d'une haute caste brahmanique et possédant un extraordinaire regard brûlant au fond d'yeux noirs presque sans iris qui semblaient vous fixer de très loin comme si derrière les traits du visage ils se fussent trouvés à une immense distance. Il s'était présenté lui-même comme étant le Swami Chandraputra, un adepte venu de Bénarès pour donner d'importants renseignements. De Marigny et Phillips avaient tous deux correspondu avec lui et promptement reconnu l'authenticité de ses prétentions à la connaissance occulte. Le son caverneux et métallique de sa voix était bizarrement forcé, comme si l'usage de l'anglais affectait son système vocal quoiqu'il s'exprimât dans un langage correct, aisé et courant comme n'importe quel Anglo-Saxon. Sa tenue générale était celle de l'Européen civilisé moyen mais ses habits flottants lui allaient bizarrement mal tandis que sa broussailleuse barbe noire, son turban oriental et ses larges moufles blanches lui donnaient un air d'exotique excentricité.

De Marigny qui jouait nerveusement avec le parchemin trouvé dans la voiture de Carter, disait :

— Non, je n'ai pas été capable de tirer quoi que ce soit de ce parchemin. M. Phillips ici présent y a aussi renoncé. Le colonel Churchward déclare que ce n'est pas du Naacal et que cela ne ressemble en rien aux hiéroglyphes retrouvées sur les massues de guerre de l'île de Pâques. Les sculptures du coffret rappellent pourtant fortement les statues de l'île de Pâques. Ce que je puis le mieux rapprocher des caractères de ce parchemin — remarquez comme toutes les lettres semblent s'incliner à partir de la ligne horizontale — est l'écriture d'un livre qu'avait possédé le pauvre Harley Warren. Ce livre lui arriva des Indes, alors que Carter et moi étions en visite chez lui, en 1919, et il ne voulut jamais nous en parler disant qu'il valait mieux que nous ne le connaissions pas et nous suggérant que cet ouvrage pouvait originellement être venu d'un tout autre lieu que la Terre. Warren emporta ce livre avec lui quand, en décembre, il descendit dans le caveau de ce vieux cimetière, mais ni lui ni le livre ne remontèrent jamais à la surface. Il y a quelque temps, j'envoyais à notre ami ici présent — le Swami Chandrapoutra — un mémoire sur quelques-uns de ces hiéroglyphes ainsi qu'une photocopie du parchemin de Carter. Il pense qu'il serait capable de jeter quelque lumière sur ces caractères moyennant certaines références et certaines consultations.

« Quant à la clé dont Carter m'envoya une photographie, ses arabesques ne sont pas des lettres, mais semblent avoir appartenu à la même tradition culturelle que le parchemin. Carter se disait toujours sur le point de résoudre le mystère mais ne donnait jamais de détails. Il s'abandonna presque, une fois, à la poésie en parlant de l'ensemble de ses recherches. Il se pourrait, disait-il, que cette antique clé d'argent puisse ouvrir les portes successives qui nous empêchent de descendre librement les fameux corridors de l'espace et du temps jusqu'aux ultimes *confins* qu'aucun homme n'a traversés depuis que Shaddad avec son terrifiant génie construisit et cacha dans les sables de l'Arabie Pétrée, les dômes prodigieux et les minarets innombrables d'Irem aux milliers de colonnes. Des derviches à moitié morts de faim et des nomades devenus fous de soif sont revenus parler de ce monumental portail et de la main sculptée au-dessus de sa clé de voûte mais aucun homme ne l'a franchi et n'est revenu sur ses pas pour dire qu'à l'intérieur ses empreintes sur le sable encombré de gravats attestaient de sa visite. La clé, supposait-il, était celle pour laquelle la gigantesque main sculptée se serrait en vain.

« Pourquoi Carter n'emporta-t-il pas le parchemin aussi bien que la clé, nous ne pouvons le dire. Peut-être l'oublia-t-il, peut-être évita-t-il de le prendre se souvenant qu'un homme avait emporté dans un caveau un livre aux caractères identiques et n'en était jamais revenu. Peut-être était-ce réellement sans importance dans ce qu'il désirait accomplir. »

A l'instant où de Marigny s'arrêtait, le vieux Phillips lança d'une voix âpre et perçante :

— De merveilleux voyages de Randolph Carter nous ne pouvons savoir que ce que nous en rêvons. Mes rêves m'ont conduit en des lieux étranges et nombreux et j'ai entendu des choses mystérieusement significatives dans l'Ulthar, par-delà Skai River. La nécessité d'emporter le parchemin ne paraît pas évidente puisque Carter regagnait le monde de ses rêves d'enfant. Maintenant il est roi dans Ilek-Vad.

M. Aspinwall devint doublement apoplectique et jeta avec véhémence :

— Personne ne peut-il faire taire ce vieux fou ? Nous en avons assez de ses divagations. Le problème est de partager les biens, et il est temps que nous nous y mettions.

Pour la première fois, le Swami Chandraputra parla de sa voix bizarrement étrangère :

— Messieurs, ce sujet est plus riche que vous ne le pensez. M. Aspinwall a tort de se moquer de l'évidence des rêves. M. Phillips n'a donné qu'un aperçu incomplet — peut-être parce qu'il n'a pas assez rêvé. J'ai moi-même beaucoup rêvé. Aux Indes nous l'avons toujours beaucoup fait. Vous, M. Aspinwall, étant un cousin de la branche maternelle, vous n'êtes naturellement pas un Carter. Mes rêves personnels et certaines autres sources d'information m'ont instruit d'une grave affaire qui, pour vous, demeure encore obscure. Par exemple, Randolph Carter oublia ce parchemin qu'il ne pouvait déchiffrer — pourtant il eût été mieux, pour lui, qu'il se souvînt de l'emporter. Vous voyez que j'ai passablement étudié ce qui arriva à Carter après qu'emportant la clé d'argent il eût abadonné sa voiture au coucher du soleil, le 7 octobre, il y a quatre ans.

Aspinwall ricana assez haut pour être entendu, mais les autres se dressèrent, mus par un élan d'intense intérêt. La fumée venue des trépieds augmenta tandis que le tic-tac insensé de l'horloge en forme de cercueil semblait, pour répondre au mystérieux exemple, figurer les signes de ponctuation et les tirets de quelque insoluble message lancé d'un autre espace. L'hindou se rejeta en arrière et, les yeux mi-clos, continua sur ce ton légèrement forcé, n'utilisant pourtant qu'un langage courant tandis que devant son auditoire commençait à flotter l'image de ce qui était arrivé à Randolph Carter.

II

Les collines au-delà d'Arkham sont pleines d'une étrange magie, que le vieil Edmund Carter, le sorcier, fit peut-être descendre des étoiles et monter des cryptes de la terre inférieure quand, fuyant Salem, il s'y réfugia, en 1692. Dès que Randolph Carter fut revenu parmi ces collines, il sut qu'il était tout près de l'une de ces portes que quelques hommes audacieux et maudits ont ouvertes à travers les murs titanesques qui séparent notre monde de l'absolu. Il avait l'intuition qu'en cet endroit et en ce jour de l'année, il pourrait répondre avec succès au message que les mois précédents il avait déchiffré dans les arabesques de cette clé d'argent terni incroyablement ancienne. Il savait à présent comment la clé devait être tournée, comment elle devait être tenue au soleil couchant et quelles syllabes incantatoires devaient être psalmodiées dans le vide au neuvième et dernier tour. Dans un lieu aussi proche que l'était celui-là de la sombre polarité et de la porte promise, la clé ne pouvait faillir à ses pouvoirs originels. Il reposerait, certainement cette nuit même dans cette enfance perdue qu'il n'avait jamais cessé de regretter.

Il sortit de sa voiture emportant la clé dans sa poche et grimpa la colline, s'enfonçant de plus en plus profondément parmi les cultures de vigne closes de murs de pierres sèches, les terrains plantés de bois noirs, les vergers aux troncs noueux redevenus sauvages, les fenêtres béantes, les fermes abandonnées et les ruines sans nom jusqu'au cœur ténébreux de ce pays menaçant et hanté bordant la route sinueuse. A l'heure du couchant, tandis qu'au loin brillaient les tours de Kingsport, sur le ciel rougeoyant, il saisit la clé et accomplit les rites et les invocations prescrites. Ce n'est que plus tard qu'il réalisa avec quelle rapidité avait opéré le rituel.

Alors, dans l'invasion grandissante du crépuscule, il entendit une voix venue du passé: celle de Benijah Corey, le domestique de son grand-oncle. Le vieux Benijah n'était-il pas mort depuis trente ans? Trente ans avant quelle date? En quelle année était-il? Où avait-il été? Qu'y avait-il d'étrange à ce que le vieux Benijah soit en train de l'appeler, ce 7 octobre 1883? N'était-il pas resté dehors plus tard que ne l'avait permis tante Martha? Quelle était cette clé dans la poche de sa blouse alors qu'aurait dû s'y trouver la petite longue-vue que lui avait offerte son père pour son neuvième anniversaire, deux mois plus tôt? Qu'avait-il trouvé dans la mansarde, à la maison? Pourrait-il révéler l'existence de cette mystérieuse spirale dont ses yeux perçants avaient trouvé la trace parmi les rocs déchiquetés encombrant la caverne intérieure qui s'ouvrait derrière la Tanière du Serpent? Ce lieu pour tout le monde et depuis toujours, faisait partie du royaume du vieil Edmund Carter, le sorcier. Personne ne voulait y entrer et personne, sauf lui, n'avait jamais remarqué la fissure obstruée de racines, ni rampé à travers jusqu'à cette grotte intérieure qui abritait la spirale. De quelles mains, au sein de cette chambre de pierre, avait pu jaillir l'immatérielle présence de cette spirale? Était-ce l'œuvre du vieil Edmund le sorcier — ou celle d'autres êtres qu'il avait fait apparaître et auxquels il avait commandé?

Ce soir-là le petit Randolph prit son souper avec oncle Christ et tante Martha dans la vieille ferme au toit branlant.

Le matin suivant il fut debout de bonne heure et grimpa à travers le verger aux pommiers tordus jusqu'aux hautes coupes où l'entrée de la Tanière du Serpent se dissimulait, noire et répoussante parmi des chênes grotesques et trop fournis. Une attente indicible était née en lui et il ne remarqua même pas qu'il perdait son mouchoir à l'instant où fouillant dans la poche de sa blouse il s'assurait que la clé d'argent était bien à sa place. Plein d'une assurance audacieuse, il rampa à travers la sombre ouverture, s'éclairant avec des allumettes chipées dans le petit salon. Un moment plus tard il s'était faufilé à travers la fissure encombrée de racines et avait pénétré dans cette vaste grotte intérieure ignorée de tous où l'ultime paroi rocheuse ressemblait à quelque monstrueuse spirale palpitante encore de la conscience qui l'avait érigée. Devant ce mur d'où goutte à goutte suintait l'humidité, il demeurait immobile et silencieux comme frappé de terreur, craquant allumette sur allumette. Ce renflement dans la pierre, au-dessus de la clé de voûte, dont il avait soudain la vision, n'était-ce pas réellement une gigantesque main sculptée? Il sortit alors la clé d'argent et fit des gestes et dit des invocations dont il ne se rappelait que vaguement l'origine. Oubliait-il quelque chose? Randolph ne connaissait plus que son désir de franchir la barrière pour entrer dans le pays illimité des rêves et voir les golfes où toutes les dimensions se dissolvent dans l'absolu.

III

Il est à peine possible de décrire avec des mots ce qui arriva par la suite. Cela abonde en paradoxes, en contradictions, en anomalies qui n'ont pas de place dans la vie quotidienne mais peuplent nos rêves les plus fantastiques et y sont considérés comme absolument normaux jusqu'à ce que nous retournions à notre monde étroit, objectif, rigide et limité aux correspondances de la logique tri-dimensionnelle. C'est avec difficulté que tout en continuant son récit, l'Hindou évitait ce qui pouvait passer pour un délire insignifiant et puéril, bien plus que pour l'histoire d'un homme retourné à travers les années jusque dans son enfance.

M. Aspinwall, dégoûté, émit un grognement apoplectique et cessa pratiquement d'écouter.

Le rituel de la clé d'argent que pratiqua Randolph Carter dans les ténèbres hantées de la deuxième caverne, se montra efficace. Dès le premier geste, dès la première syllabe, une étrange et terrifiante aura de mutation apparut — la perception d'une perturbation incalculable dans l'espace et le temps, dans ce que nous reconnaissons comme le mouvement et la durée. Imperceptiblement des idées comme l'âge et le lieu cessèrent d'avoir la moindre signification. La veille, Randolph Carter avait miraculeusement franchi un abîme d'années, maintenant il n'y avait plus de mur entre l'homme et l'enfant. Seule existait désormais l'entité Randolph Carter, riche d'une certaine quantité d'images, mais ayant perdu tout contact avec les circonstances terrestres de leur acquisition. La minute précédente avaient existé une grotte profonde et sur le dernier mur la vague impression d'une monstrueuse arche de pierre et d'une gigantesque main sculptée. Maintenant il n'y avait ni caverne ni absence de caverne, ni mur ni absence de mur. Il n'y avait plus qu'un fleuve d'impressions non pas tant visuelles que cérébrales parmi lesquelles l'entité qu'était devenu Randolph Carter expérimentait les perceptions qu'avait enregistrées et que ressassait son esprit sans avoir cependant nettement conscience de la voie qu'elles empruntaient pour lui parvenir.

Quand le rituel eut été célébré, Carter se rendit compte qu'il n'était dans aucune des régions que décrivent les géographies terrestres ni dans aucune des époques auxquelles l'histoire peut fixer une date. Ce qui lui arrivait lui paraissait pourtant un peu familier. Les mystérieux fragments Pnakotiques en disaient quelque chose et après qu'il eut déchiffré les signes gravés sur la clé d'argent, un chapitre entier du Nécronomicon, ouvrage oublié de l'Arabe dément Abdul Alhazred, lui avait révélé toute sa signification interne. Une porte avait été ouverte — non pas, en vérité, l'Ultime Porte — mais une autre qui conduisait par-delà la Terre et le temps à cette extension de la Terre qui est hors du temps et par-delà laquelle, dans la terreur et le danger, l'Ultime Porte conduit à son tour au Vide Ultime qui est hors de toute Terre, de tout univers et de toute matière.

Il aurait dû y avoir là un guide — un guide terrible; un guide qui sur terre, il y a des millions d'années, avait été une entité en un temps où l'homme n'était même pas imaginable et où, sur la planète enveloppée de vapeur, se mouvaient des formes oubliées qui construisaient de surprenantes villes dont les dernières ruines avaient vu jouer les premiers mammifères. Carter se rappelait ce que le monstrueux Nécronomicon avait vaguement esquissé à propos de ce guide :

« Et, avait écrit l'Arabe dément, bien qu'il existe des gens ayant osé jeter un regard par-delà le Voile et accepter l'Entité comme guide, ils eussent été plus prudents en évitant tout commerce avec elle. Il est écrit dans le livre de Toth de quel terrible prix se paie le moindre regard. Ceux qui vont de l'autre côté du Voile ne peuvent jamais en revenir car dans ces espaces infinis qui dépassent notre monde, il y a des ténèbres qui saisissent et qui lient. L'être qui, pas à pas, avance au hasard dans la nuit, le Mal qui défie les Anciens Signes, le Troupeau qui monte la garde au portail secret dont on connaît l'existence dans chaque tombeau et vit de ce qui pousse des

morts — tous ces êtres du monde des ténèbres sont de
loin les inférieurs de Celui qui garde la porte ; de Celui qui guidera l'imprudent par-delà l'univers dans
l'abîme où gîtent des formes innommables toujours
prêtes à dévorer. Celui-là, le très ancien, c'est Umr-
at-tawill, nom que le scribe a traduit par « Celui
dont la vie a été prolongée ».

Dans un chaos effervescent, sa mémoire et son
imagination esquissèrent à demi de pâles images
incertaines, dont Carter comprit qu'elles n'étaient
purement que mémoire et imagination. Il sentit
cependant que ce n'était pas par hasard que sa
conscience avait formé ces images : quelque profonde réalité ineffable et hors de toute dimension
devait l'entourer et s'efforcer de lui transmettre les
seuls symboles qu'il était en état de saisir, aucun
esprit terrestre n'étant capable de comprendre les
prolongements des formes qui s'entremêlent, hors
du temps et des dimensions que nous connaissons,
dans les abîmes obliques.

Là, flottait devant Carter une vaporeuse procession de formes et de scènes qu'il relia, tant bien que
mal, par-delà des éternités oubliées, aux premiers
âges de la Terre. De monstrueuses choses vivantes se
mouvaient lentement à travers des paysages peuplés
d'une incroyable végétation, des falaises, des montagnes, des maçonneries sans exemple ici-bas et des
chantiers où s'accomplissaient de fantastiques tra-
vaux tels qu'aucun rêve humain jamais n'en inventa. Il y avait des cités construites sous la mer et
elles étaient habitées ; il y avait des tours dressées
dans d'immenses déserts d'où s'envolaient les uns

dans l'espace, les autres hors de l'espace, des globes, des cylindres et d'indescriptibles entités ailées. Tout cela Carter le comprit bien que ces images ne fussent issues d'aucune communication certaine entre lui et les autres. Il ne possédait, lui-même, ni forme ni position fixe mais seulement de mobiles intuitions de forme et de position que lui communiquait son imagination perpétuellement mouvante.

Il avait souhaité retrouver les régions enchantées de ses rêves d'enfant où les galères faisaient voile sur le fleuve Oukranos après avoir passé les flèches d'or de Thran, où les caravanes d'éléphants cheminaient dans le Kled à travers les jungles parfumées par-delà les palais oubliés dormant sur leurs colonnes d'ivoire, intacts et fascinants sous la lune. A présent, enivré par des visions plus vastes, il avait à peine pris le temps de connaître ce qu'il cherchait. Des pensées d'une audace blasphématoire et infinie lui vinrent à l'esprit et il sut qu'il affronterait le Guide sans crainte et lui soutirerait de monstrueuses et terribles confidences.

Tout à coup, le cortège d'impressions sembla sur le point de s'immobiliser. Il y avait de très hautes masses de pierres, sur lesquelles étaient sculptés d'incompréhensibles motifs dont la disposition obéissait aux lois d'une géométrie inconnue, inverse de la nôtre.

Du haut d'un ciel de couleur indéfinissable filtrait une lumière qui suivait des directions déconcertantes et contradictoires et, comme douée de conscience, voltigeait au-dessus de ce qui semblait être une ligne courbe composée de gigantesques piédestaux se rapprochant plus que d'aucune autre de l'apparence hexagonale. Ces piédestaux couverts de hiéroglyphes étaient surmontés de formes voilées et très mal définies.

Il y avait une autre forme qui n'occupait aucun piédestal mais semblait glisser ou flotter sur la vaporeuse surface inférieure semblable à un parquet. Ses contours n'étaient pas exactement précis, mais, bien que d'une taille moitié de celle d'un homme ordinaire, ils suggéraient l'idée d'un être remontant à une époque très lointaine, antérieure à l'apparition de l'homme. Cette forme semblait très lourdement voilée d'une étoffe de couleur neutre tout comme celles qui surmontaient les piédestaux. Carter ne réussit à découvrir dans cette étoffe aucun trou, à travers lequel l'entité eût pu voir: il est probable qu'elle n'avait pas besoin de voir car elle paraissait appartenir à une catégorie d'êtres vivant très en dehors, de par leurs facultés et leur organisation, du monde purement physique.

Un instant plus tard, Carter comprit qu'il en était bien ainsi puisque la forme avait parlé à son esprit sans utiliser ni son ni parole.

Bien que le nom qu'elle avait révélé fût redoutable et terrifiant, Randolph Carter ne s'abandonna pas à la peur. Il répondit, au contraire, sans utiliser ni son ni parole, et présenta les hommages dont le hideux Nécronomicon lui avait appris l'emploi. Cette forme n'était autre que celle dont le monde entier a peur depuis que Lomar sortit de la mer et que les Enfants du Feu vinrent sur terre enseigner à l'homme l'Ancien Savoir. C'était, en effet, le terrible guide, gardien de la porte, *Umr-at-tawil*, le très ancien nom, que le scribe a traduit par « Celui dont la vie a été prolongée ».

Le guide connaissait, comme il connaissait toute chose, la quête et la venue de Carter. Il savait que ce chercheur de secrets et de rêves se tenait sans crainte devant lui. Le guide n'irradiait ni horreur ni méchanceté, et Carter s'en émerveilla un moment se demandant si les terrifiantes et blasphématoires allusions de l'Arabe dément ne venaient pas de l'envie ou du désir contrarié de faire ce qu'il était, lui maintenant, en train de faire. A moins que, peut-être, le guide ne réservât son horreur et sa méchanceté pour ceux qui avaient peur. Les radiations continuant, Carter les interpréta comme des mots.

— Je suis, en vérité, le Très Ancien, dont vous avez entendu parler, dit le guide. Nous vous avons attendu, les Anciens et Moi. Vous êtes le bienvenu quoiqu'ayant tardé. Vous avez la clé et vous avez ouvert la Première Porte. A présent l'Ultime Porte est prête pour votre épreuve. Si vous avez peur, vous n'avez pas besoin d'aller plus loin. Vous pouvez encore retourner sain et sauf sur vos pas. Si vous choisissez d'avancer...

L'arrêt était de mauvais augure mais les radiations continuaient à être amicales. Carter, poussé par une brûlante curiosité, n'hésita pas un instant.

— J'irai plus loin, répondit-il, et j'accepte que vous soyez mon guide.

A cette réponse, d'après certains mouvements de sa robe qui peut-être dissimulait ou ne dissimulait pas un geste du bras (ou de quelque membre analogue),

le guide sembla faire un signe. Un second signé suivit et grâce à son très grand savoir, Carter comprit
qu'il était maintenant très près de l'Ultime Porte. La
lumière prit une couleur intraduisible et les Formes
sur leurs piédestaux, quasiment hexagonaux, devinrent plus clairement définies. Parce qu'elles se
tenaient plus droites, leurs contours prirent une
apparence plus humaine bien que Carter sût parfaitement que ce ne pouvait être des hommes. Les
formes, à présent, semblaient porter sur leurs têtes
voilées de hautes mitres de couleur incertaine. Ces
mitres rappelaient étrangement celles qu'un sculp-
teur oublié cisela, sur des silhouettes sans nom, tout
au long des falaises vivantes d'une haute montagne
interdite de Tartarie. Tenus à travers certains replis
de leurs voiles enveloppants, de longs sceptres incar-
naient dans leurs pommeaux sculptés un mystère
grotesque et archaïque.

Carter devina qui étaient ces formes, d'où elles
venaient et qui elles servaient. Il devina aussi le
prix de leurs services mais il était quand même satisfait car une extraordinaire aventure s'ouvrait au
cours de laquelle il apprendrait tous les secrests de
l'univers. La damnation, se disait-il, n'est qu'un mot
qui court lancé par ceux que leur aveuglement
conduit à condamner tous les gens qui peuvent voir
fût-ce avec un seul œil. Il s'étonna de la grande
vanité de ceux qui avaient stupidement parlé de la
malveillance des Anciens, comme si ces derniers
pouvaient sortir de leurs rêves éternels pour assouvir
sur l'humanité, un quelconque courroux. Autant
vaudrait imaginer, pensa-t-il, qu'un mammouth

puisse s'arrêter pour assouvir quelque frénétique vengeance sur un ver servant d'appât au bout d'un hameçon.

À présent, sur ses piliers apparemment hexagonaux, l'assemblée tout entière, avec un geste pareil à celui qu'avaient les silhouettes sculptées tenant des sceptres mystérieux, le saluait et irradiait vers lui un message dont il comprit le sens:

— Nous vous saluons vous, le Très Ancien, et vous, Randolph Carter, car votre audace vous a fait l'un des nôtres.

Carter vit alors que l'un des piédestaux était vacant, un geste du Très Ancien lui apprit qu'il lui était réservé. Il s'aperçut aussi qu'un piédestal plus grand que tous les autres se dressait au centre de cette bizarre ligne courbe dessinée par l'ensemble, ligne qui n'était ni semi-circulaire, ni ellipsoïdale, ni parabolique, ni hyperbolique. Il devina que ce piédestal était le propre trône du guide. Marchant et grimpant d'une façon difficilement définissable, Carter prit possession de son siège et tandis qu'il était en train de le faire, il vit que le guide s'était lui-même assis.

Petit à petit apparut un objet, un objet que tenait accroché aux replis de sa robe, le Très Ancien, comme pour le présenter à la vue (ou à ce qui correspondait à la vue) de ses compagnons voilés. C'était une sphère de grande dimension (ou une apparence de sphère) faite d'un obscur métal iridescent. À l'instant où le guide plaçait cet objet devant lui, une vague et pénétrante impression de son s'éleva puis retomba suivant des intervalles qui semblaient obéir

aux lois d'un rythme bien qu'ils ne correspondissent
à aucun rythme terrestre. On aurait dit qu'un chant
s'élevait, ou tout au moins ce qu'une imagination
humaine eût pu prendre pour un chant. L'apparence de sphère commença dès lors, à s'illuminer et
ce fut comme si elle brillait au cœur des vibrations
d'une lumière froide d'une couleur incatalogable.
Carter constata que les clignotements obéissaient au
même rythme occulte que le chant. Toutes les formes qui, sur les piédestaux portaient mitres et sceptres, se mirent à se balancer légèrement suivant le
même rythme inexplicable tandis que des nimbes
d'une lumière indéfinissable ressemblant à celle de la
quasi-sphère jouaient autour de leurs têtes voilées.

L'Hindou arrêta son récit et regarda avec curiosité
la grande horloge en forme de cercueil, ses quatre
aiguilles et son cadran couvert de hiéroglyphes, tout
en écoutant le tic-tac insensé qui ne suivait aucun
rythme connu sur cette Terre.

— Vous, M. De Marigny, dit-il soudain à son
hôte érudit, vous n'avez pas besoin d'être instruit du
rythme particulièrement étrange selon lequel les
Formes encapuchonnées chantaient et saluaient sur
leurs piliers hexagonaux. Vous êtes le seul, en Amérique, qui ait eu un avant-goût de l'Extension transdimensionnelle. Je suppose que cette horloge vous
vient de ce pauvre Harley Warren, le voyant. Il disait
qu'il était le seul homme vivant à avoir pénétré dans
Yian-Ho, cité interdite et terrible, héritage secret de
ce Leng, démon vieux d'une éternité, et à en avoir
rapporté certains objets. Dois-je m'étonner du
nombre de secrets redoutables que vous connaissez?

Si mes études et mes rêves sont exacts, c'est le propre de ceux qui en savent beaucoup sur la Première Porte, mais laissez-moi continuer mon récit.

« A la longue, continua le Swami, le balancement et l'impression de chant cessèrent et les nimbes brillants s'éteignirent autour des têtes à présent baissées, immobiles, tandis que les Formes voilées dégringolaient de leurs piédestaux. La quasi-sphère, cependant, continuait à vibrer au sein d'une lumière inexplicable. Carter se rendit compte que les Anciens retournaient au sommeil au sein duquel ils reposaient quand il les avait vus pour la première fois et il se demanda, émerveillé, de quels rêves cosmiques avait bien pu les tirer sa venue. La vérité pénétra lentement son esprit : cet étrange chant rituel était une instruction, le Très Ancien l'avait utilisé pour introduire ses compagnons dans une nouvelle catégorie du sommeil propre à leur donner des rêves capables d'ouvrir l'Ultime Porte pour laquelle la clé d'argent servait de passeport. Il comprit que dans l'abîme de ce profond sommeil les Anciens contemplaient l'insondable immensité des mondes extérieurs et absolus et qu'ils accomplissaient ainsi ce que sa présence leur avait demandé.

Le guide ne partageait pas ce sommeil mais semblait donner encore des instructions par une voie subtile qui ne nécessitait aucun son. Il était certainement en train d'implanter dans l'esprit de ses compagnons l'image des choses dont il voulait qu'ils rêvent. Carter eut conscience qu'à l'instant où chacun des Anciens se représenterait l'image prescrite, naîtrait le germe d'une manifestation visible à ses yeux terrestres. Quand les rêves de toutes les Formes auraient atteint une unité, cette manifestation apparaîtrait et tout ce qu'il demanderait se matérialiserait par cristallisation. Il avait assisté à des phénomènes semblables sur terre, aux Indes, où la volonté combinée et projetée d'un cercle d'adeptes peut faire s'incarner une pensée en une substance tangible, et dans cette Atlaanât écrasée par les âges dont peu de gens osent parler.

Qu'était l'Ultime Porte et comment la franchir. Carter ne le savait pas au juste, mais la sensation d'un intense espoir l'emplissait. Il avait conscience de posséder un corps bizarre et de tenir dans sa main la clé d'argent. Les hautes masses de pierres qui se dressaient en face de lui semblaient lisses comme un mur dont le centre attirerait irrésistiblement ses regards. Il sentit soudain que le courant mental qui l'unissait au Très Ancien venait de s'arrêter.

Dès la première minute, Carter comprit à quelle terrifiante ampleur mentale et physique pouvait atteindre pareil silence. Les premiers temps de sa quête de rêve n'avaient jamais manqué de s'animer de quelque rythme perceptible, tout au moins de la pulsation faible et mystérieuse de l'extension dimensionnelle de la Terre, mais, maintenant, le glacial silence des abîmes semblait envelopper chaque chose. Malgré les appels qu'il faisait à son corps, sa respiration elle-même demeurait inaudible tandis que l'éclat de la quasi-sphère d'*Umr-at-tawil* était devenu fixe, sans vibrations et comme pétrifié. Un nimbe éclatant bien plus brillant qu'aucun de ceux qui jouaient autour des têtes des Formes flamboyait comme glace au-dessus du crâne voilé du terrible Guide.

Un vertige assaillit Carter et son sens de l'orientation s'égara mille fois. Les bizarres lumières semblaient posséder la qualité des plus impénétrables ténèbres amassées au-dessus des ténèbres, tandis que tout autour des Anciens, toujours pétrifiés sur leurs trônes pseudo-hexagonaux, planait un air qui donnait l'impression du plus stupéfiant éloignement. Il se sentit alors transporté lui-même au sein d'incommensurables profondeurs, où des vagues de chaleur parfumée venaient clapoter contre son visage. C'était comme s'il eût flotté dans une mer torride teintée de rose; une mer énivrante dont les vagues se brisaient écumantes sur des rivages de feu. Une grande frayeur le saisit quand il entrevit cette immense étendue de mer houleuse clapotant contre de si lointains rivages. Mais ce temps de silence fut brisé — la houle lui parlait dans un langage qui n'était composé ni de sons physiques, ni de mots articulés.

« L'homme de Vérité est par-delà le Bien et le Mal » psalmodiait une voix qui n'était pas une voix. « L'Homme de Vérité a appris que l'illusion est l'Unique Réalité et que la Substance est le Grand Imposteur. »

Et maintenant dans cette levée de maçonnerie vers laquelle ses yeux avaient été si irrésistiblement attirés, apparaissait l'ébauche d'un arc de voûte titanesque semblable à celui qu'il pensait avoir deviné, si longtemps auparavant, dans cette grotte intérieure qui s'ouvrait sur la lointaine et irréelle surface de la Terre tri-dimensionnelle. Il devina qu'il avait

utilisé la clé d'argent, la maniant en accord avec un
rituel instinctif et inné étroitement parent de celui
qui avait ouvert la Première Porte. Cette mer mie-
vermeille qui clapotait contre ses joues (il en prenait
conscience) n'était ni plus ni moins que la masse
adamantine du mur solide cédant à son incantation
et au tourbillon d'images dont les Anciens avaient
aidé son incantation. Guidé encore par l'instinct et
par une détermination aveugle, il glissa en avant, à
travers l'Ultime Porte.

IV

La progression de Randolph Carter à travers cette masse de maçonnerie cyclopéenne ressemblait à une vertigineuse plongée à travers l'infini des gouffres interstellaires. Il fut pénétré par l'immense douceur de ces vagues divines et triomphantes venues d'une énorme distance. Il perçut le bruissement des grandes ailes et crut entendre un bruit semblable au murmure et au balbutiement d'êtres étrangers à la Terre et au système solaire. Jetant un coup d'œil en arrière, il vit que se dressaient non pas une seule porte, mais une infinité de portes, et devant certaines d'entre elles, hurlaient des Formes dont il n'essaya pas de se souvenir.

Soudain, il ressentit alors une terreur plus grande que celle qu'aucune des Formes aurait pu lui inspirer — une terreur qu'il ne pouvait fuir parce qu'elle faisait partie de lui-même. Le passage de la Première Porte lui avait enlevé un peu de son équilibre et lui avait fait douter de son apparence physique et de ses relations avec les objets qui l'entouraient mais il n'avait pas altéré son sens de l'unité. Randolph Carter était resté Randolph Carter, un point fixe dans le bouillonnement dimensionnel. Par-delà l'Ultime Porte, il comprenait à présent, dans un éclair de frayeur destructrice qu'il n'était pas une seule personne mais une foule de personnes.

Il était au même instant présent en de multiples lieux. Sur Terre, le 7 octobre 1883, dans l'apaisante lumière du soir, un petit garçon nommé Randolph Carter quittait la Tanière du Serpent, dévalait la pente rocheuse et à travers le verger aux rameaux tordus, gagnait la maison de son oncle Christopher, bâtie dans les collines au-delà d'Arkham. Pourtant, toujours au même instant qui, l'on ne sait comment, se situait en l'année terrestre 1928, une ombre pâle, ayant droit elle aussi au nom de Randolph Carter, s'asseyait parmi les Anciens, dans l'extension transdimensionnelle de la Terre. Ici, dans les abîmes cosmiques, qui se creusent, illimités et inconnus, par-delà l'Ultime Porte, il y avait aussi un troisième Randolph Carter. Ailleurs, dans un chaos de mondes dont la multiplicité monstrueuse et sans fin le jeta au bord de la folie, s'agitait une foule confuse et innombrable d'êtres qui, il le savait, étaient tout autant lui-même que ce soi dans lequel il était maintenant présent par-delà l'Ultime Porte.

Des Carter, il en voyait à travers tous les siècles connus ou présumés de l'histoire de la Terre, et à des âges plus reculés de l'entité terrestre dépassant toute connaissance, toute intuition et toute vraisemblance ; des Carter, de forme à la fois humaine et non humaine, vertébrée et invertébrée, animale et végétale, douée de conscience et privée de conscience, et même des Carter n'ayant rien de commun avec la vie terrestre mais se mouvant contre toutes les règles de la raison, sur des arrière-plans de planètes, de galaxies et de systèmes appartenant à d'autres continuums cosmiques. Il voyait les spores de vie éternelle en train de dériver de monde en monde, d'univers en univers et ces spores aussi étaient lui. Quelques-unes de ses visions lui rappelaient des rêves (simultanément indistincts et éclatants, soudains et persistants) qu'il avait eus, tout au long des années, depuis qu'il avait pour la première fois, commencé à rêver et, parmi ces visions, certaines le hantaient et le fascinaient de façon horrible comme si elles lui eussent été familières, ce qu'aucune logique terrestre n'eût pu expliquer.

S'en étant rendu compte, Randolph Carter chancela, étreint par une horreur suprême — une horreur telle que l'idée même ne lui en avait pas été suggérée par cette autre horreur qui l'avait saisi au comble de la nuit hideuse où il s'était aventuré avec Harley Warren dans une nécropole ancienne et abhorrée et en avait seul réchappé. Aucune mort, aucune sentence de mort, aucune extrême angoisse ne peut se comparer à l'excès de désespoir qui le submergea à la pensée d'avoir perdu son identité. S'enfoncer dans le néant ouvre un oubli paisible, mais être conscient de son existence et savoir, cependant, que l'on n'est plus un être défini distinct des autres êtres — que l'on n'a plus un soi — voilà le sommet indicible de l'épouvante et de l'agonie.

Il savait qu'un Randolph Carter, de Boston, avait existé, il ne pouvait pourtant savoir au juste si c'était lui, fragment ou facette d'entité au-delà de l'Ultime Porte, ou quelque autre qui avait été ce Randolph Carter. Son soi avait été détruit et malgré cela, grâce à quelque faculté inimaginable, il avait également conscience d'être une légion de soi — si toutefois, en ce lieu où la moindre notion d'existence individuelle était supprimée, pouvait survivre encore une aussi singulière chose qu'un il. C'était comme si son corps avait été brusquement transformé en l'une de ces effigies munies de membres et de têtes multiples que l'on trouve sculptées dans les temples de l'Inde. Dans une tentative insensée, il contemplait cet agglomérat essayant de séparer son corps originel de tout ce qui lui avait été ajouté — si toutefois (O comble d'horreur) il pouvait exister un corps originel distinct de ces incarnations multiples.

Pendant ces terrifiantes réflexions, le fragment de Randolph Carter qui avait dépassé l'Ultime Porte, fut arraché à ce qui semblait être le nadir de l'horreur pour être jeté dans les noirs abîmes d'une horreur encore plus profonde et, cette fois, cela venait très nettement de l'intérieur — c'était une force, une sorte de personnalité qui, brusquement, lui faisait face, l'entourait et s'emparait de lui et qui, tout en s'intégrant à sa propre présence, coexistait à toutes les éternités et était contiguë à tous les espaces. Il n'y avait pas de manifestation visible mais la perception de cette entité et la redoutable combinaison des concepts de situation, d'identité et d'infinité lui communiquaient une terreur paralysante. Cette terreur dépassait de loin toutes celles dont, jusque-là, les multiples facettes de Carter avaient osé soupçonner l'existence.

En face de ce redoutable prodige, le fragment Carter oublia l'horrible anéantissement de son individualité. Cette entité était un tout en un et un en tout, un être à la fois infini et limité qui n'appartenait pas seulement à un continuum d'espace-temps, mais faisait partie intégrante de l'ultime essence motrice du maëlstrom éternel des forces de vie, de l'ultime maëlstrom sans limites qui dépasse aussi bien les mathématiques que l'imagination. Cette entité était peut-être celle que certains cultes secrets de la Terre nomment à voix basse Yog-Sotoh, et qui, sous d'autres noms, fut une déité. Les crustacés de Yuggoth l'adorent comme celui de l'au-delà et les esprits vaporeux des nébuleuses spirales le désignent par un signe intranscriptible. En un éclair, le fragment Carter prit conscience de la superficialité et de l'insuffisance de toutes ces conceptions.

L'Être s'adressait maintenant au fragment Carter au moyen de prodigieuses vagues qui déferlaient, brûlaient et tournaient, une concentration d'énergie qui anéantissait son récepteur avec une violence presque impossible à supporter et qui, par son rythme extra-terrestre, était comparable au mysté-

rieux balancement des Anciens et aux clignotements des lumières démoniaques rencontrées dans
cette déconcertante région qui s'étend par-delà la
Première Porte. Ce fut comme si des soleils, des
mondes et des univers avaient convergé en un point
dont ils auraient conspiré d'anéantir la véritable
position dans l'espace par un choc d'une furie irré-
sistible. Devant une grande terreur, une plus petite
s'atténue et les vagues brûlantes semblèrent, on ne
sait comment, isoler le Carter qui était par-delà
l'Ultime Porte de son infinité de doubles, lui
restituer son état initial et l'illusion de son
identité. Au bout d'un certain temps, Carter
commença à traduire le langage des vagues en
discours compréhensible et le sentiment d'horreur
et d'oppression déclina. L'épouvante se mua en
simple crainte respectueuse et ce qui lui avait
semblé démoniaque et anormal lui parut dès lors
ineffable et majestueux.

« Randolph Carter, semblaient dire les vagues,
les Anciens, mes représentants sur l'extension de
votre planète, vous ont envoyé à moi parce que vous
êtes celui qui, retourné récemment aux basses
terres du rêve, ne s'en est pas contenté mais
s'est élevé avec la plus grande liberté jusqu'à des
désirs et des aspirations plus nobles et plus
grands. Vous vouliez remonter l'Oukranos doré,
rechercher les cités ivoirines et oubliées qui se
dressent dans le Kled lourd d'orchidées et régner
sur le trône d'opale d'Ilek-Vad, cette ville dont les
tours fabuleuses et les dômes innombrables
s'élancent majestueusement vers l'unique étoile

rouge d'un firmament étranger à votre Terre et à toute matière. Maintenant que vous avez franchi les deux portes, vous souhaitez faire des découvertes bien plus élevées. Vous ne voudriez plus passer comme un enfant d'une vision désagréable à un rêve complaisant, mais vous voudriez vous enfoncer comme un homme dans l'ultime secret qui gît par-delà toutes les visions et tous les rêves.

« Ce que vous poursuivez, je l'estime bon. Je suis prêt à accorder ce que je n'ai jamais accordé que onze fois à des êtres de votre planète et cinq fois seulement à ceux que vous appelez des hommes ou à des êtres qui leur ressemblaient. Je suis prêt à vous montrer l'Ultime Mystère. Le regarder détruit un esprit faible. Pourtant avant que vous ne contempliez ce dernier et premier des secrets, vous pouvez encore choisir en toute liberté et retourner, si vous le désirez, à travers les deux portes : le Voile demeurera intact devant vos yeux. »

V

Un arrêt soudain dans le flux des vagues fit retomber Carter frissonnant et terrifié dans un silence plein de désolation. L'immensité du Vide le pressait de partout, mais il savait que l'Être était encore là, présent. Au bout d'un moment, Carter pensa des mots dont il transmit la substance mentale à l'abîme : « J'accepte. Je ne reculerai pas. »

Les vagues à nouveau l'enveloppèrent et il comprit que l'Être avait entendu. L'Esprit infini faisait maintenant descendre sur lui un flot de connaissance et des visions nouvelles s'ouvraient qui le préparaient à une telle compréhension du cosmos que jamais il n'avait espéré en avoir de semblable. Il apprenait combien est enfantine et limitée la notion d'un monde à trois dimensions. Il apprenait qu'il existe quantité d'autres directions outre celles connues d'avant, d'arrière, de haut, de bas, de droite et de gauche. Il découvrait l'insignifiance et la futile vanité des petits dieux terrestres, la mesquinerie toute humaine de leurs passions et de leurs rapports, leurs rages, leurs amours, leurs haines et leurs désirs. Il découvrait leur soif insatiable d'honneurs et de sacrifices, leurs manies d'exiger des croyances contraires à la nature et à la raison.

Tandis que la plupart de ces découvertes d'elles-mêmes se traduisaient en mots dans l'esprit de Carter, il semblait que des sens inconnus lui en transmissent d'autres. Peut-être avec ses yeux et peut-être avec son imagination il se rendait compte qu'il se trouvait dans une région aux dimensions inconcevables pour un œil et un cerveau humains. Au sein des ombres méditantes de ce qui d'abord avait été un tourbillon de puissance et puis un vide illimité, il distinguait à présent un maëlstrom de forces créatrices qui étourdissait ses sens. Du haut de quelque point de vue inimaginable, il dominait de prodigieuses formes dont les multiples extensions dépassaient toutes les idées de taille, de limite et d'être que son esprit, malgré une vie d'études occultiques, avait été jusqu'alors capable de saisir. Il commençait vaguement à comprendre pourquoi il pouvait au même instant, exister un petit garçon du nom de Randolph Carter, en 1883, dans la ferme d'Arkham, une forme vaporeuse sur le pilier presque hexagonal dans la contrée qu'ouvrait la Première Porte, ce fragment d'être, maintenant face à face, dans l'abîme sans limites, avec la Présence, et tous ces autres Carter dont son imagination et sa perception avaient reçu l'image.

Les vagues accrurent alors leur puissance et cherchèrent à perfectionner son entendement lui découvrant sous un jour raisonnable l'entité multi-forme dont son actuel fragment n'était qu'une infime partie. Elles lui apprirent que chaque figure dans l'espace n'est que le résultat de l'intersection, par un plan, de quelque figure correspondante et de plus grande dimension — tout comme un carré est la section d'un cube et un cercle la section d'une sphère. De la même façon le cube et la sphère figures à trois dimensions, sont la section de formes correspondantes à quatre dimensions que les hommes ne connaissent qu'à travers leurs conjectures ou leurs rêves. A leur tour, ces figures à quatre dimensions sont la section de formes à cinq dimensions et ainsi de suite, en remontant jusqu'aux hauteurs inaccessibles et vertigineuses à l'infinité archétypique. Le monde des hommes et des dieux des hommes n'est que la phase infinitésimale d'un phénomène infinitésimal — la phase tridimensionnelle de ce minuscule univers clos par la Première Porte où *Umr-at-tawil* inspire les rêves des Anciens. Bien que les hommes saluent leur terre du nom de réalité et flétrissent de celui d'irréalité la pensée d'un univers originel aux dimensions multiples, c'est, en vérité, exactement l'inverse. Ce que nous appelons substance et réalité est ombre et illusion et ce que nous appelons ombre et illusion est substance et réalité.

Le temps, dirent encore les vagues, est immobile

et sans commencement ni fin, qu'il ait un mouvement et soit cause de changement est une illusion. En fait, cela même est une véritable illusion, car, excepté pour la vue étroite des êtres vivant sur des mondes aux dimensions limitées, il n'existe pas des états tels que le passé, le présent et le futur. Les hommes n'ont l'idée du temps qu'à cause de ce qu'ils appellent le changement, mais cela aussi est une illusion. Tout ce qui a été, est et sera existe simultanément.

Ces révélations lui furent faites avec une si divine solennité qu'elles le laissèrent incapable de douter. Malgré qu'elles dépassassent presque sa compréhension, il pressentit que leur vérité devait se vérifier à la lumière de l'Ultime réalité cosmique, car celle-ci donne un démenti à toutes les perspectives locales et à toutes les vues partielles et étroites. Carter était assez familiarisé avec les spéculations profondes pour s'être libéré de l'esclavage des conceptions locales et partielles, d'ailleurs, sa quête tout entière n'avait-elle pas été basée sur la croyance dans l'irréalité du local et du partiel ?

Les vagues reprirent après un arrêt impressionnant, expliquant que les habitants des zones à trois dimensions appellent changement ce qui, tout simplement, n'est qu'une fonction de leur conscience considérant le monde extérieur à partir de divers angles cosmiques. C'est ainsi que les Formes obtenues en sectionnant un cône semblent varier selon l'angle de la section : elles sont cercle, ellipse, parabole ou hyperbole selon cet angle sans qu'il se produise, cependant, de changement dans le cône lui-même. De la même façon, les aspects immuables de la réalité infinie semblent changer selon l'angle cosmique du regard. Les faibles êtres habitant les mondes inférieurs sont esclaves de cette variété d'angles de conscience depuis qu'à de rares exceptions près ils ne peuvent apprendre à les contrôler. Seul, un petit nombre d'hommes instruits des mystères interdits, est parvenu à ce contrôle conquérant ainsi le temps et le changement. Par contre, les entités qui vivent par-delà les portes commandent à tous les angles et peuvent voir à volonté soit les myriades de facettes du cosmos dans une perspective fragmentaire soumise au changement soit, en dehors de toute perspective, sa totalité sans changement.

Tandis que les vagues s'arrêtaient à nouveau, Carter commença faiblement et non sans terreur, à comprendre l'ultime retour de cette énigmatique perte de son individualité qui, tout d'abord, l'avait tellement horrifié. Son intuition fit la synthèse des fragments de connaissance qui lui avaient été révélés et, ce faisant, le rapprocha de plus en plus de la compréhension totale du *Secret*. Il devina qu'une grande partie de cette révélation terrifiante — le partage de son *ego* entre une infinité de doubles terrestres — l'aurait saisi dès le passage de la Première-Porte si la magie d'*Umr-at-tawil* ne l'en avait préservé afin de lui permettre d'user avec précision de la clé d'argent pour ouvrir l'Ultime Porte. Anxieux d'une connaissance plus précise, il émit des vagues de pensée demandant quelles relations existaient exactement entre ses diverses facettes — entre le fragment qui, à présent, avait passé l'Ultime Porte, le fragment qui, par-delà la Première Porte, siégeait encore sur le piédestal quasi hexagonal, le petit garçon de 1883, l'homme de 1928, les nombreux ancêtres qui avaient composé son hérédité et l'unité de son *ego* et les inommables habitants d'autres mondes et d'autres éternités qu'un premier hideux éclair d'Ultime perception avait identifiés avec lui. Lentement, en réponse, les vagues de l'Être s'animèrent, essayant de simplifier ce qui dépassait presque les facultés d'entendement d'un esprit terrestre.

Toutes les lignées issues d'êtres appartenant aux dimensions limitées continuèrent les vagues, toutes les phases de croissance de chacun de ces êtres ne sont que les manifestations d'un être archétypique et éternel habitant dans un espace extérieur à toute dimension. Chaque être localisé fils, père, grand-père et ainsi de suite — et chaque phase de l'existence individuelle: petit enfant, enfant, adolescent, homme — ne sont que les phases infinies de ce même être archétypique et éternel, phases causées par une variation dans la position de l'angle du plan de conscience par rapport à cet être archétypique. Randolph Carter à tous les âges. Randolph Carter et tous ses ancêtres à la fois humains et préhumains, terrestres et préterrestres, ne sont tous que les phases d'un « Carter » ultime et éternel qui vit en dehors de l'espace et du temps — ne sont que de fantomatiques projections uniquement différenciées par les angles selon lesquels le plan de conscience coupe l'éternel archétype.

Un léger changement d'angle peut transformer le savant d'aujourd'hui en l'enfant d'hier; peut transformer Randolph Carter en ce sorcier, Edmund Carter qui s'enfuit de Salem en 1692 pour gagner les collines par-delà Arkham, ou ce Picknam Carter, qui, en 2169, usera d'étranges stratagèmes pour repousser les hordes mongoles venues d'Australie. Le même changement peut transformer un Carter humain en l'une de ces entités immémoriales qui ont habité la primitive Hyperborée et adoré le noir et changeant Tsathaggua après s'être enfuies de Kyhtanil, la double planète qui, autrefois, gravitait autour d'Arcturus. Le même changement peut transformer un Carter terrestre en l'un de ces ancêtres plus ancien dont nous soupçonnons à peine la forme et qui habitait Kyhtanil elle-même; en l'une de ces créatures encore plus anciennes qui vivaient sur Stronti, planète transgalactique; en l'une de ces consciences vaporeuses à quatre dimensions qui se mouvaient dans un autre continuum d'espace-temps ou bien en l'un de ces cerveaux végétaux qui, dans le futur, peupleront une comète radio-active et sombre d'une orbite inconcevable — et ainsi de suite, dans le cycle cosmique sans fin.

Les archétypes, disaient les vibrations des vagues, peuplent l'Ultime abîme — sans formes, ineffables et seulement pressentis par quelques-uns des rêveurs habitant le monde des basses dimensions.

Leur chef est, en personne, l'Être en train de parler, et cet Être en vérité, est le propre archétype de Carter. Le zèle jamais rassasié de Randolph et de tous ses ancêtres dans la quête des secrets cosmiques interdits est le résultat naturel de cette filiation avec le Suprême Archétype. Dans chaque monde tous les grands magiciens, tous les grands penseurs et tous les grands artistes *en* sont · les diverses facettes.

Presque anéanti par une crainte mêlée d'une terrible joie, la conscience de Randolph Carter rendit hommage à cette Entité transcendante dont il était issu. Comme les vagues s'arrêtaient à nouveau, il médita dans le profond silence, pensant à d'étranges hommages, de plus étranges questions et d'encore plus étranges requêtes. De bizarres concepts flottaient contradictoirement dans son cerveau ébloui par des visions extraordinaires et des révélations imprévues. Il lui vint à l'esprit que, si ces découvertes étaient littéralement vraies il pourrait personnellement visiter tous ces âges infiniment distants et toutes ces contrées de l'univers qu'il n'avait jusqu'ici connues qu'en rêve, mais pourrait-il commander que la magie changeât l'angle de son plan de conscience? La clé d'argent ne pourrait-elle pas suppléer la magie? Ne l'avait-elle pas transformé, lui un homme de 1928, en un enfant de 1883, puis, ensuite, en quelque chose qui était tout à fait hors du temps? Singulièrement, malgré son apparente absence de corps actuelle, il s'aperçut qu'il avait encore avec lui la clé.

Tandis que se prolongeait le silence, Randolph

Carter émit les pensées et les questions qui l'assaillaient. Il comprit que, dans cet ultime abysse, il était équidistant de chaque facette de son archétype — humaine ou non humaine, terrestre ou extraterrestre, galactique ou transgalactique — et c'est avec une curiosité fiévreuse qu'il inspecta les autres phases de son être, spécialement ces phases qui, dans l'espace et le temps, étaient les plus éloignées de 1928 ou qui, avec persistance, avaient hanté ses rêves d'un bout à l'autre de sa vie. Il devina que son Entité archétypique pouvait à volonté, en changeant son plan de conscience, l'envoyer personnellement dans chacune de ces phases du lointain passé et, malgré les découvertes qui, déjà, l'avaient illuminé, il brûlait d'atteindre cette plus intense découverte: marcher avec son corps à travers les paysages grotesques ou incroyables que les visions de ses nuits lui avaient fragmentairement révélés.

Il interrogeait, sans intention définie, la Présence afin d'accéder à un monde pâle et fantastique dont les cinq soleils multicolores, les constellations magiques, les vertigineux rochers noirs couverts de coquillages, les habitants griffus au groin de tapir, les bizarres tours de métal, les souterrains secrets et les mystérieux cylindres volants s'étaient maintes et maintes fois imposés à ses rêves. Ce monde, pressentait-il, était le seul qui, dans tout le cosmos concevable, fût en contact avec les autres et il était impatient d'explorer les visions dont il avait entrevu le commencement et de s'embarquer à travers l'espace vers ces mondes encore plus lointains avec lesquels les habitants griffus à groin de tapir, entretenaient des relations. Il n'avait plus le temps d'avoir peur. Comme en toutes les crises de sa vie, une intense curiosité cosmique triomphait de tout le reste.

Quand les vagues reprirent leurs imposantes pulsations, Carter sut que sa terrible requête était exaucée. L'Être lui parlait des golfes nuiteux qu'il aurait à traverser, de la quintuple étoile inconnue, brillant dans une galaxie insoupçonnée, autour de laquelle gravitent des mondes étrangers et des choses horribles et inférieures contre lesquelles combat perpétuellement la race griffue à groin de tapir. Il apprit aussi de combien l'angle de son plan de conscience personnel et l'angle de son plan de conscience en rapport avec les éléments de l'espace-temps de sa recherche devaient être simultanément inclinés afin de réintégrer dans un monde la facette-Carter qui l'avait habité.

La Présence l'avertit de faire confiance à ses symboles si jamais il désirait revenir des mondes éloignés et étrangers qu'il avait choisis et il émit une impatiente approbation assuré que la clé d'argent qu'il sentait avec lui et dont il savait qu'elle l'avait réintégré à la fois dans le monde et le plan personnel en le renvoyant en arrière en 1883, contenait les symboles en question. L'Être, saisissant l'occasion de son impatience, lui signifiait à présent son pressant désir de le voir accomplir son monstrueux envol. Les vagues cessèrent brusquement et survint alors un temps de passagère tranquillité empli d'une indicible et redoutable attente.

Ensuite, sans avertissement, éclatèrent un ronflement et un énorme bruit de tambour qui s'enflèrent en un terrifiant coup de tonnerre. Une fois de plus, Carter se sentit le point focal d'une intense concentration d'énergie qui le frappait, le martelait et le brûlait insupportablement dans le rythme maintenant familier de l'espace extérieur et qu'il ne pouvait qualifier autrement que d'explosante chaleur d'une étoile incandescente, ou de froid absolument pétrifiant de l'Ultime abîme. Des bandes et des raies de couleur entièrement étrangères à notre spectre jouaient et s'entrelaçaient devant lui tandis qu'il prenait conscience de la terrifiante rapidité de son déplacement. Il eut la fugitive vision d'une forme assise, seule, sur un trône nuageux se rapprochant plus que d'aucune autre de l'apparence hexagonale...

VI

L'Hindou arrêta un instant son récit et vit que Marigny et Phillips l'observaient attentivement tandis qu'Aspinwall l'ignorait délibérément et fixait ostensiblement les yeux sur les papiers qui se trouvaient devant lui. Le rythme infernal de l'horloge en forme de cercueil prit une signification nouvelle et de mauvais augure en même temps que les vapeurs, provenant des trépieds négligemment alimentés, faisaient onduler des formes inexplicables et fantastiques qui se combinaient de façon troublante aux figures et aux dessins grotesques qui semblaient s'animer sur les tapisseries. Le vieux nègre qui les avait accrochées sur les murs était sorti — peut-être la perception d'une tension grandissante l'avait-elle effrayé et chassé de la maison. Une hésitation comme pleine d'excuses entravait l'Hindou qui résumait son récit d'une voix qui semblait bizarrement peiner tout en s'exprimant pourtant dans un langage courant:

DÉMONS ET MERVEILLES

— Sans doute avez-vous trouvé l'histoire des êtres de l'abîme difficilement admissible, les phénomènes tangibles et matériels que nous allons rencontrer plus avant seront encore plus difficiles à croire, les merveilles sont doublement incroyables, quand, les ramenant des régions incertaines de la réalité du rêve, on les introduit dans un monde à trois dimensions. Je n'essaierai pas de vous rapporter tout, cela composerait un récit très différent. Je ne vous raconterai que l'essentiel de ce que vous devez absolument connaître.

« Carter, après ce tourbillon final de rythme démoniaque et polychromatique, avait compris de lui-même en quoi consistait son vieux rêve insistant.

« Comme en de nombreuses nuits passées, il marchait sous l'éclat d'un soleil aux diverses couleurs, au milieu d'une multitude d'êtres griffus aux groins de tapir, à travers les rues d'un labyrinthe construit avec un métal inconnu. Baissant les yeux, il s'aperçut que son corps ressemblait à celui des autres êtres: rugueux, en partie squameux, curieusement articulé à la manière de celui des insectes sans être cependant dépourvu d'une certaine ressemblance caricaturale avec la silhouette humaine. Bien que tenue par une griffe horrible, la clé d'argent était encore en sa possession.

« Un moment plus tard, la sensation de rêve s'évanouit et il se trouva dans la situation d'un rêveur éveillé de son rêve. L'Ultime abîme — l'Être — l'entité d'une race absurde et étrangère appelaient Randolph Carter vers un monde futur qui, pourtant, n'existait pas encore, un monde, la planète

DÉMONS ET MERVEILLES

Yaddith, où quelques-uns des phénomènes du passé hantaient les rêves sans cesse renouvelés et persistants du magicien Zkauba. Ces rêves étaient trop persistants, ils se mêlaient à ses obligations, s'entrelaçaient aux sortilèges qu'il devait opérer pour maintenir les effroyables Dholes au fond de leurs terriers: ils commençaient à embrouiller ses souvenirs des innombrables mondes réels qu'il avait visités dans ses scaphandres de lumière. Maintenant ils se matérialisaient presque, ce qui jamais ne s'était produit auparavant. Cette pesante clé d'argent qu'il tenait dans sa griffe droite était la reproduction exacte d'une image dont il avait rêvé: elle ne pouvait rien signifier de bon. Il devait se reposer, réfléchir et consulter les tablettes de Nhing pour aviser sur la conduite qu'il aurait à tenir. Franchissant un mur de métal par un passage situé loin des lieux où s'agglomérait la foule, il entra dans son appartement et s'approcha des rayons sur lesquels étaient rangées les tablettes.

« Sept fractions de jour plus tard, Zkauba s'accroupit sur son prisme effrayé et à demi désespéré car la vérité qu'il avait découverte lui révélait une nouvelle série d'affligeants souvenirs. Jamais plus il ne pourrait connaître la paix que lui donnait le sentiment d'être une entité. De tout temps et en tout espace, il était double: Zkauba, le magicien de Yaddith, dégoûté à la pensée du repoussant mammifère terrestre nommé Carter qu'il devait devenir et qu'il avait été et Randolph Carter, de Boston cité de la terre, frissonnant de terreur à la pensée de la chose griffue munie d'un groin qu'il avait été autrefois et qu'à nouveau il était redevenu.

« Les unités de temps passent sur Yaddith, croassa le Swami — dont la voix laborieuse commençait à montrer des signes de fatigue — et sont en elles-mêmes une histoire qui ne peut être racontée en un bref exposé. Il y eut des voyages à Stronti, à Mthura, à Kath et en d'autres mondes encore, dans les vingt-huit galaxies accessibles aux scaphandres de lumière des créatures de Yaddith. Il y eut des voyages aller et retour à travers des éternités à l'aide de la clé d'argent et des divers symboles connus des magiciens de Yaddith. Il y eut de hideux combats contre les Dholes blanchâtres et visqueux dans les tunnels primitifs qui criblent la planète. Il y eut des séances de lecture pleines de crainte respectueuse dans les bibliothèques où s'entassaient l'ensemble des connaissances de dix mille univers vivants ou morts. Il y eut des discussions passionnées avec d'autres esprits de Yaddith, notamment l'Archi-Ancien Buo. Zkauba ne raconta à personne ce qui lui était arrivé mais quand se levait au plus haut de sa conscience la facette-Carter, il étudiait tous les moyens possibles de retourner sur terre et dans sa forme humaine s'essayant, désespérément, avec les bizarres organes de sa gorge si peu aptes à cela, à pratiquer le langage des hommes.

« La facette Carter apprit bientôt avec horreur que la clé d'argent était incapable d'assurer son retour à la forme humaine. Cette clé, comme il le déduisait trop tard de ses souvenirs, de ses rêves et des connaissances traditionnelles de Yaddith, avait été fabriquée sur Terre, en Hyperborée. Elle n'avait de pouvoir que sur les angles personnels de conscience des êtres humains. Elle pouvait modifier l'angle planétaire et, à volonté envoyer celui qui l'utilisait à travers le temps dans un corps inchangé. Un sortilège lui avait été ajouté, donnant les pouvoirs sans limites qui, autrement, lui manquaient, mais ce sortilège était, lui aussi, une découverte humaine — particulière à une région de l'espace et à elle entièrement réservée — que les magiciens de Yaddith ne pouvaient refaire pour leur compte. Elle avait été consignée sur l'indéchiffrable parchemin qui reposait avec la clé d'argent dans le coffret hideusement sculpté, et Carter se lamentait amèrement de l'avoir laissé derrière lui. L'Être de l'abîme, maintenant inaccessible, l'avait prévenu de faire totalement confiance aux symboles qu'il emportait, il avait certainement pensé qu'il ne manquait d'aucun.

« Le temps passant, il s'efforça, avec de plus en plus de difficultés, d'utiliser les monstrueuses traditions de Yaddith pour trouver le moyen de retourner dans l'abîme vers l'entité omnipotente. Avec le nouveau savoir qu'il avait acquis, il était à peu près capable de déchiffrer le parchemin occulte, mais ce pouvoir, dans les conditions actuelles n'était qu'ironie pure. Il y eut alors un temps où, quand se levait au plus haut de sa conscience la facette Zkauba, il s'efforçait d'effacer le gênant souvenir de Carter.

« De longs espaces de temps s'écoulèrent ainsi

— espaces trop longs pour que le cerveau d'un homme puisse les saisir car les habitants de Yaddith ne meurent qu'au bout de très longs cycles. Après plusieurs centaines de révolutions, la facette Carter sembla gagner sur la facette Zkauba et put, durant d'immenses périodes, calculer quelle pouvait bien être la distance qui, à travers l'espace et le temps, séparait Yaddith de la terre des hommes. Les images se brouillaient — elles s'étendaient sur d'incommensurables éternités d'années lumières — mais les connaissances traditionnelles de Yaddith avaient préparé Carter à les comprendre. Il développa le pouvoir qu'il avait de diriger momentanément ses rêves vers la terre et apprit, sur notre planète, bien des choses qui, jusqu'alors, lui étaient demeurées inconnues. Il n'arriva pourtant pas à rêver l'indispensable formule recelée par le parchemin oublié.

« Il conçut plus tard un extraordinaire plan d'évasion qui commença à se réaliser quand il eut découvert une drogue lui permettant de garder endormie pour toujours la facette Zkauba. Il pensa alors que ses calculs lui permettraient d'accomplir, avec son scaphandre de lumière, un voyage comme jamais aucun être de Yaddith n'en avait accompli — un voyage *corporel* à travers les éternités indicibles et par-dessus les incroyables étendues galactiques jusqu'au système solaire et jusqu'à la Terre elle-même. Une fois sur terre, bien que doté d'un corps griffu et d'un groin de tapir, il arriverait bien, d'une façon ou d'une autre, à retrouver et à déchiffrer le manuscrit couvert d'étranges hiéroglyphes qu'il avait abandonné près d'Arkham dans sa voiture. A l'aide de ce manuscrit et de la clé, il arriverait bien, aussi, à reprendre sa normale apparence terrestre.

« Il n'était pas inconscient des périls de sa tentative. Il savait que, quand il aurait incliné son angle planétaire vers l'éternité voulue (chose impossible à faire pendant qu'il voyageait à travers l'espace), Yaddith serait un monde mort dominé par les Dholes triomphants et que son évasion dans son scaphandre de lumière serait sujette à de graves incertitudes. Savait-il, toutefois, jusqu'à quel point il devrait, à la manière d'un fakir, suspendre en lui la vie pour supporter, une éternité durant, la traversée des abîmes insondables ? Il savait aussi que si son voyage était couronné de succès, il devait s'immuniser lui-même contre les bactéries et autres conditions terrestres dangereuses pour un corps de Yaddith. Il devrait, en outre, trouver un moyen de simuler sur terre la forme humaine en attendant de pouvoir récupérer et déchiffrer le parchemin pour retrouver son véritable corps, sinon, il risquait d'être très certainement découvert et occis par les gens horrifiés devant cette forme qui n'aurait pas dû exister. Il devrait aussi emporter un peu d'or — facile à obtenir à Yaddith — qui lui permettrait de survivre pendant le temps de ses recherches.

« Les plans de Carter se réalisaient lentement. Il se pourvut d'un scaphandre de lumière d'une résistance surnormale, capable à la fois de supporter ces prodigieuses transitions de temps et ce vol sans précédent à travers l'espace. Il mit tous ses calculs à l'épreuve et dirigea maintes et maintes fois ses rêves vers la terre, les forçant à s'approcher le plus possible de l'année 1928. Il réussit merveilleusement dans la pratique de la catalepsie. Il découvrit l'agent bactériologique dont il avait justement besoin et calcula les variations des courants gravitationnels qu'il pourrait utiliser. Il façonna adroitement un masque de cire et un costume flottant capables de le faire passer parmi les hommes pour un être humain et inventa un très puissant sortilège qui tiendrait en respect les Dholes au moment où il quitterait la noire et morte Yaddith, reposant au fond de son inconcevable futur. Il n'oublia pas de réunir une bonne provision de drogues — introuvables sur terre — qui maintiendraient dans son sommeil de la facette Zkauba jusqu'à ce qu'il puisse se dépouiller de son corps de Yaddith. Il n'oublia pas non plus, une petite réserve d'or pour ses besoins terrestres.

« Le jour du départ fut plein d'incertitude et d'appréhension. Carter, sous le prétexte d'un voyage vers Nythur, la triple étoile, grimpa jusqu'à la plate-forme d'envol des scaphandres de lumière et se glissa lentement dans sa gaine de métal brillant.

« Il n'avait que la place d'opérer le rituel de la clé d'argent et, juste à l'instant où il l'opérait, la lévitation de son scaphandre commença lentement. Le jour bascula dans des ténèbres terrifiantes tandis que s'élevait une douleur hideuse et torturante. Le cosmos sembla être ébranlé par la main d'un dieu qui lui était étranger et les constellations dansèrent sur le ciel noir.

« Carter perçut aussitôt un nouvel équilibre. Le froid des gouffres interstellaires mordait l'extérieur du scaphandre, mais il pouvait se voir flotter librement dans l'espace, la construction métallique d'où il avait pris son départ ayant détruit devant lui l'obstacle des années. Au-dessous de lui, le sol grouillait de gigantesques Dholes; et même tandis qu'il se penchait pour les regarder, l'un d'entre eux se souleva à plusieurs centaines de pieds et dirigea vers lui l'une de ses extrémités visqueuses et décolorées.

« Ses sortilèges étaient efficaces et, un moment plus tard, il plongeait sain et sauf loin de Yaddith. »

VII

Dans cette pièce bizarre de la Nouvelle-Orléans, dont s'était enfui instinctivement le vieux serviteur noir, la mystérieuse voix du Swami Chandraputra devint encore plus rauque.

— Messieurs, je ne vous demanderai pas de me croire avant que je vous aie montré une preuve irréfutable. En attendant, quand je vous parle des *milliers d'années et des milliers d'années-lumières et des incalculables millions de milles* que Randolph Carter franchit à travers l'espace sous la forme d'une entité sans nom, enfermée dans un mince scaphandre de métal mû par des électrons, vous pouvez considérer cela comme un mythe. Carter mesura son temps de catalepsie avec le plus grand soin, projetant qu'il prît fin quelques années avant son atterrissage sur Terre en 1928 ou aux environs de 1928.

« Il n'oublia jamais ce réveil. Souvenez-vous, messieurs, qu'avant ce sommeil long d'une éternité, il *avait vécu consciemment durant des milliers d'an-*

nées terrestres parmi les étranges et horribles merveilles de Yaddith. Le froid le mordit atrocement, les rêves cessèrent de le menacer et il put jeter un coup d'œil à travers les hublots du scaphandre. De chaque côté, il y avait des étoiles, des constellations, des nébuleuses, *et, à la fin, leurs contours offrirent quelque ressemblance avec les constellations visibles de la terre qu'il connaissait.*

« Sa descente à travers le système solaire pourra un jour être racontée. Il vit Kynart et Yuggoth aux extrémités du monde solaire, il passa près de Neptune et entrevit les diaboliques champignons blanchâtres qui souillent cette planète. Il apprit un secret irracontable en jetant de près un coup d'œil sur les brumes de Jupiter, vit l'horreur qui peuplait l'un de ses satellites et contempla les ruines cyclopéennes qui s'étalent sur le disque vermeil de Mars. Quand la terre se rapprocha, il vit apparaître comme un mince croissant dont les dimensions augmentaient de façon alarmante. Il ralentit sa vitesse, quoique la sensation de rentrer chez lui lui fit désirer ne pas perdre un moment. Je n'essaierai pas de vous traduire cette sensation que Carter m'a racontée.

« Bref, vers la fin de son voyage, Carter plana dans la stratosphère terrestre attendant que le jour vînt sur l'hémisphère occidental. Il désirait atterrir à l'endroit d'où il était parti — près de la Tanière du Serpent dans les collines par-delà Arkham. Si quelqu'un parmi vous a été très longtemps absent de chez lui — et je sais que c'est vrai pour l'un d'entre vous — je vous laisse le soin de comprendre combien l'ont touché la vue des collines de la Nouvelle-Angleterre, des grands ormes, des vergers aux troncs noueux et des vieux murs de pierre sèche.

« Il toucha le sol à l'aube sur la petite prairie près de la vieille résidence des Carter et remercia le ciel pour le silence et la solitude qui y régnaient. C'était l'automne, comme lorsqu'il était parti, et l'odeur des collines était un baume pour son âme. Il réussit, non sans difficultés, à traîner le scaphandre métallique sur la pente des hautes coupes jusqu'à la Tanière du Serpent, sans pénétrer toutefois dans la grotte inférieure par la fissure obstruée de racines. Ce fut là qu'il recouvrit son corps, par trop étranger à ce monde, avec les vêtements humains et le masque de cire qui devaient lui être nécessaires. Le scaphandre resta là durant environ une année jusqu'à ce que certaines circonstances rendissent nécessaire une nouvelle cachette.

« Il se rendit à pied à Arkham — habitant incidemment son corps à la démarche humaine et au maintien terrestre — et put changer son or contre de la monnaie courante dans une banque. Il se livra aussi à quelques investigations — se donnant pour un étranger ignorant presque tout de l'anglais — et découvrit qu'il était en 1930, et que deux années seulement s'étaient écoulées depuis le commencement de son aventure.

« Naturellement, sa position était horrible. Dans l'incapacité de décliner son identité, forcé de vivre perpétuellement sur ses gardes, en butte à des difficultés de nourriture, obligé de conserver la drogue démoniaque qui lui permettait de tenir endormie la facette Zkauba, il se rendit compte qu'il devait agir le plus vite possible.

« Il se rendit à Boston et loua une chambre dans un pouilleux faubourg de la ville où il pouvait vivre à bon marché et sans se faire remarquer. Dès son arrivée, il s'enquit de tout ce qui concernait les divers biens de Randolph Carter. C'est alors qu'il apprit avec quelle impatience Mr Aspinwall, ici présent, désirait que fussent partagés ces biens et avec quelle opiniâtreté Mr de Marigny et Mr Philips s'efforçaient de les conserver intacts. »

L'Hindou s'inclina, bien qu'aucune expression ne parcourût son calme et basané visage à la barbe fournie.

— Indirectement, continua-t-il, Carter obtint une bonne copie du parchemin qu'il avait oublié et se mit à travailler à son déchiffrement. Je suis heureux de dire que je fus capable de l'aider dans cette besogne — il fit, en effet, appel à moi dès le début et, par mon intermédiaire, entra en contact avec d'autres occultistes disséminés de par le monde. Je vins vivre avec lui à Boston, dans une pitoyable demeure située sur Chambers Street. Quant au parchemin, j'ai plaisir à tirer Mr de Marigny de sa perplexité, qu'il me permette de lui apprendre que le langage reproduit par ces hiéroglyphes n'est pas du Naacal mais du R'lyelian, langue qui fut apportée sur terre par la descendance de Cthulhu il y a un temps incalculable. Il s'agit, naturellement, d'une traduction, l'original hyperboréen remontant à des millions d'années était rédigé dans la langue primitive de Tsath-Yo.

« Il fallut, pour le déchiffrer, plus de temps que Carter n'en avait escompté, mais, pas un instant, il ne perdit espoir. Au début de cette année, il fit de grands pas dans l'étude d'un livre importé du Nepal. Là n'est pas la question, mais il réussira bientôt. Malheureusement toutefois, un obstacle s'était levé : l'épuisement de la drogue démoniaque qui gardait endormie la facette Zkauba. Ce n'est pourtant pas une aussi grande calamité qu'il l'avait craint. La personnalité de Carter est en train de remporter la victoire et quand, pour des périodes de plus en plus brèves et seulement au moment où il est évoqué par quelque excitation inhabituelle, s'élève au plus haut point de sa conscience la facette Zkauba, elle est, en général, trop hébétée pour annuler le travail de Carter. Elle ne peut trouver le scaphandre de métal qui la ramènerait à Yaddith car, bien qu'elle ait essayé une fois, Carter profita d'un temps où elle était retombée dans le sommeil pour mieux dissimuler le scaphandre. Tout le mal qu'ait fait Zkauba est d'avoir effrayé quelques gens et d'avoir suscité certaines rumeurs de cauchemar parmi les Polonais et les Lithuaniens qui habitent le faubourg-Est de Boston. Jusqu'à présent, Zkauba n'a jamais détérioré le prudent déguisement préparé par la facette Carter bien que parfois il l'arrache si brusquement que certaines parties ont dû en être remplacées. J'ai vu ce qui se cachait sous ce déguisement — il n'est pas bon de le voir.

· « Il y a un mois, Carter eut connaissance de l'annonce de cette réunion et comprit qu'il devait agir rapidement s'il voulait sauver sa forture. Il ne pouvait attendre d'avoir déchiffré le parchemin et recouvré sa forme humaine. En conséquence, il me délégua pour agir à sa place.

« Messieurs, je vous annonce que Randolph Carter n'est pas mort ; qu'il est temporairement dans une condition anormale mais que, d'ici deux ou trois mois au plus, il sera en mesure d'apparaître en personne et de demander la garde de sa fortune. Je suis prêt à présenter des preuves si besoin est. Je demande donc que vous ajourniez cette réunion *sine die*. »

VIII

De Marigny et Phillips, comme hypnotisés, regardaient fixement l'Hindou tandis qu'Aspinwall émettait une série de grognements de colère. Le dégoût du vieil attorney s'était à présent changé en rage manifeste et il martelait la table à coups de poing. L'apoplexie avait rendu ses veines saillantes. Quand il parla, ce fut une sorte d'aboiement.

— Combien de temps devrons-nous supporter ces sottises? J'ai écouté cet aliéné — ce fakir — une bonne heure et maintenant, il a la sacrée effronterie de dire que Randolph Carter est en vie — de nous demander d'ajourner la succession sans aucune raison valable! Pourquoi ne jetez-vous pas dehors ce coquin, de Marigny? Avez-vous l'intention de faire de nous tous les jouets d'un charlatan et d'un idiot?

De Marigny, calmement, leva la main et parla sans brusquerie:

— Laissez-nous le temps de réfléchir tranquillement et clairement. C'est un bien curieux récit, et qui contient des faits que moi, en tant qu'occultiste pas tout à fait ignorant, je reconnais comme loin d'être impossibles. D'autre part, depuis 1930, j'ai reçu des lettres du Swami qui correspondent à son récit.

A l'instant où il s'arrêtait, le vieux Mr Phillips risqua un mot:

— Le Swami Chandraputra parle de preuves. Je reconnais, moi aussi, ce qu'il y a de significatif dans son récit et j'ai, moi aussi, reçu de lui durant ces deux dernières années, de nombreuses lettres qui corroborent étrangement ses paroles. Pourtant, certains des termes de sa déclaration dépassent la vraisemblance. N'a-t-il rien de tangible qu'il puisse nous montrer?

Le visage toujours impassible, le Swami répondit lentement d'une voix rauque, extrayant, au fur et à mesure qu'il parlait, un objet de la poche de son habit flottant.

— Bien qu'aucun d'entre vous n'ait jamais vu la clé d'argent, MM. de Marigny et Phillips en ont vu des photos. *Ceci vous est-il familier?*

Nerveusement, sa grande main gantée d'une mitaine blanche déposa sur la table une lourde clé d'argent terni — longue de près de cinq pouces, d'un travail inconnu, visiblement réalisé dans des contrées lointaines et couverte d'un bout à l'autre des hiéroglyphes les plus bizarres.

De Marigny et Phillips suffoquèrent.

— C'est elle! cria de Marigny. L'appareil photographique ne peut mentir. On ne peut le prendre en faute.

Aspinwall avait déjà opéré un repli.

— Imbéciles ! Qu'est-ce que cela prouve? Si voilà réellement la clé qui appartenait à mon cousin, c'est à cet étranger — à ce damné nègre — d'expliquer comment il se l'est procurée. Randolph Carter disparut avec cette clé il y a quatre ans. Comment pourrions-nous savoir s'il n'a pas été volé, assassiné? Il était à demi-toqué et en rapports avec des gens encore plus toqués que lui.

« Regardez-moi, vous, le négro — où avez-vous trouvé cette clé? Avez-vous assassiné Randolph Carter? »

Les traits de Swami, anormalement figés, ne changèrent pas, mais ses yeux noirs, lointains et sans iris brillèrent dangereusement. Il dit avec beaucoup de difficulté :

— S'il vous plaît, maîtrisez-vous, Mr Aspinwall. Il y a une autre sorte de preuve que je peux donner, mais son effet sur chacun d'entre vous pourrait être très désagréable. Soyez raisonnables. Il y a ici quelques papiers datant d'après 1930 et manifestement écrits de la main et dans le style fort reconnaissable de Randolph Carter.

Il tira maladroitement à l'intérieur de son vêtement flottant une enveloppe et la tendit à l'attorney tandis que de Marigny et Phillips, pleins de pensées incohérentes parmi lesquelles pointait une sensation d'extraordinaire émerveillement, regardaient les papiers.

— Naturellement, l'écriture est presque illisible — mais rappelez-vous qu'à présent Randolph Carter n'a plus de mains propres à tracer l'écriture humaine.

Aspinwall feuilleta les papiers avec précipitation et fut visiblement troublé mais il ne changea pas d'attitude. La pièce était pleine d'une tension et d'une épouvante indicibles, le rythme mystérieux de l'horloge en forme de cercueil avait, pour Phillips et pour de Marigny, un son infernal, bien que l'attorney n'y parût pas sensible le moins du monde.

Aspinwall parla de nouveau:

— On dirait d'habiles contrefaçons. Si ce n'est pas vrai, cela doit signifier que Randolph Carter est tombé entre les mains de gens qui n'ont pas de bonnes intentions. Il n'y a qu'une chose à faire : faire arrêter ce fakir. De Marigny, voulez-vous appeler la police?

— Laissez-nous patienter, répondit l'hôte, je ne pense pas que ce soit le cas d'appeler la police. J'ai une idée. Cet homme, Mr Aspinwall, est un occultiste d'une réelle valeur. Il dit qu'il a la confiance de Randolph Carter. Cela vous satisfera-t-il s'il peut répondre à certaines questions auxquelles seul un homme ayant cette confiance pourrait répondre? Je connais Carter et puis poser de telles questions. Laissez-moi prendre un livre qui, je crois, fournira un bon test.

Il se dirigea vers la porte pour se rendre dans la bibliothèque, Phillips, hébété, le suivant de façon quasi-automatique. Aspinwall ne quitta pas sa place, étudiant de près l'Hindou dont le visage anormalement impassible lui faisait face. Tout à coup, alors que Chandraputra remettait gauchement la clé d'argent dans sa poche, l'attorney émit une espèce de grognement guttural.

— Hé, par le ciel ! j'ai compris ! Ce gredin est déguisé. Je ne crois plus du tout qu'il soit un Hindou. Ce visage — ce n'est pas un visage mais un masque ! Je devine le sens de son histoire et ce qu'il voulait me mettre dans le crâne, mais c'est vrai ! Ça ne bouge jamais, le turban et la barbe en dissimulent les bords. Ce gars-là est un vulgaire filou ! Ce n'est même pas un étranger — j'ai écouté son discours. C'est un quelconque yankee. Et regardez-moi ces gants — il sait que ses doigts auraient pu laisser des empreintes. Que le diable m'emporte, je lui arracherai ça...

— Arrêtez ! La voix rauque et bizarre du Swami monta sur un ton détaché de toute crainte terrestre. Je vous ai dit qu'il y avait *une autre sorte de preuve que je pourrai fournir si c'était nécessaire,* et je vous ai avertis de ne pas me pousser à la montrer. Ce vieux touche-à-tout à la face empourprée dit vrai, je ne suis pas réellement un Hindou. *Ce visage est un masque et ce qu'il cache n'est pas humain.* Vous autres avez deviné, je l'ai senti il y a quelques minutes. Ce ne serait pas drôle si j'enlevais ce masque. Laissez-moi seul, Ernest. Je peux bien vous le dire : *Je suis Randolph Carter.*

Personne ne bougeait. Aspinwall grogna et esquissa quelques vagues gestes. De Marigny et Phillips, de l'autre côté de la pièce, regardaient les contractions du visage pourpre et surveillaient le dos de la silhouette au turban qui lui faisait face. L'anormal tic-tac de l'horloge avait quelque chose de

hideux; la fumée des trépieds et les tapisseries fris-
sonnantes dansaient une danse de mort. L'attorney,
à moitié suffoquant, rompit le silence.

— Vous ne pouvez pas, espèce d'escroc, vous ne
pouvez pas me faire peur! Vous avez des raisons per-
sonnelles de préférer ne pas ôter ce masque. Peut-être
savons-nous qui vous êtes? Enlevez ça...

Il jetait son bras en avant mais le Swami saisit sa
main avec l'un de ses membres gauchement ganté et
laissa échapper un curieux cri de douleur mêlé de
surprise. De Marigny s'élança vers les deux anta-
gonistes, mais s'arrêta, saisi par le cri de protes-
tation du pseudo-Hindou qui se changeait en un son
cliquetant et bourdonnant absolument inexplicable.
Le rouge visage d'Aspinwall exprimait la fureur
tandis que, de sa main libre, il tentait une autre
fois d'atteindre la barbe broussailleuse de son
adversaire. Il réussit, cette fois, à s'en saisir, et,
sous son effort frénétique, tout le visage de cire se
détacha du turban et demeura collé au poing apoplectique de l'attorney.

A cet instant, Aspinwall poussa un cri gargouil-
lant de terreur, Phillips et de Marigny virent son
visage se convulser sous la plus sauvage, la plus profonde et la plus hideuse crise de panique épileptique
qu'ils aient jamais vue sur une physionomie humaine. Le pseudo-Swami avait, pendant ce temps,
dégagé sa main et se tenait, hébété, émettant des
sortes de bourdonnements de la plus étrange con-
sonance. La silhouette au turban s'effondra alors
bizarrement dans une posture à peine humaine et
commença, comme fascinée, un singulier mouve-

ment vers l'horloge en forme de cercueil qui tic-ta-
quait son rythme anormal et cosmique. Le visage
maintenant découvert était tourné de l'autre côté,
aussi de Marigny et Phillips ne virent pas ce que le
geste de l'attorney avait découvert. Leur attention
se tourna alors vers Aspinwall qui s'était affaissé
pesamment sur le parquet. Le charme était rompu
mais, quand ils atteignirent le vieil homme, il était
mort.

Se tournant vite vers le Swami, qui, toujours en
train de ramper vers l'horloge, avait reculé, de
Marigny vit que l'une des grandes moufles blanches
était tombée de l'un des bras ballants. La fumée de
l'oliban était épaisse et tout ce qu'il put entrevoir
de la main découverte fut quelque chose de long et
de noir. Avant que le créole ait pu atteindre la
silhouette en train de battre en retraite, le vieux
Mr Phillips, posant une main sur son épaule, le re-
tint.

— N'en faites rien ! murmura-t-il. Nous ne savons
pas ce que nous trouverions. Cette autre facette,
vous savez, Zkauba, le sorcier de Yaddith...

La silhouette au turban avait maintenant atteint
la mystérieuse horloge et les spectateurs virent à
travers les denses fumées une indistincte griffe
noire en train de tripoter la grande porte couverte
de hiéroglyphes. L'attouchement de la griffe fit un
étrange bruit de cliquetis. La silhouette entra, alors,
dans le coffre en forme de cercueil et ferma la porte
derrière elle.

De Marigny ne put se retenir plus longtemps,
mais lorsqu'il atteignit la porte et l'ouvrit, le

coffre était vide. L'anormal tic-tac reprit martelant le noir rythme cosmique qui est à la base de l'ouverture de toutes les portes occultes. Sur le parquet, la grande moufle blanche et le mort qui tenait collé à son poing, un masque barbu, n'avaient plus rien à révéler.

Une année passa et l'on n'entendit plus parler de Randolph Carter. Sa succession n'est toujours pas réglée. A Boston l'adresse d'où un certain « Swami Chandraputra » envoya des requêtes à différents occultistes durant les années 1930-31-32, fut, en effet, occupée par un étrange Hindou mais il la quitta peu de temps avant la date de la réunion qui se tint à la Nouvelle-Orléans et n'y revint jamais. Il paraît qu'il avait un visage très basané, barbu et dénué d'expression, son hôtelier pense que le masque, dûment exhibé, lui ressemble beaucoup. Cet Hindou ne fut pourtant jamais suspecté d'avoir participé aux apparitions nocturnes dont parlent à voix basse ses voisins Slaves. Les collines, au-delà d'Arkham, furent fouillées à la recherche du scaphandre métallique mais aucun objet de cette sorte, n'y fut jamais découvert. Un clerc de la First National Bank d'Arkham se souvint cependant d'un homme à l'étrange turban qui, en octobre 1930, convertit en espèces un extraordinaire lingot d'or.

De Marigny et Phillips ne savent au juste que penser de l'affaire. Après tout, qu'y eut-il de prouvé ? Il y eut un récit. Il y eut une clé qui pouvait avoir été fabriquée d'après l'une des photos que Carter avait littéralement distribuées en 1928. Il y eut des papiers, tous indécis. Il y eut un masque plus étrange, mais quel est l'homme encore vivant qui vit quelque chose derrière ce masque? Au milieu de la tension nerveuse et des fumées de l'oliban, cette disparition dans l'horloge peut aisément avoir été une double hallucination. Les Hindous, s'y connaissent fort en hypnotisme. La raison proclame que le « Swami » fut un criminel ayant des vues sur la succession de Randolph Carter. L'autopsie assure pourtant qu'Aspinwall mourut d'un choc. Fut-il causé *seulement* par sa rage? Y eut-il dans ce récit quelque chose...

Dans une vaste salle pleine des fumées de l'oliban et tapissée de tentures aux étranges dessins, Etienne-Laurent de Marigny s'assied souvent pour écouter, avec d'indéfinissables sensations, le rythme anormal de cette horloge, en forme de cercueil, couverte de mystérieux hiéroglyphes.

QUATRIÈME PARTIE

A LA RECHERCHE
DE KADATH

I

Trois fois Randolph Carter rêva de la merveilleuse Kadath et trois fois il en fut repoussé alors qu'il s'arrêtait sur la haute terrasse qui la surplombe. De toutes ses murailles, de ses temples, de ses colonnades, de ses ponts de marbre, de toutes ses fontaines et de tous ses jardins parfumés, de toutes ses larges rues bordées d'arbres délicieux, d'urnes pleines de fleurs et de rangées luisantes de statues d'ivoire la ville étincelait fascinante et dorée, sous le soleil couchant tandis que vers le Nord, sur les pentes abruptes grimpaient des étages de toits rouges et de vieilles mansardes pointues entre lesquels se réfugiaient de petites ruelles caillouteuses où l'herbe avait poussé. Il y avait dans la ville une animation divine, une fanfare de trompettes célestes et un éblouissement de symboles immortels. Le mystère y régnait tout comme les nuages environnent une montagne inexplorée et, à l'instant où suspendant son souffle, Carter en attente se tenait appuyé à la balustrade du parapet il fut envahi par l'angoisse saisissante d'un souvenir à demi oublié, la douleur des choses disparues et le besoin morbide de situer à nouveau ce qui jadis avait été un lieu à la fois important et effrayant.

Il comprit qu'autrefois la signification de ce lieu avait été pour lui souveraine sans qu'il pût savoir en quel cycle d'incarnation, en quel rêve ou en quelle veille il l'avait connu. Il lui rappelait vaguement les fugitifs souvenirs d'une prime jeunesse lointaine et oubliée du temps où de chaque journée enveloppée de mystère s'élevaient le bonheur et le merveilleux, du temps où de l'aube au crépuscule se succédaient, au rythme des luths et des chansons, des heures prophétiques ouvrant les portes flamboyantes de plus profondes et de plus surprenantes merveilles. Chaque nuit pourtant, alors que debout sur cette haute terrasse de marbre ornée d'urnes curieuses et de rampes sculptées, il contemplait la beauté calme du couchant et l'imminence extra-terrestre de la ville, il percevait la contrainte des dieux tyranniques du rêve qui ne lui permettaient jamais de quitter ce point de vue sublime pour descendre les larges escaliers de marbre qui semblaient dégringoler sans fin vers le déploiement de ces rues attirantes remplies de très vieux sortilèges.

Quand, pour la troisième fois, Carter se réveilla sans avoir encore descendu ces escaliers immenses, sans avoir encore traversé ces rues pleines de calme et de soleil couchant, il pria longuement les dieux cachés du rêve qui dans la vastité glacée où ne s'aventure aucun homme planent capricieusement au-dessus des nuages qui recouvrent l'inexplorée Kadath. Les dieux ne répondirent pas, ne manifestèrent aucun fléchissement, ne donnèrent aucun signe d'encouragement quand en rêve il éleva vers eux ses prières. Ils ne répondirent pas plus quand il les invoqua sacrificiellement par l'entremise des prêtres barbus de Nasht et de Kaman-Thah dont le temple souterrain au sein duquel se dresse un pilier de feu gît tout près du monde de l'éveil. Il sembla même que ses prières eussent été reçues avec hostilité car dès la première d'entre elles la contemplation de la merveilleuse cité lui fut totalement enlevée comme s'il n'avait dû ses trois visions qu'à une méprise ou à un accident enfreignant le plan et le désir des dieux.

A la fin, malade d'avoir le droit de visiter ces rues étincelantes de soleil couchant et ces ruelles secrètes qui se glissent entre les vieux toits de tuile et incapable de les chasser de son esprit aussi bien dans ses veilles que dans son sommeil, Carter décida de se rendre hardiment où jamais aucun homme n'avait osé aller, d'affronter les déserts glacés et de gagner à travers les ténèbres le lieu où, voilée de nuages et couronnée d'étoiles inconnues, Kadath, la ville inexplorée cache dans ses murs le château d'onyx des Grands Anciens.

Légèrement assoupi, il descendit les soixante-dix marches qui mènent à la caverne de feu et fit part de son projet aux prêtres barbus de Nasht et de Kaman-Thah. Les prêtres secouèrent leur têtes barbues surmontées d'une tiare et jurèrent que ce serait la mort de son âme. Ils firent ressortir le fait que les Grands Anciens avaient déjà manifesté leur volonté et qu'il leur était désagréable d'être harcelés d'insistantes demandes. Ils lui rappelèrent aussi que non seulement aucun homme ne s'était jamais rendu à Kadath, mais qu'aucun homme ne pouvait soupçonner en quelle partie de l'espace gisait cette cité. Était-ce dans les terres du rêve qui s'étendent autour de notre monde, était-ce dans celles qui entourent quelque compagnon inconnu de Fomalhaut ou d'Aldebaran? Si elle se dressait dans les terres du rêve qui avoisinent notre monde, l'atteindre était concevable, bien que depuis le commencement des temps, seuls trois êtres réellement humains aient fait la traversée aller et retour des noirs gouffres impies qui nous séparent des mondes du rêve encore que sur les trois, deux soient devenus complètement fous.

Il y avait dans de tels voyages un nombre incalculable de dangers imprévisibles sans compter l'ultime danger qui se manifeste par d'innombrables grognements s'élevant du chaos dans des régions que le rêve ne peut atteindre; dans cet ultime abîme du plus grand désordre où les chimères et les blasphèmes sont le centre de toute infinité. L'illimité Azathoth, ce sultan des démons dont aucune bouche n'ose dire le nom à voix haute, se goinfre au milieu des battements sourds et insensés d'abominables tambours et des faibles lamentations monotones d'exécrables flûtes dans les cavités inconcevables et sombres qui s'ouvrent au-delà du temps. Aux rythmes de cette musique dansent absurdement, lentement et lourdement et maladroitement, les gigantesques Dieux Ultimes et les Autres Dieux dénués d'esprit, aveugles et sans voix, ces dieux ténébreux dont l'âme et le messager est Nyarlathotep, le chaos rampant.

Dans la caverne de feu, les prêtres de Nasht et de Kaman-Thah mirent Carter en garde contre tout cela, mais il maintint sa décision d'aller à la recherche des dieux qui, dans l'immensité glacée, planent au-dessus de Kadath et, quels qu'ils puissent être, d'obtenir d'eux la vision et l'asile de la merveilleuse cité dorée par le soleil couchant. Il savait que son voyage serait étrange et long et que les Grands Anciens pourraient s'y opposer, mais vu l'habitude qu'il avait de la terre du rêve, il comptait sur l'aide d'une foule d'expériences et de souvenirs. Après avoir demandé aux prêtres une bénédiction de pure forme, et tout en pensant intensément à sa future route, il descendit hardiment les 700 marches qui le menèrent à la Porte du Profond Sommeil, après quoi il s'engagea dans le Bois Enchanté.

Dans les tunnels de ce bois tourmenté où des chênes prodigieusement bas entrelacent des rameaux tâtonnants qui brillent faiblement à la lueur phosphorescente de champignons parfumés, habitent les zoogs furtifs et discrets. Ils connaissent nombre des secrets obscurs du monde des rêves et ne savent que fort peu de choses du monde de l'éveil depuis que leur bois touche aux terres des hommes en deux endroits dont il serait désastreux de révéler l'emplacement. Certaines rumeurs, certaines apparitions et disparitions inexpliquées se produisent parmi les hommes aux lieux où les zoogs ont accès. Il vaut mieux que ces derniers ne puissent s'aventurer loin du monde des rêves; ils en passent librement les extrêmes frontières et se faufilent, petits, noirs et invisibles pour rapporter de piquantes histoires que, dans la forêt qu'ils aiment, ils se racontent pour tromper les heures autour de leurs foyers.

La plupart d'entre eux vivent dans des terriers, mais quelques-uns habitent le tronc des grands arbres; quoiqu'ils se nourrissent surtout de champignons, l'on murmure qu'ils ont un certain penchant pour la chair, soit physique, soit spirituelle, car il est certain que de nombreux rêveurs sont entrés dans ce bois et n'en sont jamais revenus. Carter cependant n'avait pas peur: c'était un vieux rêveur, il avait appris leur bruissant langage et passé avec eux plus d'un traité. C'est grâce à eux qu'il avait découvert la splendide cité de Célephaïs dans l'Ooth-Nargaï par-delà les collines de Tanarie où règne pendant la moitié de l'année le grand roi Kuranès, un homme, que sous un autre nom il avait connu dans la vie terrestre. Kuranès est le seul être qui, après avoir atteint les gouffres stellaires en soit revenu sain d'esprit.

Se faufilant maintenant sous les bas-côtés entre les troncs gigantesques, Carter émettait des sons bruissants à la manière des zoogs et de temps en temps écoutait pour saisir leurs réponses.

Il se souvint que l'un des villages de ces créatures était la capitale des plus terribles et des plus anciens de ces êtres depuis longtemps oubliés et il se hâta de se diriger vers ce lieu. Il guidait sa marche à la lueur de ces grotesques champignons qui semblaient de plus en plus volumineux à mesure que l'on approchait du cercle redoutable où des êtres plus anciens ont dansé et sacrifié. Finalement, la lumière grandissante de cette multitude de champignons révéla une sinistre étendue grise et verte qui, rompant le toit de la forêt, s'étendait à perte de vue. Le grand cercle de pierre étant tout proche, Carter compris qu'il était à proximité du village Zoog. Après avoir émis un nouveau bruissement, il attendit patiemment. La sensation que de nombreux regards l'examinaient récompensa bientôt son attente. C'étaient les zoogs, car l'on aperçoit leurs yeux magiques, bien avant de pouvoir discerner leurs petites silhouettes brunes.

Ils émergèrent de leurs terriers et de leurs arbres criblés de trous envahissant toute la région faiblement éclairée. Les plus farouches d'entre eux frôlaient Carter désagréablement et l'un d'eux ricana de façon répugnante, mais leurs Anciens réprimèrent bientôt ces esprits désordonnés. Le Conseil des Sages reconnaissant le visiteur, lui fit offrir une gourde de sève fermentée venant d'un arbre hanté qui ne ressemble pas aux autres et dont la graine a été rapportée de la lune. Dès que Carter eut bu cérémonieusement, un étrange colloque s'engagea. Les zoogs malheureusement ne savaient pas où se trouvait le pic de Kadath pas plus qu'ils ne pouvaient dire si l'immensité froide était dans notre monde des rêves ou dans un autre. Ce que l'on savait des Grands Anciens n'avait pas de sources très précises, et tout ce qu'on pouvait dire c'est qu'ils apparaissaient aussi bien sur les pics des hautes montagnes que dans les vallées, depuis le temps où, sur les pics, entre le clair de lune et les nuages, ils exécutaient des danses incantatoires.

Un zoog très ancien rappela alors un fait dont les autre n'avaient pas entendu parler. Il dit que par-delà la rivière Skaï subsiste encore dans l'Ulthar la dernière copie des manuscrits Pnakotiques, copie d'un âge inconcevable rédigée par des hommes du monde de l'éveil originaires des royaumes oubliés des régions boréennes et apportée dans le pays des rêves quand les cannibales velus envahirent la terre aux nombreux temples d'Olathoé et massacrèrent les héros du pays de Lomar. « Ces manuscrits, dit-il, contenaient nombre de révélations sur les dieux, et, de plus, certains habitants de l'Ulthar avaient vu les signes divins. Il y avait même un vieux prêtre qui avait escaladé une haute montagne pour contempler les dieux en train de danser au clair de lune. Son entreprise s'était soldée par un échec mais son compagnon qui avait réussi avait péri de façon indicible ».

Randolph Carter remercia les zoogs qui émirent un bruissement amical et lui donnèrent, pour qu'il l'emportât avec lui, une autre gourde de vin d'arbre. Il s'enfonça à travers le bois phosphorescent en direction de la lisière où les flots de la Skaï déferlent depuis les pentes de l'Erion, du Hateg, du Nir et d'Ulthar, pour se répandre dans la plaine. Derrière lui, furtifs et invisibles rampèrent quelques zoogs curieux qui désiraient savoir ce qui lui arriverait et en rapporter l'histoire à leur peuple. Les grands chênes devenaient plus épais à mesure que Carter s'éloignait du village et il fixait avec attention un point où les arbres semblaient se raréfier quelque peu. Ils se dressaient en cet endroit morts ou mourants parmi les champignons extraordinairement denses, la moisissure pourrissante et les troncs pâteux de leurs frères tombés à terre. Arrivé là, Randolph obliqua vivement car c'était le lieu où sur le sol de la forêt repose une énorme dalle de pierre dont ceux qui l'ont approchée disent qu'elle porte un anneau de fer large de trois pieds. Se souvenant du cirque immémorial bâti de grands rochers moussus et de la raison pour laquelle il fut dressé, les zoogs ne s'arrêtèrent pas près de l'immense dalle et de son monstrueux anneau. Ils comprenaient que tout ce qui est oublié n'est pas nécessairement mort et ils n'avaient aucune envie de voir la dalle se soulever lentement et comme délibérément.

Carter entendit derrière lui les bruissements effrayés de quelques-uns des zoogs les moins courageux. Il avait deviné qu'ils le suivraient, aussi ne fut-il pas surpris. On finit par s'habituer aux anomalies de ces créatures qui semblent toujours en prière. Le crépuscule tombait lorsqu'il parvint à l'orée du bois mais la lueur croissante lui apprit que c'était le crépuscule du matin. Au-dessus des plaines fertiles qui dévalaient vers la Skaï, il voyait la fumée des cheminées des cottages tandis que de tous côtés s'étendaient les haies, les champs labourés et les toits de chaume d'un pays plein de calme. Il s'arrêta une fois à une ferme pour demander un verre d'eau, les chiens effrayés aboyèrent après les zoogs presque invisibles qui, derrière lui, rampaient dans l'herbe. Dans une autre ferme, où les gens étaient en train de travailler, il demanda ce que l'on savait des dieux et s'ils dansaient souvent sur le Lérion, mais le fermier et sa femme ne purent faire que l'Ancien Signe et lui indiquer le chemin de Nir et d'Ulthar.

A midi, il marchait dans l'immense grand-rue de Nir, ville qu'une fois déjà il avait visitée et qui, dans cette direction, marquait la limite de ses voyages antérieurs. Peu après, il atteignait le grand pont de pierre sur la Skaï, pont dont les maçons quand ils le construisirent il y a 1300 ans, scellèrent par un sacrifice humain la clé de voûte. Sur l'autre rive, la foule de chats qui, en voyant se traîner les zoogs, faisait le dos rond, annonça la proximité d'Ulthar. Dans cette ville, en effet, d'après une loi ancienne et très respectée, aucun homme ne peut tuer un chat. Les faubourgs d'Ulthar étaient très agréables avec leurs petites villas vertes et leurs fermes proprement clôturées, mais plus agréable encore était la ville elle-même, avec ses vieux toits à pignons surplombant les étages supérieurs, ses innombrables poteries de cheminées et ses étroites rues montantes dont on pouvait apercevoir les vieux pavés si toutefois le permettait la gracieuse foule des chats. Les zoogs à demi invisibles ayant quelque peu dispersé ces derniers, Carter choisit d'aller directement vers le temple modeste des Anciens où, disait-on, se trouvaient les prêtres et les vieilles archives. Quand il fut à l'intérieur de cette vénérable tour circulaire aux pierres couvertes de lierre — qui couronne la plus haute colline d'Ulthar — il se mit à la recherche du patriarche Atal qui avait escaladé le pic interdit d'Atheg-Kla dans le désert rocheux et en était revenu vivant. Atal assis sur le trône d'ivoire dans un sanctuaire orné de guirlandes qui se trouvait au sommet du temple, était âgé de plus de 3 siècles, mais son esprit et sa mémoire étaient encore très vifs. Carter apprit de lui beaucoup de choses sur les dieux et surtout qu'ils ne sont en fait que des dieux de la Terre et qu'ils n'ont qu'un faible pouvoir sur notre monde des rêves sans avoir de par ailleurs ni d'autres demeures, ni d'autres pouvoirs. S'ils sont de bonne humeur, disait Atal, ils écouteront peut-être une prière humaine, mais personne ne doit songer à monter jusqu'à leur palais d'onyx qui, dans Kadath, se dresse au sommet de l'immensité froide. Il est heureux qu'aucun homme ne connaisse l'emplacement de Kadath car cette connaissance aurait des conséquences très graves pour celui qui se risquerait à en approcher. Le compagnon d'Atal, Barzaï le Sage, avait été enlevé, hurlant, dans le ciel pour avoir simplement escaladé le pic connu d'Atheg-Kla. Dans Kadath, la cité inconnue, ce serait bien pire, si on la découvrait, car bien que les dieux de la Terre puissent parfois être dominés par un Sage mortel, ils sont protégés par ces Dieux de l'Au-delà dont il vaut mieux ne pas parler. Deux fois au moins, dans l'histoire du monde, les autres Dieux ont marqué de leur sceau le granit originel de la terre. Une fois dans les temps antédiluviens comme on l'a deviné d'après un dessin tracé dans ces passages des manuscrits Pnakotiques qui sont trop anciens pour être lus, et une fois sur l'Atheg-Kla quand Barzaï le Sage essaya de voir les dieux de la Terre en train de danser au clair de lune. Ainsi, dit Atal, il vaut bien mieux laisser tous les dieux tranquilles et ne leur adresser que des prières pleines de déférence. Carter bien que déçu par le conseil décourageant d'Atal et par l'aide bien mince qu'il trouverait dans les manuscrits Pnako-tiques et les Livres Occultes de Hsan, ne se décou-ragea pas complètement, espérant qu'il la découvri-rait peut-être sans l'aide des dieux. Il questionna ensuite le vieux prêtre sur cette merveilleuse cité du soleil couchant qu'il avait aperçue depuis la terrasse bordée de parapets, mais Atal ne put rien lui en dire. Ce lieu appartenait probablement, dit le prêtre, à son propre monde des rêves et non pas à celui que beaucoup de gens connaissent et il était possible qu'il se situât sur une autre planète. Dans ce cas, les dieux de la Terre ne pourraient le guider même s'ils le voulaient, mais ce n'était pas le cas puisque l'arrêt de ses rêves démontrait clairement qu'il existait quelque chose que les Grands Anciens désiraient lui cacher.

Carter commit alors une action coupable. Il offrit à son hôte qui ne se méfiait pas, tant de gorgées de ce vin de lune que les zoogs lui avaient donné, que le vieillard se mit à bavarder involontairement. Dé-pouillé de son habituelle réserve, le pauvre Atal di-vulga librement les choses interdites. Il parla de la grande image qui, d'après ce qu'en ont raconté les voyageurs, est sculptée dans l'infrangible roc de la montagne Ngranek, sur l'île d'Oriab, dans la Mer du Sud, et il insinua que ce pouvait être un portrait que les dieux de la Terre gravèrent autrefois à leur propre ressemblance du temps où, sur cette montagne, ils dansaient au clair de lune. Il ajouta en hoquetant que les traits de cette image sont tellement étranges qu'on pourrait facilement les reconnaître et qu'ils sont les signes certains de l'authentique race divine. L'utilité de toutes ces révélations apparut immédiatement à Carter. On sait que les plus jeunes parmi les Grands Anciens épousent souvent en secret les filles des hommes, aussi, sur les frontières de l'immensité froide où se cache Kadath, les paysans doivent-ils tous porter du sang divin. Sachant cela, le plus simple moyen de découvrir cette immensité doit être d'aller voir le visage de pierre sculpté sur Ngranek et d'en étudier les traits. Après les avoir notés avec soin, il suffira alors de rechercher parmi les hommes vivants des traits qui leur ressemblent. Les dieux habiteront tout près de l'endroit où les traits des hommes seront les plus réellement proches des leurs et quelle que soit l'immensité de pierre qui s'étend au-delà des villages, c'est là que doit se dresser Kadath.

On pourrait, dans ces villages, recueillir nombre de renseignements au sujet des Grands Anciens car ceux qui portent leur sang peuvent avoir hérité de petits souvenirs fort utiles pour un chercheur. Ils peuvent ne pas connaître leur parenté puisque les dieux détestent infiniment d'être connus des hommes et que, parmi ces derniers, on n'en trouverait pas un seul qui ait vu leur visage. Ceux qui portent du sang divin devraient cependant avoir des pensées nobles et curieuses incomprises de leurs compagnons. Ils devraient chanter de lointaines contrées et de lointains jardins si différents de tous ceux que l'on connaît même dans les pays des rêves, que les gens du commun devraient les traiter de fous. A partir de cela, peut-être pourrait-on apprendre tous les vieux secrets de Kadath ou du moins recueillir quelques allusions à la merveilleuse cité du couchant que les dieux gardent secrète. Il pourrait être possible, de plus, dans certains cas, de s'emparer de quelque enfant aimé des dieux et de le garder comme otage, ou, mieux encore, de capturer en personne quelque jeune dieu vivant sous un déguisement parmi les hommes et ayant pour épouse une jolie paysanne.

Atal ne savait pas comment gagner le Ngranek sur l'île d'Oriab. Il recommanda à Carter de gagner la Mer du Sud en descendant la Skaï qui chante sous les ponts; aucun habitant d'Ulthar n'a jamais été jusque-là, mais des marchands en viennent soit par bateau, soit par longues caravanes de mules traînant des charrettes à deux roues. Là se dresse la grande ville de Dylath-Leen mais sa réputation est mauvaise dans Ulthar à cause des noires trirèmes chargées de rubis qui s'y rendent et qui ne viennent d'aucun rivage bien défini. Les marchands qui descendent de ces galères pour traiter avec les bijoutiers sont des êtres humains ou presque mais on ne voit jamais les rameurs. Et on pense à Ulthar qu'il n'est guère normal que des marchands trafiquent sur des bateaux noirs dont on ignore d'où ils viennent et dont on ne peut jamais voir les rameurs. Pendant qu'il donnait cette dernière information, Atal s'était assoupi, Carter l'étendit doucement sur une couche d'ébène et rassembla sa longue barbe sur sa poitrine. Comme il se retournait pour partir, il remarqua qu'aucun bruissement obsédant ne le suivait et se demanda pourquoi les zoogs avaient relâché leur poursuite et leur curiosité. Il remarqua alors que tous les chats luisants d'Ulthar léchaient leurs flancs d'un air satisfait et suffisant avec un entrain inhabituel. Il se rappela les crachements et le charivari qu'il avait vaguement entendu dans les salles basses du temple tandis qu'il était absorbé dans sa conversation avec le vieux prêtre. Il se rappela aussi le regard infernalement affamé qu'un jeune zoog, particulièrement impudent, avait jeté sur un petit chat noir en passant dans la rue pavée qui se trouvait à l'extérieur. Parce qu'il n'y avait rien sur terre qu'il aimât plus que les petits chats, Carter s'arrêta et caressa les chats luisants d'Ulthar qui se léchaient les flancs et il ne se plaignit pas de ce que les zoogs curieux ne l'escortassent pas plus loin.

Le crépuscule tombait, aussi Carter s'arrêta-t-il dans une vieille auberge donnant sur une petite rue escarpée qui dominait la ville basse. Alors que sorti sur le balcon de sa chambre, il contemplait la mer de toits de tuiles rouges, les rues pavées et les belles prairies qui s'étendaient au loin, tout lui sembla velouté et magique dans la lumière déclinante, et il jura qu'Ulthar serait un lieu bien agréable pour y vivre toujours, si ne persistait le souvenir d'une plus grande cité pleine de soleil couchant qui, sans trève, le poussait en avant vers des périls inconnus. Les murs roses et les pignons de plâtre devinrent violets et mystérieux tandis que de petites lumières jaunes et tremblantes montaient une à une des fenêtres treillissées. D'harmonieux carillons sonnèrent à toute

volée dans la tour du temple qui dominait la ville et
la première étoile clignota doucement au-dessus des
prairies qui s'étendaient par-delà la Skaï. Avec la
nuit vinrent les chants et Carter inclina la tête à l'instant où les joueurs de luth psalmodiaient le souvenir
des jours très, très anciens, au-delà des balcons aux
fins treillis et des cours carrelées d'Ulthar, la simple.
Une certaine douceur aurait même pu vibrer dans la
voix des chats d'Ulthar si leur étrange festin ne les
avait alourdis et rendus silencieux. Quelques-uns
d'entre eux se glissèrent en secret vers ces royaumes
occultes, dont seuls les chats connaissent le chemin
et que les villageois disent se situer sur le côté sombre
de la lune, côté vers lequel les chats se tournent du
sommet des hautes maisons. Un petit chat noir
monta pourtant sur le balcon et grimpa sur les ge-
noux de Carter pour jouer et ronronner ; puis il se
roula en boule à ses pieds quand Randolph s'étendit
enfin sur sa petite couche aux oreillers bourrés d'herbes parfumées et somnifères. Au matin Carter se joi-
gnit à une caravane de marchands qui faisait route
vers Dylath-Leen emportant la laine filée d'Ulthar et
les choux de ses fermes actives. Pendant six jours, ils
chevauchèrent au son des clochettes sur la route lisse
qui longeait la Skaï, s'arrêtant certaines nuits dans
les auberges des petits ports de pêche, campant d'autres nuits sous les étoiles, tandis que montaient de la
calme rivière les bribes des chansons des bateliers.
Le pays était très beau, avec ses haies vertes, ses bosquets, ses cottages pittoresques et ses moulins à vent
octogonaux.

Le septième jour, un nuage de fumée se montra à

l'horizon, puis les hautes tours noires de Dylath-
Leen, ville qui presque tout entière est bâtie en
basalte. Dylath-Leen avec ses minces tours angulaires ressemble de loin à un morceau de la
chaussée du Géant et ses rues sont sombres et
inhospitalières. On y trouve de nombreuses tavernes
lugubres près des innombrables entrepôts et toute
la ville est pleine de mystérieux marins venus de tous
les pays de la Terre et de quelques autres dont on dit
qu'ils ne se trouvent pas sur Terre. Carter questionna les hommes curieusement vêtus qui peuplaient cette ville, leur demandant des renseignements sur le pic du Ngranek et l'île d'Oriad et il
s'aperçut qu'ils les connaissaient bien. Des bateaux
venaient de Baharna, un port de cette île et l'un
d'eux devait y retourner dans un mois. Le Ngranek
n'est qu'à deux jours de chevauchée de ce port. Très
peu de matelots avaient vu le visage de pierre du dieu
parce qu'il est situé sur une face très difficilement
accessible du Ngranek, face qui ne surplombe que
des rochers à pic et une sinistre vallée de lave. Un
jour, sur ce côté du mont, les dieux étant furieux
contre les hommes, en avertirent les Autres Dieux.

Dans les tavernes du port de Dylath-Leen, Carter
n'obtint qu'avec difficulté ce renseignement des
commerçants et des marins parce qu'ils préféraient
discuter des trirèmes noires. L'une d'entre elles était
attendue dans une semaine avec son chargement de
rubis rapporté de ce rivage inconnu et le peuple de la
ville redoutait de la voir à quai. La bouche des
hommes qui en descendaient pour traiter le marché,
était trop large et la façon dont leur turban se dres-

sait en deux pointes au-dessus de leurs fronts était d'un mauvais goût particulièrement abject. Leurs chaussures étaient les plus petites et les plus bizarres que l'on ait jamais vues dans les Six Royaumes, mais le pire de tout était le problème des rameurs invisibles. Ces trois rangées de rames manœuvraient avec trop de vitesse, de précision et de force pour que ce soit normal et il n'était pas régulier qu'un bateau demeurât dans un port pendant des semaines sans qu'on pût jeter un coup d'œil sur son équipage tandis que les marchands traitaient leurs affaires. Cela ne plaisait ni aux cabaretiers de Dylath-Leen, ni aux épiciers, ni aux bouchers, car jamais la moindre provision n'était envoyée à bord. Les marchands ne prenaient que de l'or et de vigoureux esclaves noirs achetés à Parg par-delà la rivière. C'est tout ce que ces marchands aux traits désagréables et leurs rameurs invisibles avaient jamais acheté ; jamais rien chez les bouchers, ni les épiciers, mais de l'or et de gros nègres de Parg achetés à la livre. Les odeurs qui émanaient de ces galères quand le vent du sud soufflait depuis les docks étaient indescriptibles. Ce n'est qu'en fumant continuellement du tabac très fort que les habitués des vieilles tavernes du port pouvaient les supporter. Dylath-Leen n'aurait jamais toléré les trirèmes noires si l'on avait pu trouver ailleurs de pareils rubis, mais on ne connaissait dans tout le pays des rêves de la Terre aucune mine qui en produisît de semblables.

Le peuple cosmopolite de Dylath-Leen bavardait sur ces faits pendant que Carter attendait patiemment le bateau de Baharna qui l'emmènerait dans l'île où se dresse le Ngranek sculpté et dénudé. Pendant ce temps, il ne manqua pas, dans les lieux fréquentés par les grands voyageurs, d'écouter tous les récits qui s'y pouvaient faire à propos de Kadath, la ville de l'immensité froide, ou à propos d'une merveilleuse cité aux murs de marbre et aux fontaines d'argent que l'on apercevait du haut des terrasses, au soleil couchant. Il n'apprit rien pourtant à ce sujet bien qu'une fois il ait eu l'impression qu'un vieux marchand aux yeux obliques avait un regard curieusement intrigué quand on parlait de l'immensité froide. Cet homme avait la réputation de faire du commerce avec les horribles villages de pierre disséminés sur le plateau désert et glacé de Leng qu'aucun être sain ne visite et dont la nuit on aperçoit de très loin les feux démoniaques. Le bruit courait même qu'il était en rapport avec ce grand prêtre mystérieux qui porte un masque de soie jaune sur le visage et vit tout seul dans un préhistorique monastère de pierre. Il était fort possible qu'un tel individu ait eu de vagues rapports avec les êtres censés habiter dans l'immensité froide, mais Carter s'aperçut vite qu'il était inutile de lui poser des questions.

Passant la digue de basalte où se dressait le grand phare, la trirème noire entra dans le port, étrangère et silencieuse, pleine d'une bizarre puanteur que le vent du sud répandit sur la ville. Le malaise se propagea dans les tavernes, le long du quai, et bientôt les noirs marchands à large boucle avec leurs turbans bossus et leurs petits pieds descendirent furtivement à terre à la recherche des bazars, des bijoutiers.

Carter les observa attentivement et les aima de moins en moins au fur et à mesure qu'il s'attardait à les regarder. Il les vit ensuite emmener les vigoureux nègres de Parg sur la passerelle et les faire entrer dans la singulière trirème et il se demanda dans quels pays (si ces pays existaient) ces créatures pathétiques pouvaient être destinées à servir.

Le troisième soir après l'arrivée de la galère, l'un de ces marchands dont la vue met mal à l'aise, lui adressa la parole, lui souriant avec gêne et lui laissant entendre que dans les tavernes il avait ouï parler des recherches de Carter. Il semblait en avoir une connaissance trop secrète pour en parler en public — et bien que le son de sa voix fût insupportable et haïssable, Carter comprit que le savoir d'un voyageur qui venait de si loin ne devait pas être négligé. Il le pria donc d'être son hôte dans l'une des chambres particulières qui se trouvaient au-dessus de l'auberge et, pour lui délier la langue, offrit ce qui lui restait de vin de lune des zoogs. L'étrange marchand but lentement mais continua à sourire comme si de rien n'était. Il sortit alors une curieuse bouteille pleine de vin et Carter s'aperçut que cette bouteille n'était qu'un simple rubis creusé et grotesquement taillé de façon trop fabuleuse pour être rapportée. Il offrit du vin à son hôte et bien que Carter n'en eût pris qu'une infime gorgée, il se sentit saisi par le vertige de l'espace et la fièvre de jungles insoupçonnées. Pendant tout ce temps l'invité n'avait cessé de sourire de plus en plus largement et tandis que Carter glissait dans le vide, la dernière chose dont il eut connaissance fut cet odieux visage noir convulsé par un rire démoniaque. Il se souvint aussi d'un indicible phénomène qui se déroulait à l'endroit où l'une des deux pointes frontales du turban orange avait été dérangée par les secousses de cette hilarité épileptique. Au milieu d'horribles odeurs, Carter reprit conscience dans une tente dressée sur le pont d'un navire, tandis qu'avec une anormale rapidité s'évanouissaient au loin les merveilleuses côtes de la mer du Sud. Il n'était pas enchaîné, mais, sardoniques, trois des sombres marchands se tenaient grimaçants près de lui et la vue des pointes de leurs turbans le fit à nouveau presque s'évanouir, ainsi que la puanteur qui filtrait à travers les sinistres écoutilles. Il vit glisser près de lui les pays et les cités glorieuses dont sur la Terre un compagnon de rêve (un gardien de phare de l'ancienne Kingsport) lui avait autrefois souvent parlé, et il reconnut les temples en terrasse de Zak, sièges de rêves oubliés, les flèches de l'infâme Talarion, la démoniaque cité aux mille merveilles où règne l'idole Lathie, les jardins charnels de Zura, pays des plaisirs insaisissables et les terres jumelles de cristal qui se rejoignent pour former une arche resplendissante qui garde le port de Sona-Nyl, terre bénie de l'imagination. Après avoir dépassé ces riches pays, le bateau malodorant, dont la vitesse semblait accélérée par les mouvements anormaux des rameurs cachés dans ses flancs, se mit à voler de façon bizarre. Avant la tombée du jour, Carter s'aperçut que l'homme de barre n'avait pas d'autre direction que celle des Piliers de Basalte de l'Ouest par-delà lesquels la rumeur populaire dit que s'étend la Catherie, mais les Sages rêveurs savent

bien que ces piliers ne sont que la porte d'une cataracte monstrueuse à travers laquelle tous les océans
du monde des rêves terrestres se déversent dans le
néant de l'abîme et sont projetés à travers des espaces
vides vers d'autres mondes, d'autres étoiles et
l'affreux néant extérieur à tout univers organisé où
le prince des démons Azatoth grogne de colère au
milieu d'un chaos plein des martèlements et des
sifflements de l'infernale danse des Autres Dieux,
êtres aveugles, aphones, ténébreux et dénués d'esprit
qui ont Nyarlathotep pour âme et messager.

Entre-temps, les trois marchands sardoniques
ne dirent pas un mot ; Carter cependant savait parfaitement qu'ils devaient être ligués avec ceux qui
souhaitaient l'empêcher de poursuivre ses recherches. On sait dans le pays du rêve que les Autres
Dieux ont beaucoup d'agents parmi les hommes, et
tous ces agents qu'ils soient entièrement humains ou
un peu moins qu'humains, sont prompts à exécuter
la volonté de ces choses aveugles et dénuées d'esprit
attendant en retour la faveur de leur hideux messager
et de leur âme damnée, Nyarlathotep, le chaos rampant. Carter en déduisit que les marchands aux
turbans à pointes après avoir entendu parler de sa
courageuse quête, des grands anciens et de leur château de Kadath, avaient décidé de l'enlever et de le
livrer à Nyarlathotep quel que soit le cadeau sans
nom qu'on leur offrirait pour prix de ce service.
Carter n'arrivait pas à deviner quel pouvait être,
dans notre univers connu ou dans les horribles
espaces extérieurs, le pays de ces marchands, pas plus
qu'il ne pouvait imaginer en quel infernal lieu de

rendez-vous ils rencontreraient le chaos rampant pour le livrer et réclamer leur récompense. Il comprit cependant qu'aucun être aussi proche que l'étaient ceux-ci de l'humanité n'oserait approcher dans le vide central et sans forme, l'Ultime trône de nuit du démon Azathoth.

Au coucher du soleil, les marchands se jetant des regards affamés se mirent à lécher leurs lèvres anormalement larges, l'un d'eux descendit et rapporta de quelque cabine secrète et nauséabonde un pot et un panier d'assiettes. Ils s'assirent alors les uns contre les autres sous la tente et mangèrent la viande fumante que de l'un à l'autre ils se passaient. Ils en donnèrent un morceau à Carter qui trouva dans la forme et la dimension de ce morceau de viande quelque chose d'horrible. Il devint plus pâle encore et au moment où personne ne le regardait jeta son morceau à la mer. Il repensa alors à ces rameurs invisibles cachés dans les flancs du navire et à la nourriture suspecte dont ils tiraient leurs forces beaucoup trop mécaniques.

Il faisait nuit quand la galère passa entre les Piliers de Basalte de l'Ouest, et, sinistre, le grondement de l'Ultime cataracte s'amplifia à l'avant. Son jet s'éleva obscurcissant les étoiles, le pont fut aspergé et le vaisseau chancela dans le courant furieux du précipice. Avec un curieux sifflement, le bateau prit alors son élan et plongea. Dans un accès de terreur cauchemardesque, Carter sentit la terre se dérober tandis que le grand navire silencieux et semblable à une comète s'élançait dans l'espace. Jamais auparavant il n'avait su quelles choses noires et informes se cachent, volètent et pataugent à travers l'éther, jetant un regard méchant et grimaçant sur les voyageurs qui passent et tâtant parfois de leurs pattes gluantes les objets mouvants qui excitent leur curiosité. Ce sont les larves innombrables des autres dieux. Comme eux, elles sont aveugles, dénuées d'esprit et possédées de faims et de soifs singulières.

Cette hideuse galère pourtant n'allait pas aussi loin que Carter l'avait craint, et il vit bientôt le timonier prendre directement la route de la lune. Cette dernière apparaissait comme un croissant brillant qui, montrant ses singuliers cratères et ses pics inhospitaliers, grandissait au fur et à mesure qu'ils en approchaient. Le bateau se dirigeait vers son rivage et il apparut bientôt clairement que ce côté secret et mystérieux qui est toujours à l'opposé de la terre, était sa destination; côté qu'aucun être totalement humain n'a jamais contemplé sauf peut-être le rêveur Snireth-Ko. Vu de près, l'aspect de la lune, à mesure qu'en approchait la galère, s'avéra fort inquiétant pour Carter qui n'aimait pas la forme et le volume des ruines qui, çà et là, tombaient en poussière. Sur les montagnes, les temples morts étaient situés de telle façon qu'ils ne pouvaient avoir été édifiés à la gloire de dieux normaux et naturels, et dans la symétrie des Colonnes brisées semblait se cacher une idée noire et secrète dont le sens refusait d'apparaître. Quelles avaient été les formes et les proportions des vieux adorateurs, Carter se refusa à le conjecturer.

Quand le bateau eut contourné le bord et qu'il vogua au-dessous de ces terres jamais vues par les hommes, certains signes de vie apparurent au sein du bizarre paysage et Carter aperçut un grand nombre de maisons larges, basses et rondes qui se dressaient au milieu de champs de champignons grotesques et blanchâtres. Il remarqua que ces maisons n'avaient pas de fenêtres et pensa que leur forme rappelait celle des igloos des Esquimaux. Il jeta alors un coup d'œil sur les vagues huileuses d'une mer paresseuse et comprit qu'à nouveau le voyage se ferait sur l'eau ou tout au moins sur quelque chose de liquide. La galère frappa la surface avec un bruit curieux et la façon bizarrement élastique dont les vagues la reçurent laissèrent Carter perplexe. Ils glissaient maintenant à grande vitesse. Ils doublèrent et interpellèrent une fois une autre galère de forme analogue à la leur, bien qu'en général cette mer mystérieuse demeurât vide sous un ciel noir et parsemé d'étoiles malgré le brûlant soleil qui y brillait.

Pour l'instant s'élevait à l'horizon une côte aux collines déchiquetées et lépreuses et Carter vit bientôt apparaître les tours grises et de mauvais présage d'une ville. La façon dont elles se penchaient, se courbaient, la géométrie de leur disposition et le fait qu'elles n'avaient aucune fenêtre troubla beaucoup le prisonnier qui regretta amèrement la folie qui l'avait poussé à boire une gorgée de l'étrange vin du marchand au turban à pointes. Tandis que la côte approchait et que la hideuse puanteur de cette ville devenait plus forte, il aperçut de nombreuses forêts sur les collines déchiquetées et constata que les arbres de quelques-unes d'entre elles ressemblaient à cet arbre de lune solitaire qui se dressait dans le bois enchanté et de la sève duquel les petits zoogs bruns tiraient leur vin obscur.

Carter pouvait maintenant distinguer devant lui des silhouettes mouvantes sur les débarcadères infects et mieux il les distinguait, plus il les détestait et les craignait, car, même approximativement, ce n'étaient pas du tout des hommes, mais de grandes choses glissantes, blanches et grises qui pouvaient à volonté s'étirer ou se contracter et dont la forme principale, bien qu'elle changeât souvent, était celle d'une sorte de crapaud sans yeux, doté d'une espèce de curieuse masse vibratile faite de courtes tentacules roses bougeant au bout d'un groin aplati. Ces êtres s'affairaient sur les quais transportant, avec une force normale, des ballots, des harasses et des caisses. De temps en temps ils sautaient dans une galère ou en ressortaient tenant de grands avirons dans leurs pattes de devant; de temps en temps l'un d'eux apparaissait conduisant un troupeau d'esclaves marchant lourdement. Ces esclaves, en vérité, étaient presque des êtres humains: ils avaient de larges bouches et ressemblaient à ces marchands qui venaient traiter leurs affaires à Dylath-Leen. Mais, après tout, ces troupeaux d'esclaves qui n'avaient ni turbans, ni chaussures, ni vêtements n'avaient pas l'air tellement humains. Parmi eux — les plus gros, qu'une espèce de surveillant palpait pour juger de leurs qualités — certains étaient déchargés des bateaux et enfermés dans des cages soigneusement clouées que des ouvriers poussaient ensuite sur de grosses voitures dans de bas entrepôts.

L'une de ces voitures fut attelée et emmenée, mais la chose qui la tirait était tellement monstrueuse que Carter, même après avoir vu les monstruosités qui peuplaient ce lieu abominable, en fut horrifié. De temps à autre, un petit troupeau d'esclaves, habillés et coiffés de turbans semblables à ceux que portaient les sombres marchands, étaient conduits à bord d'une trirème, suivis par un nombreux équipage de choses visqueuses aux formes de crapaud: les officiers, les marins et les rameurs. Carter s'aperçut que les créatures, presque humaines, étaient réservées pour les servitudes les plus ignominieuses et qui ne demandaient pas une grande force comme tenir le gouvernail, faire la cuisine, faire les courses, transporter des charges et marchander avec les terriens ou avec les autres planètes. Ces créatures devaient offrir de grands avantages pour les relations terrestres car, quand elles étaient habillées, soigneusement chaussées et coiffées de leurs turbans, elles ne différaient guère des hommes. Elles pouvaient de plus discuter sans embarras dans les boutiques humaines. La plupart d'entre elles, pourtant, à moins qu'elles ne fussent maigres ou malades, étaient habillées, entassées dans des cages et emportées sur de lourds chariots, par des choses monstrueuses. De temps en temps d'autres êtres étaient aussi déchargés des navires et mis en cages. Certains d'entre eux ressemblaient aux créatures presque humaines, certains autres, un peu moins et d'autres pas du tout. Carter se demandait si quelques-uns des pauvres noirs de Parg étaient destinés à être déchargés, mis en cage et emmenés à l'intérieur du pays dans ces ignobles chariots.

DÉMONS ET MERVEILLES

Quand la trirème aborda à un quai graisseux fait de roches spongieuses, une horde cauchemardesque de choses aux formes de crapauds se glissa hors des écoutilles, deux d'entre elles saisirent Carter et le tirèrent sur le rivage. L'odeur et l'aspect de la cité dépassaient toute description. Carter, en des images dispersées, ne put saisir que des rues pavées de tuiles, des entrées noires et des abîmes infinis de murs gris, verticaux et sans fenêtres. A la fin on le tira sous une entrée basse et, dans des ténèbres de poix, on lui fit monter un escalier interminable. La lumière, le noir, apparemment importaient peu à ces corps de crapaud. L'odeur du lieu était intolérable et, une fois que Carter, conduit dans une chambre, y eut été abandonné, il ne lui resta qu'à peine assez de force pour en faire le tour en rampant et s'assurer de sa forme et de ses dimensions. La pièce était circulaire et mesurait environ 20 pieds de diamètre.

A partir de cet instant, le temps cessa d'exister. A intervalles réguliers, on jetait de la nourriture dans la chambre, mais Carter n'y touchait pas. Ce que serait son destin, il n'en savait rien ; mais il se doutait qu'on le gardait en attendant l'arrivée de l'Infini Nyarlathotep, âme effrayante et effrayant messager des Autres Dieux. Finalement, après une indéterminable succession d'heures et de jours, la grande porte de pierre s'ouvrit largement et l'on entraîna Carter jusqu'aux rues éclairées de rouge de la terrifiante cité. Il faisait nuit sur la lune et partout dans la ville se tenaient des esclaves porteurs de torches.

Sur une horrible place, une espèce de procession s'était formée : dix choses aux formes de crapaud et vingt-quatre porteurs de torches qui avaient presque forme humaine, onze de chaque côté, un devant et un derrière. Carter fut placé au milieu de l'alignement, cinq êtres aux corps de crapaud devant lui, cinq derrière lui et un porteur de torche, de forme presque humaine de chaque côté.

Certains de ces crapauds sortirent, avec un geste dégoûtant, des flûtes incrustées d'ivoire et en tirèrent des sons répugnants. La colonne se mit en marche sur cette musique infernale, à travers les rues tuilées et gagnant les sombres plaines de champignons obscènes, commença bientôt l'escalade de l'une des basses collines en pente douce qui s'étendaient derrière la ville. Que le Chaos Rampant attendît sur l'une de ces pentes terrifiantes ou sur l'un de ces plateaux blasphématoires, Carter ne pouvait en douter. Il souhaitait que l'angoisse de l'attente finisse vite. Les lamentations de ces flûtes impies lui étaient insupportables et il aurait donné des univers entiers pour un son même à demi normal, mais ces choses n'avaient pas de voix et les esclaves se taisaient.

A travers les ténèbres piquetées d'étoiles lui parvint alors un son normal qui retentit depuis les plus hautes collines et les pics escarpés qui se dressaient alentour. Ce cri fut saisi et renvoyé par l'écho en un chœur qui s'amplifia jusqu'au pandémonium. C'était le miaulement du chat à minuit et Carter comprit alors que les bonnes gens des villages ont raison quand ils racontent à voix basse que les royaumes infernaux ne sont connus que des chats et que les plus vieux d'entre eux s'y rendent la nuit, à la dérobée, en sautant des plus hautes toitures des maisons. En vérité, c'est bien sur le côté sombre de la lune qu'ils vont sauter et gambader dans les collines et converser avec les vieilles ombres. Au milieu de cette colonne de choses fétides, Carter entendit leur miaulement amical et familier et il pensa au chaud foyer, aux toits en pente et aux petites fenêtres éclairées de sa maison.

Randolph Carter connaissait à présent presque parfaitement le langage des chats, aussi dans ce terrible lieu perdu, poussa-t-il le cri qui convenait. Il n'aurait cependant pas eu besoin de le faire car dès qu'il ouvrit la bouche, il comprit que le chœur se rapprochait. Il vit des ombres vives sur les étoiles et de petites formes gracieuses, qui, en rangs serrés, sautaient de collines en collines. L'appel du clan avait été lancé et avant que l'ignoble procession ait eu le temps de s'en effrayer, un nuage de douces fourrures et une phalange de griffes meurtrières était sur elle, comme une marée, comme une tempête. Les flûtes s'arrêtèrent et il y eut des hurlements dans la nuit. Les formes presque humaines criaient en mourant, les chats crachaient, grondaient, mais les êtres aux corps de crapaud n'émettaient aucun son tandis que leur sanie verdâtre et puante se liquéfiait horriblement sur la terre poreuse et les champignons obscènes.

Tant que les torches durèrent ce fut un spectacle hallucinant. Carter jamais auparavant n'avait vu tant de chats. Il y en avait de noirs, de gris, de blancs, de jaunes, de tigrés; il y avait des chats de gouttière, des chats persans, thibétains, angoras, égyptiens, et dans la furie de la bataille planait sur eux une part de ce sacré profond et inviolable qui, autrefois, dans les temples de Bubastis, leur conféra un caractère divin. Ils sautaient par sept à la gorge de l'une de ces créatures presque humaines ou bien au museau rosâtre et aplati de l'un de ces corps de crapaud et les traînaient sauvagement jusque dans la plaine où poussaient les champignons, les assaillaient et dans une bataille furieuse les déchiraient à coups de griffes et de dents frénétiques. Carter avait arraché une torche aux mains d'un esclave abattu mais il fût bientôt débordé par les vagues de ses loyaux défenseurs. Il s'étendit alors dans le noir absolu, écoutant les clameurs de la guerre, les airs des vainqueurs et le doux bruit des pattes de ses amis qui, par-dessus lui, sautaient dans la mêlée.

La terreur et la fatigue lui fermèrent bientôt les yeux, il les rouvrit sur une étrange scène.

Le grand disque brillant de la Terre, treize fois plus grand que celui de la lune telle que nous la voyons, s'était levé, inondant d'une lumière surnaturelle le paysage lunaire. Sur toute l'étendue du plateau sauvage et sur les crêtes déchiquetées s'étendait une mer infinie de chats rangés dans un ordre parfait. Ils étaient disposés en cercles concentriques et, deux ou trois chefs sortis des rangs, lui léchaient le visage en ronronnant comme pour le consoler. Des crapauds et des esclaves morts il ne restait à peu près plus rien, mais Carter, un peu plus loin, dans l'espace découvert qui les séparait des guerriers, crut voir un os.

Carter conversait à présent avec les chefs dans le

doux langage des chats et il apprit bientôt que sa vieille amitié pour leur espèce était bien connue et qu'on en parlait souvent dans ces lieux où se tiennent les assemblées des chats. Sa traversée de l'Ulthar avait été fort remarquée et les vieux chats se souvenaient de la façon dont il les avait caressés après qu'ils eussent surveillé les zoogs en colère qui regardaient méchamment un chaton noir. Ils lui rappelèrent aussi comment il avait accueilli le tout petit chat venu le voir à l'auberge et comment, le matin avant de partir, il lui avait donné une assiette de riche crème. Le grand-père de ce tout petit chat était le chef de l'armée maintenant assemblée. Il avait vu l'infernale procession du sommet d'une colline éloignée, et reconnu le prisonnier, ami juré de son espèce aussi bien sur Terre que dans le pays des rêves.

Un miaulement parvint alors d'un pic éloigné et le vieux chef cessa brusquement de parler. C'était l'un des éclaireurs de l'armée, posté sur la plus haute des montagnes pour surveiller les plus dangereux de tous les ennemis redoutés par les chats de la Terre: les chats énormes et singuliers qui viennent de Saturne et qui, pour certaines raisons, n'ont pas oublié le charme de ce côté sombre de notre lune. Ces chats sont liés par traité aux démoniaques choses à forme de crapauds et sont ouvertement hostiles aux chats terriens; aussi en cette circonstance, leur rencontre aurait-elle été une affaire grave.

Après une brève conversation entre les généraux, les chats se dressèrent et, se rangeant en formations serrées, entourèrent Carter afin de le protéger. Ils se préparaient à faire le grand saut qui, à travers l'espace, les ramènerait sur les hautes toitures du pays terrestre des rêves. Le vieux maréchal conseilla à Carter de se laisser passivement porter par les rangs serrés des sauteurs à fourrure, lui enseigna comment sauter en même temps que les autres et comment atterrir en douceur quand ils atterriraient. Il lui offrit aussi de le déposer où il voudrait. Carter choisit la cité de Dylath-Leen d'où était partie la noire trirème car il désirait depuis ce port, naviguer vers Oriab et gagner la crête sculptée du Ngranek. Il désirait aussi avertir le peuple de la ville de n'avoir plus aucun rapport avec les noires trirèmes, si toutefois cette rupture pouvait se faire avec tact et diplomatie. Sur un signal, tous les chats s'élancèrent alors avec grâce, emportant leur ami en sécurité, serré au milieu d'eux tandis que sur le sommet impie des montagnes lunaires, Nyarlathotep, le Chaos Rampant, attendait vainement dans un antre obscur.

Le bond des chats à travers l'espace fut très rapide et Carter entouré par ses compagnons ne vit pas cette fois les grandes choses informes qui se cachent, cabriolent et sombrent dans l'abîme. Avant qu'il ait pleinement réalisé ce qui était arrivé, il était de retour à l'auberge de Dylath-Leen, dans sa chambre familière, tandis que les chats discrets et amicaux sortaient par la fenêtre. Le vieux chef d'Ulthar fut le dernier à partir et tandis que Carter lui serrait la patte, il lui dit qu'il serait capable de rentrer chez lui sur un corbeau. Quand vint l'aube, Carter apprit qu'une semaine s'était écoulée depuis sa capture et son départ. Il fallait encore attendre près d'une quinzaine le bateau qui se rendait à Oriab. Carter employa ce temps à prêcher contre les noires trirèmes et leurs infâmes desseins. La plupart des gens de la ville le crurent mais les joailliers aimaient trop les grands rubis pour qu'aucun pût promettre vraiment de cesser tout trafic avec les marchands à large bouche. Si par suite de ce trafic, quelque plaie s'abat un jour sur Dylath-Leen, ce ne sera pas sa faute.

Au bout d'une semaine, le bateau désiré jeta l'ancre près de la digue noire et du haut phare et Carter constata avec joie qu'il s'agissait d'un navire équipé d'hommes normaux. Les flancs de ce navire étaient peints, il avait des voiles latines de couleur jaune et son capitaine aux cheveux gris était vêtu de robes de soie. La cargaison était composée de résine parfumée venue de l'intérieur d'Oriab, de poteries délicates, cuites par les artistes de Baharna et d'étranges petites figurines sculptées dans la vieille lave du Ngranek. Tout cela fut échangé contre la laine d'Ulthar, les textiles irisés de Hatheg et contre cet ivoire que les nègres travaillent à Parg de l'autre côté de la rivière. Carter arrangea son voyage à Baharna avec le capitaine et apprit que la traversée durerait dix jours. Durant la semaine d'attente, il discuta beaucoup du Ngranek avec ce capitaine qui lui raconta que très peu de gens avaient vu le visage sculpté dont il parlait. La plupart des voyageurs, il est vrai, se contentent d'écouter les légendes que racontent les vieilles gens, les ramasseurs de laves et les sculpteurs de figurines et, de retour dans leurs lointains foyers, disent qu'ils ont réellement contemplé le visage de pierre. Le capitaine n'était pas sûr qu'aucun homme actuellement vivant l'ait jamais contemplé car il se trouve sur une face du Ngranek très difficile d'accès, dénudée et sinistre et l'on chuchote que près du pic s'ouvrent des grottes où se terrent Les Maigres Bêtes de la Nuit. Le capitaine ne voulait pas dire à quoi ressemblaient au juste les maigres bêtes de la nuit, parce que l'on sait que ce bétail hante avec persistance les rêves de ceux qui trop souvent pensent à lui. Carter interrogea alors le capitaine sur Kadath, la ville inconnue qui se dresse dans l'immensité froide et sur la merveilleuse cité du soleil couchant, mais le brave homme ne pouvait vraiment rien en dire.

Carter quitta Dylath-Leen un matin très tôt, à l'heure où change la marée et contempla les premiers rayons du soleil levant sur les minces tours angulaires de cette triste ville de basalte. Durant deux jours, ils naviguèrent vers l'est, ayant en vue les côtes vertes où s'accrochent souvent sur les collines en pente, d'agréables petits ports de pêche aux toits et aux cheminées rouges, aux vieux appontements de rêve avec des plages où sèchent des filets. Le troisième jour, ils virèrent vers le sud et le courant étant plus fort, il n'y eut bientôt plus aucune terre en vue. Le cinquième jour, les matelots furent nerveux, le capitaine s'en excusa disant que le bateau allait passer au-dessus des murs herbeux et des colonnes brisées d'une cité engloutie, trop vieille pour que l'on s'en souvînt. Quand l'eau était claire, on pouvait voir de nombreuses ombres se mouvoir dans ces profondeurs spectrales que les gens simples n'aimaient pas. Il reconnut en outre que beaucoup de bateaux s'étaient perdus dans cette région de la mer, bateaux qu'on avait hélés alors qu'ils en étaient tout près, mais qu'on n'avait jamais revus.

Cette nuit-là fut très claire et l'on put voir très profondément dans la mer. Il y avait si peu de vent que le bateau n'avançait pas beaucoup et que l'océan était très calme. En se penchant par-dessus le bastingage, Carter vit à un grand nombre de brasses de profondeur, le dôme d'un grand temple, et, face à lui, une avenue de sphynx conduisant à ce qui fut un jour un jardin public. Les dauphins entraient et sortaient joyeusement des ruines, les marsouins apparaissaient gauchemenet çà et là, venaient parfois à la surface et sautaient hors de l'eau. Le bateau dérivant légèrement, l'on put voir que le fond de l'océan s'élevait en collines et observer clairement les alignements d'anciennes rues en pentes et les murs écroulés de myriades de petites maisons.

Les faubourgs apparurent alors, et finalement un grand bâtiment isolé sur une colline. Son architecture était plus simple que celle des autres constructions, clle était aussi en bien meilleur état. Ce bâtiment était sombre et bas, ses quatre côtés étaient entourés par une place. Il possédait une tour à chacun de ses angles, une cour pavée au centre et de curieuses petites fenêtres rondes un peu partout. Il était probablement construit en basalte bien que les algues en eussent caché la majeure partie. Tel quel, solitaire et impressionnant sur cette colline éloignée, ce monument devait avoir été un temple ou un monastère. A l'intérieur quelques poissons phosphorescents semblaient faire luire les petites fenêtres rondes et Carter ne blâmait pas trop la crainte des matelots. Grâce au clair de lune, il remarqua un curieux monolithe qui se dressait au milieu de la cour centrale et vit que quelque chose y était attaché. Quand après s'être procuré des jumelles dans la cabine du capitaine il vit que cette chose ligotée au monolithe était un marin encore vêtu de robes de soie d'Oriab, crucifié la tête en bas et les yeux arrachés, il fut heureux qu'une brise qui se levait poussât le navire de l'avant vers des régions plus saines de la mer.

Le jour suivant, ils hélèrent un bateau aux voiles violettes qui faisait route vers Zar, aux pays des rêves oubliés, avec une cargaison de bulbes de lys aux étranges couleurs. Le soir du onzième jour, ils arrivèrent en vue de l'île d'Oriab. Le Ngranek s'élevait au loin déchiqueté et couronné de neige. Oriab est une très grande île et son port de Baharna, une puissante cité. Les quais sont de porphyre et, derrière eux la ville s'élève sur de grandes terrasses de pierre. Les rues sont fréquemment surmontées par les arches des bâtiments ou par les ponts qui les relient. Un grand canal coule sous la cité dans un tunnel aux portes de granit qui conduit au lac intérieur de Yath. Sur les rives de ce lac éloigné se dressent les vastes ruines en brique d'argile d'une première cité dont on ne se rappelle pas le nom. Comme, dans la soirée, le bateau pénétrait dans le port, les deux phares jumeaux de Thon et de Thal brillèrent en signe de bienvenue tandis que derrière les millions de fenêtres des terrasses de Baharna s'allumaient paisiblement de douces lumières et que graduellement les étoiles clignotaient au-dessus de leurs têtes dans les ténèbres. La ville aux rues en pentes devint alors semblable à une étincelante constellation suspendue entre les étoiles du ciel et le reflet de ces étoiles dans la mer calme.

Le capitaine, une fois que le bateau fut à quai, invita Carter à venir, sur les rives de Yath, dans sa petite maison située à l'endroit où les derniers faubourgs de la ville descendent en pente douce jusqu'au lac. Sa femme et ses domestiques apportèrent pour le plus grand délice du voyageur d'étranges mets savoureux. Au cours des jours qui suivirent, Carter s'informa des rumeurs et des légendes qui couraient sur le Ngranek dans toutes les tavernes et dans tous les lieux publics où se rencontrent les ramasseurs de laves et les sculpteurs de figurines. Il n'en trouva aucun qui ait fait l'ascension des hautes pentes ou qui ait vu le visage de pierre.

Le Ngranek est une montagne difficile, ne possédant qu'une seule vallée maudite et, l'on ne peut pas être certain que les maigres bêtes de la nuit soient imaginaires.

Quand le capitaine retourna à Dylath-Leen, Carter s'installa dans une ancienne taverne donnant sur une allée de marches dans la vieille ville qui est bâtie en briques et ressemble aux ruines qui se dressent sur l'autre rive du Yath. Il y élabora ses plans pour l'ascension du Ngranek et y fit la synthèse de tout ce qu'il avait appris des ramasseurs de laves sur les routes qui y conduisent. Le gérant de la taverne était un très vieil homme et il avait entendu raconter tant de légendes que son aide était inappréciable. Il fit même monter Carter dans l'une des chambres hautes de la vieille maison et lui montra le dessin grossier qu'un voyageur avait, un jour, gravé dans le mur d'argile à cette époque reculée où les hommes étaient plus audacieux et plus disposés à se rendre sur les pentes du Ngranek. L'arrière-grand-père du vieux tavernier avait appris de son propre arrière-grand-père que le voyageur qui avait gravé ce dessin avait escaladé le Ngranek et contemplé le visage sculpté et qu'il l'avait dessiné dans cette chambre pour permettre aux autres de le contempler à leur tour. Carter, cependant, fut en proie à des doutes sérieux car, sur le mur, les grands traits rudes avaient été faits à la hâte et sans soin et étaient recouverts par une foule de petites formes proches du pire mauvais goût; des cornes, des ailes, des griffes et des queues enroulées.

Lorsqu'il eut obtenu tous les renseignements qu'il était susceptible de recueillir dans les tavernes et les lieux publics de Baharna. Carter loua un zèbre et, un matin, se mit en route le long du rivage du Yath, pour gagner ces terres intérieures où s'élève la masse rocheuse du Ngranek. A sa droite se dressaient des collines arrondies, d'agréables vergers et de petites fermes propres, tout cela lui rappelait les champs fertiles qui s'étendent tout au long de la Skaï. Le soir, il était arrivé près de ces anciennes ruines dont on a oublié le nom et qui se dressent sur le rivage le plus éloigné du Yath. Bien que les vieux ramasseurs de laves l'aient averti de ne pas camper là la nuit, il attacha son zèbre à un bizarre pilier, à l'abri d'un mur croulant et étendit sa couverture dans un coin calme au-dessus de sculptures que personne n'avait pu déchiffrer. Il s'enroula dans une autre couverture, car les nuits sont froides en Oriab et quand, après s'être éveillé une fois, il crut avoir senti les ailes d'un insecte lui frôler le visage, il le couvrit aussi et dormit en paix jusqu'à ce qu'il soit réveillé par les oiseaux Magah qui chantaient au loin dans les bosquets résineux. Le soleil vénait juste de se lever au-dessus de la grande pente sur laquelle s'étalent jusqu'aux rives désolées du Yath les primitives fondations de brique, les vieux murs, les piliers craquelés et les antiques piédestaux. Carter chercha son zèbre qu'il avait attaché la veille, et grande fut sa consternation en découvrant le docile animal prostré près du pilier auquel il était attaché et plus grande encore son affliction en constatant que l'animal était mort, tout son sang ayant été sucé par une singulière blessure qu'il avait à la gorge. Les affaires de Carter étaient en désordre, plusieurs babioles brillantes lui avaient été volées et il y avait tout autour sur la poussière qui recouvrait le sol de grandes empreintes de pieds palmés que d'aucune façon il ne put identifier. Les récits et les recommandations des ramasseurs de laves lui revinrent à l'esprit et il repensa à ce qui l'avait frôlé durant la nuit. Il chargea ses affaires sur ses épaules, non sans un frisson quand il constata que tout près de lui son chemin passait à travers les ruines sous une grande ouverture béante, s'ouvrant bas dans le mur d'un vieux temple et que loin au-delà les marches descendaient dans le noir à perte de vue.

Son chemin maintenant grimpait une colline à

travers une région plus sauvage et en partie boisée. Il ne voyait plus que les huttes des charbonniers et le camp des ramasseurs de résine. L'air tout entier était parfumé d'une odeur balsamique et les oiseaux Magah chantaient joyeusement, faisant luire leur sept couleurs au soleil. Vers le soir, il atteignit un nouveau camp où se trouvaient des ramasseurs de laves revenant des basses pentes du Ngranek avec leurs chargements de sacs. Il s'installa lui aussi, écoutant les chansons des hommes et il surprit ce qu'ils se murmuraient sur la disparition de l'un de leurs compagnons. Ce dernier était monté très haut dans la montagne afin d'atteindre une masse de belle lave et, à la tombée de la nuit, il n'était pas revenu vers ses camarades. Quand le lendemain, ils partirent à sa recherche, ils ne retrouvèrent que son turban bien qu'aucun signe parmi les rocs n'indiquât qu'il ait fait une chute. Ils ne poussèrent pas plus avant leurs recherches parce que les plus âgés d'entre eux disaient que cela ne servirait à rien. Personne ne retrouve jamais ce qu'ont enlevé les maigres bêtes de la nuit bien que l'existence de ces bêtes soit assez incertaine et paraisse presque imaginaire. Carter leur demanda si les maigres bêtes de la nuit suçaient le sang, si elles aimaient les objets brillants et si elles laissaient des empreintes de palmipède, mais ils secouèrent la tête et semblèrent effrayés de ce qu'on leur posât pareille question. Quand il vit combien ils étaient devenus silencieux, il ne leur en demanda pas plus et alla se rouler dans sa couverture.

Le jour suivant, Carter se leva en même temps que les ramasseurs de laves et ils échangèrent leurs adieux puisque ceux-ci chevauchaient vers l'ouest tandis que lui-même monté sur un zèbre qu'il leur avait acheté s'en allait vers l'est. Leur doyen lui donna ses bénédictions et l'avertit de ne pas monter trop haut sur le Ngranek. Il le remercia du fond du cœur sans que cela le dissuadât le moins du monde de son projet. Il sentait au contraire qu'il devait à tout prix atteindre les dieux de l'inconnue Kadath et obtenir d'eux le moyen de gagner la merveilleuse cité hantée par le soleil couchant. Vers midi, après une longue montée à flanc de colline, il arriva dans de vieux villages de brique abandonnés par les montagnards qui, autrefois, avaient vécu tout près du Ngranek et des sculptures taillées dans sa lave douce.

Ils avaient habité ici jusqu'à l'époque du grand-père du vieux tavernier et senti vers ce temps-là que leur présence déplaisait aux forces obscures. Les maisons s'étaient élevées jusqu'au sommet de la montagne mais plus elle s'élevaient plus il manquait de gens à l'aube. Ils décidèrent, à la fin, que mieux valait émigrer tous ensemble, puisque l'on entrevoyait dans les ténèbres des choses dont personne ne pouvait tirer une interprétation favorable, aussi descendirent-ils tous vers la mer pour se fixer à Baharna où ils habitaient un très vieux quartier. Ils apprirent à leurs fils l'art très ancien de sculpter des figurines et ceux-ci le pratiquent encore de nos jours. C'est de la bouche des descendants des exilés de la montagne que Carter avait entendu les meilleurs récits sur le Ngranek au cours de ses investigations dans les vieilles tavernes de Baharna.

DÉMONS ET MERVEILLES

Tandis que Carter réfléchissait à tout cela, la haute pente déchiquetée du Ngranek s'estompait de plus en plus dans les hauteurs au fur et à mesure qu'il en approchait. Il y avait eu d'abord des arbres espacés, puis de maigres buissons, puis des rocs hideux et nus qui dressaient leurs formes spectrales vers le ciel, mêlés aux glaces et aux neiges éternelles. Carter pouvait apercevoir les crevasses et la rugosité des pierres sombres, spectacle peu engageant pour celui qui risquait l'escalade. Par endroits des courants de laves solides et de scories se répandaient sur les pentes et dans les saillies ; quatre-vingt-dix éternités auparavant, avant même que les dieux dansassent sur son pic pointu, la montagne crachait du feu et retentissait des grondements du tonnerre souterrain. Maintenant, elle se dressait silencieuse et sinistre, portant, cachée sur son flanc, la statue gigantesque et secrète dont parlait la légende. Des cavernes s'ouvraient quelque part qui pouvaient être vides et solitaires au fond de leurs vieilles ténèbres, mais qui pouvaient aussi — si la légende disait vrai — abriter des horreurs dont la forme n'était même pas soupçonnable.

Le sol parsemé de chênes rabougris, d'arbres calcinés, d'éclats de roches, de laves et de scories, s'élevait jusqu'au pied du Ngranek. Çà et là gisaient les restes carbonisés de nouveaux campements où avaient dû stationner les ramasseurs de lave. Il y avait aussi quelques autels grossiers qu'ils avaient dressés soit pour s'attirer la clémence des Grands Anciens, soit pour écarter des choses dont ils avaient rêvé la présence dans les passages élevés et dans les cavernes en labyrinthes du Ngranek. Le soir, Carter atteignit le tout dernier tas de cendres et s'y arrêta pour la nuit, attachant son zèbre à un jeune arbre et s'enroulant soigneusement dans sa couverture avant de s'endormir. Tout au long de la nuit un voonith huhula dans le lointain sur le bord de quelque étang caché, mais Carter n'avait aucune peur de cette horrible chose amphibie depuis qu'on lui avait affirmé qu'aucun d'entre eux n'osait approcher des contreforts du Ngranek.

Dans le soleil levant, Carter commença sa longue ascension emmenant son zèbre aussi loin que la bête put le suivre utilement, puis l'attachant à un arbre calciné lorsque la pente du bois devint trop forte. Il continua à grimper seul, d'abord à travers la forêt où s'écroulaient les ruines de vieux villages dans des clairières envahies par la végétation et ensuite sur l'herbe dure où d'anémiques buissons poussaient çà et là.

Il regretta d'avoir quitté l'abri des arbres, maintenant que la pente devenait très raide et que l'ensemble du paysage était plutôt vertigineux. A la longue, chaque fois qu'il se retournait il commençait à discerner toute la campagne qui s'étendait au-dessous de lui : les huttes abandonnées des sculpteurs de figurines, les bosquets d'arbres à résine, les camps des ramasseurs de résine, les bois où nichent et chantent les prismatiques Magah et même, au loin, les vagues rives du Yath et les crêtes de ces vieilles ruines interdites dont on a oublié le nom. Il trouva bientôt préférable de ne pas regarder autour de lui et continua à grimper jusqu'à ce que les buissons se fissent très rares et qu'il ne restât plus, pour s'accrocher que l'herbe dure.

Le sol devint alors très pauvre, parsemé de grandes plaques de rocs nus et de crevasses où, de temps en temps, apparaissait un nid de condor. A la fin, il n'y eut plus rien d'autre que le roc dénudé de telle sorte que même sans un violent vent contraire, il eût été difficile de monter plus haut. Les bosses, les saillies et les aspérités l'aidaient beaucoup et il lui était réconfortant d'apercevoir par moments, dans la pierre friable, les marques grossièrement gravées de quelque ramasseur de lave et de savoir que de normales créatures humaines étaient passées là avant lui. Plus haut, la présence de l'homme se manifestait encore par des prises pour les mains et pour les pieds taillées où c'était nécessaire et par des excavations montrant qu'on avait trouvé là quelques belles veines de lave. Une étroite corniche avait été artificiellement creusée à un endroit afin de permettre d'atteindre, assez loin sur la droite de la principale ligne d'ascension, un sillon particulièrement riche. Une fois ou deux, Carter s'aventura à jeter un coup d'œil alentour et il fut presque stupéfait par l'immensité du paysage qui s'étendait au-dessous de lui. Il pouvait voir toute l'île jusqu'à la côte et les terrasses de pierre de Baharna, ainsi que la fumée de ses cheminées rendue magique par la distance. Au-delà s'étendait la mer du Sud, illimitée, et tous ses curieux secrets.

Il avait jusqu'alors avancé sur la montagne en faisant de nombreux zigzags de telle sorte que le côté sculpté lui était demeuré caché. Carter aperçut alors une saillie qui, montant sur la gauche, lui sembla aller dans la direction qu'il voulait prendre. Il s'y engagea, espérant qu'elle continuerait. Au bout d'une dizaine de minutes, il constata, qu'en effet, il ne s'agissait pas d'un cul-de-sac, mais d'un chemin conduisant abruptement à une arche qui, à moins qu'elle ne fût brusquement interrompue ou brisée, devrait le mener, au bout d'une ascension de quelques heures, sur cette face sud inconnue qui surplombe les rocs désolés et la vallée de lave maudite. Au-dessous de lui, s'étendait une nouvelle contrée, il vit qu'elle était encore plus désolée et plus sauvage que les terres qu'il avait traversées. Le flanc de la montagne était, lui aussi, quelque peu différent, percé de trous et de cavernes singulières tels qu'il n'en avait pas trouvé sur la route qu'il avait jusqu'alors suivie. Certaines s'ouvraient au-dessus de lui, d'autres au-dessous mais toutes donnaient sur des falaises à pic, absolument impossibles à escalader. L'air était maintenant très froid, mais l'ascension était si pénible que cela lui était égal. Seule le tracassait la rareté croissante de l'air et il pensa que c'était peut-être cette rarcté qui avait tourné la tête des autres voyageurs et suscité leurs absurdes récits à propos de maigres bêtes de la nuit, récits qui leur servaient à expliquer la disparition de grimpeurs sans doute tombés dans des passages dangereux. Ces histoires ne l'avaient pas trop impressionné mais il avait emporté un bon cimeterre pour le cas où surviendraient quelques ennuis. Toutes ses autres pensées devenaient secondaires et disparaissaient devant son désir d'apercevoir le visage sculpté qui le mettrait enfin sur le chemin des dieux qui règnent dans l'inconnue Kadath. Il atteignit à la longue le glacier torturé qui s'étendait dans les plus hauts espaces et contournant complètement le Ngranek il gagna sa face cachée découvrant au fond des gouffres infinis qui s'ouvraient au-dessous de lui, les roches et les stériles abîmes de lave qui témoignaient de la vieille colère des Grands Anciens. Une immense étendue de terre se déroulait vers le sud mais c'était un désert où ne s'ouvrait l'asile d'aucune prairie ni d'aucune fumée de villages et qui semblait ne pas avoir de fin. Nulle part de ce côté la mer n'était visible car Oriab est une grande île. De noires cavernes et de curieuses crevasses s'ouvraient nombreuses sur les parois abruptes des falaises, mais aucune d'entre elles n'était accessible. Un énorme surplomb empêchait maintenant de voir le sommet et Carter craignit un moment qu'il ne s'avère infranchissable. Seul sur le roc incertain sans cesse balayé par le vent, seul à des milles au-dessus de la Terre, n'ayant d'un côté que l'espace et la mort et de l'autre que des murs abrupts et glissants, il connut un moment la peur qui fait s'enfuir les hommes loin de la face secrète du Ngranek. Il ne pouvait retourner car le soleil était déjà trop bas. S'il n'y avait pas d'issue vers le sommet, la nuit le trouverait accroupi sur cette faille et à l'aube il aurait disparu.

II

Il y avait poutant une issue et il la vit au bon moment. Seul un rêveur pouvait utiliser ces prises presque imperceptibles, mais elles suffirent à Carter. Une fois franchi le rocher en surplomb, il trouva que l'escalade était bien plus facile car la fonte d'un grand glacier avait laissé un large espace libre parsemé de terre dure et de saillies. A sa gauche un précipice plongeait verticalement depuis des hauteurs inconnues jusqu'à d'inconnues profondeurs et juste au-dessus de lui, mais hors de son atteinte, s'ouvrait la bouche sombre d'une caverne. Face à lui, cependant, la montagne s'incurvait assez pour lui permettre de s'appuyer et de se reposer.

Au refroidissement qui le saisit, il comprit qu'il devait être tout près de la ligne des neiges et leva la tête pour voir si quelque pic étincelant brillerait sous les derniers rayons rougeâtres du soleil. Dans les hauteurs, la neige recouvrait sûrement d'incalculables milliers de pieds d'étendue tandis que juste au-

dessus des terres enneigées se détachait un énorme
roc en surplomb semblable à celui qu'il venait de
franchir, un roc dont le fier contour était figé là a
jamais. Quand il aperçut ce rocher, se cramponnant
à la paroi, il hurla à pleine voix son admiration
effrayée car le bloc titanesque n'avait plus la forme
que l'aube de la Terre lui avait façonnée mais, rouge
et stupéfiant, étincelait dans le soleil couchant
montrant sculptés et pâlis par le temps, les traits
d'un dieu.

Impitoyable et terrible brillait ce visage que le
couchant incendiait, si grand qu'aucun esprit jamais
n'en prendrait la mesure et que Carter comprit aussitôt qu'il n'était l'œuvre d'aucun homme. C'était
un dieu ciselé par les mains des dieux et son regard
hautain et majestueux dominait le chercheur. La rumeur populaire avait parlé de son étrangeté et de son
allure qui ne pouvaient tromper, Carter constatait
que c'était exact car ces grands yeux bridés, ces
oreilles aux lobes allongés, ce nez fin et ce menton
pointu dénotaient une race qui n'était pas celle des
hommes mais bien celle des dieux.

Terrifié, bien que ce spectacle fût celui qu'il avait
recherché, il s'accrocha à son dangereux nid d'aigle:
il y a dans le visage d'un dieu plus de merveilleux
qu'on n'a pu en prévoir et quand ce visage est plus
énorme qu'un temple et que, divinement sculpté
dans la lave sombre, il vous domine dans le silence
éternel des hauteurs, le merveilleux est si puissant
que personne ne peut y échapper.

A cela s'ajoutait ici, le merveilleux de la re-
connaissance car malgré sa décision de rechercher à

travers tout le pays du rêve ceux dont la ressemblance avec ce visage de pierre pourrait les désigner comme les fils des dieux, il savait maintenant que c'était inutile. En vérité, le grand visage sculpté dans la montagne ne lui paraissait plus tellement étranger, il le devinait parent de ceux qu'il avait souvent aperçus dans les tavernes du port de Celephaïs, port qui par-delà les collines de Tannarie se dresse dans l'Ooth-Nargaï et est gouverné par le roi Kuranes qu'autrefois Carter avait connu au monde de l'éveil. Chaque année des marins ayant un tel visage venaient du Nord échanger leur onyx contre la jade sculptée, les fils d'or et les petits oiseaux rouges de Celephaïs. Il était maintenant évident qu'ils ne pouvaient être que les demi-dieux qu'il recherchait. Leur pays devait s'étendre aux frontières de l'immensité froide où se dresse Kadath, la cité inconnue et la cité d'onyx des Grands Anciens. Il lui fallait donc se rendre à Celephaïs, ville très éloignée de l'île d'Oriab et dont la situation l'obligeait à retourner à Dylath-Leen et de là à remonter la Skaï jusqu'au pont de Nir pour retraverser ensuite le bois enchanté des Zoogs. Sa route prendrait alors la direction du nord et à travers les jardins qui bordent l'Oukranos, le mènerait jusqu'aux spires dorées de Thran où il trouverait un gallion faisant la traversée de la mer Cérénarienne.

L'obscurité s'épaississait à présent et dans l'ombre, le grand visage sculpté prenait un air plus effrayant encore. La nuit trouva l'explorateur perché sur la corniche; il ne pouvait, dans le noir, ni monter ni descendre mais seulement rester debout et frissonner, accroché à son étroite plate-forme jusqu'à ce que le jour se lève, priant pour qu'il demeurât éveillé de peur qu'en dormant il ne lâchât prise et ne soit précipité à travers d'affreux milles d'espace sur la rocaille et les rochers pointus de la vallée maudite. Les étoiles apparurent et, seul en dehors d'elles, un néant noir emplissait ses yeux, un néant lié avec la mort contre laquelle il ne pouvait rien faire que s'accrocher aux rochers et s'écarter de l'invisible précipice. Dans les ténèbres sa dernière vision terrestre fut un condor plongeant dans l'abîme qui s'ouvrait à sa gauche et qui, après s'être approché de son ouverture, s'écartait en criant de la caverne qui béait juste hors d'atteinte.

Soudain et sans qu'aucun bruit l'ait averti dans le noir de l'approche d'une main invisible, Carter sentit qu'on arrachait furtivement de sa ceinture son cimeterre recourbé. Un instant plus tard il l'entendait sonner, au-dessous de lui, sur les rocs et croyait entrevoir entre lui et la Voie Lactée la fine et terrible silhouette d'une chose nuisible possédant des cornes, une queue et des ailes de chauve-souris. D'autres choses, aussi avaient commencé sur sa gauche à masquer les étoiles comme si un troupeau de vagues entités sortant de cette inaccessible caverne qui s'ouvrait sur la paroi du précipice avait silencieusement battu des ailes, dans la nuit. Une sorte de bras de caoutchouc glacé le prit alors à la gorge, un autre au pied, il fut soulevé et emporté dans l'espace. Une minute plus tard les étoiles avaient disparu et Carter comprit que les maigres bêtes de la nuit l'avaient fait prisonnier.

DÉMONS ET MERVEILLES

Elles l'emportèrent, le souffle coupé, dans la caverne qui béait à flanc d'abîme puis à travers un monstrueux dédale. Quand il se débattait comme il le fit d'abord instinctivement, elles le pinçaient sauvagement. Elles-mêmes ne faisaient aucun bruit, leurs ailes membraneuses étant silencieuses. Elles étaient effroyablement froides et humides et glissantes, et leurs pattes pétrissaient de façon abominable. Bientôt elles plongèrent hideusement à travers d'innombrables abîmes dans un tourbillon vertigineux, brassant un air sépulcral dont l'humidité rendait malade. Carter comprit qu'elles se précipitaient dans l'ultime maëlstrom de la terreur et de la folie démoniaque. Il hurla maintes et maintes fois mais à chaque fois qu'il le faisait les pattes noires le pinçaient avec raffinement. Il vit alors, alentour, une sorte de phosphorescence grise et devina qu'ils atteignaient ce monde intérieur de l'horreur souterraine dont parlent de vagues légendes, monde qui n'est éclairé que par un pâle feu mort et où, au cœur de la terre gît au sein des brumes originelles un air vampirisant.

Il vit enfin loin au-dessous de lui les crêtes grises et menaçantes de sommets qu'il savait être les fabuleux pics de Throk ; affreux et sinistres ces pics se dressaient dans l'obscurité hantée des éternelles profondeurs sans soleil. Ils s'élevaient plus haut que l'homme ne peut l'imaginer gardant les terribles vallées où les Dholes rampent et creusent leurs terriers. Carter préférait pourtant les contempler plutôt que de regarder les bêtes qui l'avaient capturé : noires choses repoussantes et grotesques ayant un épiderme doux et huileux comme en ont les baleines, d'affreuses cornes courbées l'une vers l'autre, des ailes de chauve-souris dont le battement ne faisait pas de bruit, d'ignobles pattes préhensiles et des queues poilues qu'elles balançaient continuellement. Le pire de tout était qu'elles ne parlaient jamais et ne riaient jamais, car elles n'avaient pas de visages qui leur eût permis de sourire, mais seulement une suggestive blancheur qui devait leur en tenir lieu. Elles n'étaient capables que de saisir, de voler et de pincer, car tel est le destin des maigres bêtes de la nuit.

La bande volant maintenant plus bas, gris et puissants, les Pics de Throk les environnèrent et l'on put voir clairement que rien, dans la pénombre éternelle, ne vivait sur l'impressionnant et austère granit. Plus bas, les Feux Morts s'éteignirent dans les airs et l'on ne rencontra plus que la noirceur originelle du chaos, excepté dans les hauteurs où les pics escarpés ressemblaient à des gnomes. Bientôt les pics eux-mêmes s'effacèrent dans le lointain et il ne resta plus que les grands vents porteurs de l'humidité des grottes les plus profondes. Les maigres bêtes de la nuit atterrirent alors sur un sol parsemé de choses invisibles qui semblaient être des amas d'os. Elles abandonnèrent Carter dans la noire vallée. L'apporter jusque-là était la tâche des maigres bêtes de la nuit, gardiennes du Ngranek. Cela fait, elles s'envolèrent silencieusement et Carter essaya de suivre leur vol, mais il s'aperçut qu'il ne le pouvait pas, car même les Pics de Throk s'étaient évanouis.

Il ne restait rien d'autre que la nuit, l'horreur, le silence et les os.

Carter savait maintenant de façon certaine qu'il se trouvait dans la vallée de Pnoth où rampent et creusent les énormes Dholes, mais il ne savait à quoi s'attendre car personne jamais n'avait vu un Dhole, ni même imaginé son apparence. On ne connaît des Dholes que la vague rumeur qu'ils font en s'avançant parmi les montagnes d'ossements et le bruit visqueux qu'ils émettent en se glissant près de quelqu'un. On ne peut les voir parce qu'ils ne rampent que dans les ténèbres. Carter n'avait aucune envie de rencontrer un Dhole, aussi écoutait-il attentivement afin de saisir tous les bruits qui pourraient monter des profondeurs d'os. Même dans cet endroit effrayant, il avait un plan et un objectif parce que le pays de Pnoth n'était pas tout à fait inconnu d'un homme avec lequel il avait autrefois beaucoup conversé. En résumé, il semblait évident que cette contrée était le lieu où tous les vampires du monde de l'éveil jettent les restes de leurs festins et que, s'il avait un peu de chance, il pourrait atteindre l'énorme rocher qui, plus grand même que les Pics de Throk, marque la frontière de leur domaine. La jonchée d'os lui indiquerait son chemin et, une fois qu'il aurait trouvé le rocher, il pourrait appeler un vampire et lui demander de descendre une échelle car, c'est étrange à dire, un pacte singulier le liait avec ces terribles créatures.

Un homme qu'il avait connu à Boston — un peintre aux productions étranges, qui possédait un atelier secret dans une vieille allée près d'un cimetière — s'était lié d'amitié avec les vampires qui lui avaient appris à comprendre le plus simple de leurs répugnants borborygmes. Cet homme avait fini par disparaître et Carter n'était sûr ni de pouvoir maintenant le retrouver ni de pouvoir utiliser pour la première fois dans le monde du rêve, l'expérience de la triste vie éveillée qu'il avait autrefois menée dans la lointaine Angleterre. Il se sentait en tout cas capable de persuader un vampire de le guider hors de Pnoth et il valait mieux rencontrer un vampire bien visible qu'un Dhole invisible.

Carter se mit en marche dans le noir et pressa le pas quand il crut entendre quelque chose bruire parmi les os. A la longue, il buta contre un mur de pierre et pensa qu'il avait atteint la base de l'un des Pics de Throk. Il entendit alors, haut dans les airs, un monstrueux vacarme qui lui donna la certitude d'être arrivé près du rocher des vampires. Il n'était pas sûr de se faire entendre du fond de cette vallée profonde de plusieurs milles, mais il comprit que le monde intérieur avait d'étranges lois. Comme il s'arrêtait, il fut frappé par un os si lourd que ce ne pouvait être qu'un crâne et, comprenant la proximité du rocher fatal, il lança du mieux qu'il put vers le ciel ce borborygme qui est l'appel du vampire.

Le cri monta lentement, aussi dut-il patienter quelque temps avant de recevoir une réponse. Elle arriva enfin et on lui dit que bientôt une échelle de corde allait être descendue. Son attente était pleine d'angoisse, car il se demandait ce que son cri avait pu réveiller parmi ces amas d'ossements. Peu de temps s'écoula en effet avant qu'il n'entendît assez loin, un vague bruissement, qui, à mesure qu'il se rapprochait, le mettait de plus en plus mal à l'aise car il ne voulait pas s'éloigner de l'endroit où serait descendue l'échelle. Cette tension finit par devenir presque intolérable et, pris de panique, Carter était près de s'enfuir quand un choc sur les os fraîchement entassés attira son attention, lui faisant oublier l'autre bruit. C'était l'échelle et après une minute de tâtonnement, il en saisit enfin un des barreaux. L'autre bruit ne cessa pas pour autant, et continua même à le poursuivre dans son ascension. Carter était à cinq pieds du sol quand, au-dessous de lui, le bruissement s'amplifia considérablement. Il se trouvait à dix bons pieds de hauteur, quand, en bas, quelque chose secoua l'échelle. Alors qu'il se trouvait à quinze ou vingt pieds, tout un de ses côtés fut balayé par une chose longue et visqueuse qui, pour le saisir, se faisait alternativement convexe et concave. Dès lors, il grimpa désespérément pour échapper à l'insupportable prise de ce Dhole répugnant dont jamais aucun homme n'a pu voir la forme.

Pendant des heures il grimpa, les bras morts de fatigue et les mains couvertes d'ampoules, revoyant le grisâtre feu mort et les pics inquiétants de Throk. Il discerna enfin au-dessus de lui le bord en surplomb du grand rocher des vampires alors qu'il n'en pouvait apercevoir le côté vertical.

Bien des heures plus tard, il vit un curieux visage se pencher par-dessus le bord du rocher comme, sur les balustrades de Notre-Dame se penche une gargouille. Cette apparition faillit lui faire lâcher prise mais, un instant plus tard, il s'était repris car, Richard Pickman, son ami disparu, l'avait un jour présenté à un vampire et il connaissait bien leur visage de chien, leurs formes affaissées et leur idiosyncrasie informulable. Il resta très maître de lui lorsque, par-dessus le bord du rocher, cette bête hideuse le tira hors de l'affreux abîme. Il ne cria pas de terreur en voyant les restes à demi consommés qui s'entassaient sur un côté ni en voyant les cercles dispersés de vampires qui grognaient et le regardaient avec curiosité.

Il se trouvait maintenant sur une plaine faiblement éclairée dont les principales caractéristiques topographiques se bornaient à de grandes dalles et à des entrées de terriers. Les vampires étaient, en général, respectueux, bien que l'un d'eux essayât de le pincer tandis que plusieurs autres évaluaient sa maigreur d'un œil intéressé. Par un laborieux borborygme, il se renseigna sur son ami disparu et apprit qu'il était devenu un vampire de quelque importance dans les gouffres qui s'ouvrent près du monde de l'éveil. Un vieux vampire verdâtre s'offrit à le conduire jusqu'à l'actuelle habitation de Pickman, aussi, malgré une instinctive répugnance suivit-il la créature dans un vaste terrier et rampa-t-il derrière elle pendant des heures dans la noirceur de la terre humide. Ils émergèrent sur une triste plaine singulièrement parsemée de reliques terrestres — vieilles pierres tombales, urnes brisées et grotesques fragments de monuments — Carter comprit avec une certaine émotion qu'il était probablement plus proche de la terre qu'il ne l'avait jamais été depuis qu'il avait descendu, jusqu'à la Porte du Profond Sommeil, les sept cents marches de la caserne de la flamme.

Là, sur une pierre tombale datée de 1768 et volée dans le Granary Burying Ground de Boston, était assis le vampire qui autrefois avait été l'artiste Richard Upton Pickman. Sa peau nue avait l'apparence du caoutchouc et il s'était tellement transformé que son origine humaine était déjà obscure. Il se rappelait pourtant encore un peu d'anglais et, en s'aidant de temps à autre du langage des vampires, il pouvait converser avec Carter par grognements et par monosyllabes. Quand il apprit que Carter voulait gagner le bois enchanté puis, par-delà les collines tanariennes, la ville de Celephaïs, dans l'Ooth-Nargaï, il sembla plutôt sceptique parce que les vampires du monde de l'éveil ne travaillent pas dans les cimetières du haut pays des rêves — (ils laissent ce soin aux vampires à pieds rouges qui habitent les cités mortes) et qu'un grand nombre d'obstacles s'interposent entre leur gouffre et le bois enchanté, entre autres, le terrible royaume des Gugs.

Les Gugs velus et gigantesques transportèrent un jour dans ce bois des dalles circulaires et offrirent d'étranges sacrifices aux autres Dieux et à Nyarlathotep, le chaos rampant, jusqu'à ce qu'une nuit, l'une de leurs abominations parvînt aux oreilles des dieux de la terre qui les bannirent dans les basses cavernes. Seule une grande chausse-trape de pierre, munie d'un anneau de fer relie l'abîme de la terre des vampires au bois enchanté et les Gugs, à cause d'une malédiction ont peur de l'ouvrir. Qu'un rêveur mortel puisse traverser leur royaume et le quitter par cette chausse-trape est inconcevable, car les rêveurs mortels sont leur nourriture préférée. Les légendes des Gugs racontent combien est exquise la chair de ces rêveurs depuis que l'exil a réduit leur alimentation aux Pâles, ces êtres répugnants qui meurent dès qu'on les expose à la lumière, vivent dans les caves de Zin et sautent sur leurs longues pattes de derrière comme des kangourous.

Pickman conseilla à Carter de sortir de l'abîme soit à Sarkomand, cette cité abandonnée qui se dresse dans la vallée au-dessous de Leng et où des escaliers aux marches noires et nitreuses gardés par des lions ailés descendent du pays des rêves jusqu'aux gouffres inférieurs, soit de retourner au monde de l'éveil à travers un cimetière et de recommencer sa quête en redescendant les soixante-dix marches du sommeil léger jusqu'à la caverne de la flamme puis les sept cents marches qui conduisent à la porte du Profond Sommeil et au bois enchanté. Ceci ne convenait pas à l'explorateur car il ne connaissait pas la route qui va de Leng à Ooth-Nargaï et que, d'autre part, il ne tenait pas à se réveiller par crainte d'oublier tout ce qu'il avait appris jusqu'à présent dans son rêve. Il serait en effet désastreux pour sa quête d'oublier les visages célestes et augustes de ces marins qui viennent du nord marchander leur onyx à Celephaïs et qui, étant les fils des dieux, devaient lui montrer le chemin qui mène à l'immensité froide et à Kadath, cité des Grands Anciens.

Après beaucoup d'hésitations, le vampire consentit à guider son invité à l'intérieur de l'enceinte du royaume des Gugs. Carter avait une chance de se glisser à travers ce royaume crépusculaire bâti de cylindriques tours de pierre à une heure où les géants repus ronfleraient chez eux et d'atteindre la tour centrale qui porte le signe de Koth et dont l'escalier intérieur conduit à cette chausse-trape qui s'ouvre sur le bois enchanté. Pickman consentit même à lui prêter trois vampires pour l'aider, avec comme levier, une pierre tombale, à soulever la chausse-trape. Les Gugs ont plus ou moins peur des vampires et, souvent, ils se sauvent de leurs propres cimetières colossaux, quant ils les y voient festoyer.

Pickman conseilla à Carter de se déguiser lui-même en vampire. Carter rasa sa barbe qu'il avait laissé pousser (les vampires n'en ont pas) se roula nu dans la boue pour acquérir l'apparence adéquate et fit de ses vêtements un paquet auquel il donna l'aspect d'un morceau de choix pris dans une tombe. Ils atteindraient la cité des Gugs — qui est au centre de leur royaume — en se glissant à travers des terriers qui aboutissent à un cimetière voisin de la tour de Koth. Ils devraient cependant se méfier d'une immense cave située près du cimetière. Cette dernière est, en effet, l'entrée des grottes de Zin et les Pâles vindicatifs toujours prêts à tuer y sont perpétuellement sur leurs gardes, attendant les habitants de l'abîme supérieur qui les chassent et les dévorent. Les Pâles essaient de sortir quand les Gugs sont endormis et ils s'attaquent aussi bien aux vampires qu'aux Gugs car ils sont incapables de les distinguer. Ils sont très primitifs et se dévorent les uns les autres. Les Gugs ont une sentinelle sur une plateforme étroite dans les caves de Zin mais elle est souvent assoupie et se laisse quelquefois surprendre par un groupe de Pâles. Bien que ne pouvant vivre dans la lumière réelle, les Pâles supportent durant des heures le crépuscule gris de l'abîme.

Carter rampa dans les terriers sans fin accompagné des trois vampires qui devaient lui servir d'aides et qui transportaient la pierre tombale du Colonel Nepenniah Derby, Obit 1719, prise dans le cimetière de Charter Street, à Salem. Quand ils émergèrent dans la lumière crépusculaire, ils étaient dans une forêt d'énormes monolithes couverts de lichens. Ces monolithes, dont la hauteur s'élevait à perte de vue, constituaient les modestes pierres tombales des Gugs. A droite du trou, hors duquel ils venaient de se glisser, on apercevait, par-delà la multitude d'arcs-boutants qui soutenaient les monolithes, un stupéfiant horizon de gigantesques tours rondes se dressant dans l'air gris de la terre intérieure à d'incommensurables hauteurs. C'était la grande cité des Gugs dont les portes sont hautes de 30 pieds. Les vampires y viennent souvent car un seul cadavre de Gug suffit à nourrir une communauté pendant près d'une année; même compte tenu du danger, ils préfèrent donc creuser des terriers jusqu'aux tombes des Gugs plutôt que de se fatiguer pour atteindre celles des hommes. Carter comprenait à présent la provenance des ossements énormes que, parfois, il avait senti sous ses pieds dans la vallée du Pnoth.

En face et juste à la sortie du cimetière s'élevait

une falaise abrupte et perpendiculaire dont la base était percée d'une immense caverne maudite. Les vampires conseillèrent à Carter de s'en tenir éloigné le plus possible disant que c'était l'entrée des infernales grottes de Zin où les Gugs, dans le noir, chassent les Pâles. En vérité, cette mise en garde fut bientôt justifiée car, à l'instant où l'un des vampires commençait à ramper vers les tours pour voir s'ils ne s'étaient pas trompés sur l'heure de repos des Gugs, brilla dans l'ombre de la caverne une paire d'yeux rouge jaunâtre puis une autre. Cette présence indiquait que les Gugs avaient perdu une sentinelle et que les Pâles avaient une bien grande finesse d'odorat. Le vampire revint vers le terrier et recommanda le silence à ses compagnons. Il valait mieux laisser les Pâles à leurs propres tracas et il y avait une chance qu'ils se retireraient bientôt, leur combat contre la sentinelle Gug, sous les sombres voûtes, les ayant sans doute fatigués. Au bout d'un moment, une chose ayant la taille d'un petit cheval fit un bond dans le crépuscule grisâtre et l'aspect de cette bête scabreuse et malsaine, dont le visage est si curieusement humain en dépit de l'absence de nez, de front et d'autres particularités importantes, rendit Carter malade.

Trois autres Pâles bondirent pour rejoindre leur compagnon et un vampire gargouilla doucement à Carter que l'absence sur eux de toute cicatrice était un mauvais signe. Cela prouvait qu'ils n'avaient pas du tout combattu la sentinelle Gug mais qu'ils s'étaient tout simplement glissés à côté d'elle pendant son sommeil de telle sorte que leur force et leur sauvagerie étaient encore intactes et qu'elles le resteraient jusqu'à ce qu'ils aient trouvé une victime et en aient disposé. Il était très désagréable de voir ces animaux répugnants et disproportionnés, qui bientôt furent près d'une quinzaine, creuser un peu partout et exécuter leurs sauts de kangourous dans le crépuscule grisâtre où s'élevaient les tours et les monolithes titanesques, mais il fut encore plus désagréable de les entendre parler entre eux dans le toussotement qui est le langage des Pâles. Cependant, si horribles qu'ils fussent ils ne l'étaient pas autant que cette horreur qui maintenant sortait derrière eux de la caverne avec une rapidité déconcertante.

C'était une patte, une patte qui avait bien deux pieds et demi de large et était munie de formidables griffes. Une autre patte suivit puis un grand bras noir velu, auquel les deux pattes étaient toutes deux rattachées par de courts avant-bras. Deux yeux roses brillèrent alors et la tête, grosse comme une barrique, de la sentinelle Gug réveillée, apparut. Les yeux protégés par des protubérances osseuses couvertes de poils longs et broussailleux, saillaient de deux pouces de chaque côté, mais ce qui surtout rendait cette tête terrifiante, c'était la bouche. Cette bouche avait de grandes dents jaunes et elle fendait la face de haut en bas car elle s'ouvrait verticalement au lieu de s'ouvrir horizontalement.

Avant que l'infortuné Gug ait pu émerger de la caverne et se dresser de toute la hauteur de ses vingt pieds, les Pâles vindicatifs furent sur lui. Carter, un moment, craignit qu'il ne donnât l'alarme et n'éveillât tous ses semblables mais un vampire lui apprit à voix basse que les Gugs n'ont pas de voix et communiquent au moyen d'expressions faciales. La bataille qui suivit fut vraiment effrayante. De tous côtés les Pâles enragés, se ruèrent fiévreusement sur le Gug qui rampait, le mordant et le déchirant de leurs groins et le blessant mortellement avec leurs durs sabots pointus. Pendant tout ce temps ils toussèrent avec violence, hurlant quand la grande bouche verticale de Gug réussissait à mordre l'un d'entre eux, de telle sorte que le bruit du combat eût certainement réveillé la cité endormie si la sentinelle en faiblissant n'avait transporté la bataille de plus en plus loin dans les profondeurs de la caverne. Le bruit cessa et bientôt rien ne fut plus visible dans le noir mais de temps en temps un écho infernal indiquait que le bombat continuait.

Le plus alerte des vampires donna alors pour tous le signal du départ et Carter suivit, à travers la forêt des monolithes, les trois créatures bondissantes, puis dans les rues sombres et répugnantes de cette effrayante cité dont les tours cylindriques faites de pierres cyclopéennes s'élevaient à perte de vue. Ils avancèrent silencieusement sur les pavés de rocs grossiers dégoûtés par les abominables ronflements provenant de derrière les grandes portes noires, ronflements qui témoignaient du sommeil des Gugs. Craignant que ne se terminât l'heure du repos, ils pressèrent le pas, mais même à ce rythme le voyage fut assez long car dans cette ville de géants, l'échelle des distances était très grande. Ils finirent cependant par atteindre une sorte d'espace découvert qui s'étendait devant une tour plus imposante encore que les autres. Au-dessus de la porte colossale était fixé, sculpté en bas-relief, un monstrueux symbole qui vous faisait trembler de peur, même si vous n'en connaissiez pas le sens. C'était la tour centrale et le signe de Koth et ces énormes marches de pierre à peine visibles dans la pénombre intérieure étaient le commencement du grand escalier conduisant à la terre de rêve supérieure et au bois enchanté.

Une interminable ascension commença alors dans le noir absolu, ascension rendue presque impossible par la taille monstrueuse des marches qui, construites par les Gugs avaient près d'un yard de haut. Carter ne put estimer au juste leur nombre car il fut bientôt si fatigué que les vampires souples et inlassables furent obligés de l'aider. Tout au long de leur interminable ascension, ils s'efforcèrent d'oublier le danger d'être découverts et poursuivis car bien qu'aucun Gug à cause de la colère des Grands Anciens n'ose soulever la porte de pierre qui s'ouvre sur la forêt, rien ne les empêche d'aller dans la tour et de gravir les marches et il arrive souvent que les Pâles qui s'y réfugient soient poursuivis jusqu'au sommet.

Si fine est l'ouïe des Gugs que le simple bruit des pieds et des mains nus des grimpeurs pouvaient fort bien être entendus quand la cité s'éveillerait. Il faudrait naturellement peu de temps aux géants rapides habitués par les chasses aux Pâles dans les grottes de Zin à se diriger sans lumière, pour rattraper sur ces marches gigantesques une petite proie grimpant si lentement. Il était excessivement déprimant de penser que la poursuite silencieuse des Gugs ne pourrait être entendue et qu'ils arriveraient brutalement dans le noir. L'on ne pouvait compter sur la traditionnelle crainte des Gugs à l'égard des vampires car en cet endroit singulier tous les avantages étaient pour eux. Il fallait aussi compter avec les Pâles furtifs et méchants qui fréquemment bondissent dans la tour pendant le sommeil des Gugs. Si les Gugs dormaient longtemps et que les Pâles revinssent bientôt de leur combat dans la caverne, l'odeur des grimpeurs serait facilement repérée par ces créatures répugnantes et hostiles ; auquel cas il vaudrait encore mieux être mangé par un Gug.

Au bout d'une ascension qui avait duré une éternité, un toussottement leur parvint au-dessus d'eux dans le noir et la situation prit un tour inattendu et grave. Il était clair qu'un Pâle, ou peut-être plusieurs, avait pénétré dans la tour avant l'arrivée de Carter et de ses guides et il était également clair que le danger était très proche. Ils suspendirent leur respiration une seconde, après quoi, le chef des vampires poussa Carter contre le mur et disposa ses compagnons de la meilleure façon possible, la vieille pierre tombale levée, prête à s'abattre d'un coup fracassant dès que l'ennemi apparaîtrait. Les vampires sont nyctalopes, la partie n'était donc pas aussi compromise que si Carter eût été seul. Un claquement de sabots annonça, un instant plus tard, qu'une bête au moins descendait. Les vampires qui portaient la dalle préparèrent leur arme pour un coup désespéré. Deux yeux rouge jaunâtre brillaient maintenant et l'on entendit, dominant le claquement des sabots, la respiration du Pâle. A l'instant où ce dernier sautait sur la marche qui se trouvait juste au-dessus des vampires, ceux-ci abattirent la vieille pierre tombale avec une force si prodigieuse qu'il n'y eut qu'un sifflement et un choc avant que la victime ne s'effondrât en une masse hideuse. Il ne semblait pas y avoir d'autre Pâle aussi, après avoir écouté un moment, les vampires tapèrent-ils sur l'épaule de Carter pour lui donner le signal de reprendre l'ascension. Ils furent comme auparavant obligés de l'aider et il quitta avec joie ce lieu de carnage où le cadavre du Pâle gisait invisible dans le noir.

Déposant enfin leur compagnon, les vampires firent halte et en tâtant au-dessus de lui, Carter comprit qu'ils avaient fini par atteindre la grande chausse-trape de pierre. Faire basculer complètement une aussi grosse masse, il ne fallait pas y penser. Les vampires espéraient la soulever suffisamment pour y glisser la pierre tombale qui, servant de levier, l'écarterait assez pour permettre à Carter de s'échapper. Ils avaient, quant à eux, décidé de redescendre, puis de retraverser la ville des Gugs car ils pourraient s'y dissimuler facilement, tandis qu'ils ne connaissaient pas le chemin qui, sur terre, leur permettrait de gagner Sarkomand et la porte qui conduit à l'abîme.

Puissante était la poussée des trois vampires sur la porte de pierre et Carter de toutes ses forces les aidait. Les vampires estimèrent qu'il fallait appuyer sur la partie de la porte voisine du sommet de l'escalier, ils s'y appliquèrent de toute la force de leurs muscles ignoblement nourris de charogne. Au bout de quelques instants une fente de lumière apparut et Carter auquel cette tâche avait été confiée glissa l'extrémité de la pierre tombale dans l'ouverture. Ils tirèrent alors violemment sur la dalle mais cela ne donnait que peu de résultats et, naturellement, chaque fois qu'ils n'avaient pu tourner la dalle en maintenant la trappe entrouverte, ils devaient revenir à la position initiale.

Un bruit au-dessous d'eux, sur les marches multiplia mille fois leur désespoir. Ce n'était que le bruit du cadavre du Pâle dégringolant les escaliers et le heurt des sabots contre la pierre, mais de toutes les causes possibles de cette chute, aucune n'était rassurante. Connaissant la célérité des Gugs, les vampires se remirent au travail avec frénésie et, en un rien de temps, ils avaient suffisamment soulevé la chausse-trape pour que Carter pût y glisser la stèle de façon à ménager une bonne ouverture. Les vampires aidèrent Carter à sortir, le hissant sur leurs épaules caoutchouteuses et guidant ses pieds vers les prises de la muraille, en même temps qu'à l'extérieur il se cramponnait au sol béni de la haute terre du rêve. Une seconde plus tard ils avaient eux-mêmes bondi à l'air libre, repoussé la stèle et fermé l'énorme porte à l'instant où, juste au-dessous d'eux, le bruit d'une respiration devenait perceptible. Par crainte de la colère des Grands Anciens aucun Gug n'oserait jamais soulever l'immense chausse-trape, aussi Carter, plein d'une détente et d'une joie intense, s'étendit-il tranquillement sur les épais et grotesques champignons qui peuplaient le bois enchanté tandis que ses guides s'allongeaient tout près, adoptant l'attitude de repos propre aux vampires.

Magique, ce bois enchanté que si longtemps auparavant il avait traversé, était un véritable paradis de délices, comparé aux gouffres qu'il avait à présent laissés derrière lui. Aucun être vivant ne se trouvait aux alentours car les Zoogs redoutent la porte mystérieuse. Carter, aussitôt, discuta avec les vampires de leur futur voyage. Retourner par la tour des Gugs, ils ne l'osaient pas et le chemin du monde de l'éveil ne les tentait guère après avoir appris qu'ils devraient traverser la caverne de la flamme où règnent les prêtres de Nasht et Kaman-Thah aussi finirent-ils par se décider à rentrer par Sarkomand et sa porte de l'abîme bien qu'ils n'en connussent absolument pas la route. Carter leur rappela que la cité de Sarkomand se dresse dans une vallée proche de Leng et leur expliqua qu'il avait rencontré à Dylath-Leen un vieux marchand sinistre qui, disait-on, faisait du commerce avec Leng, c'est pourquoi il leur conseillait de se rendre à Dylath-Leen et pour cela de gagner Nir à travers champs, puis le Skaï et de suivre ce fleuve jusqu'à son embouchure. Les vampires résolurent de se mettre immédiatement en route sans perdre de temps car les ténèbres s'épaississaient et promettaient, pour le voyage, une nuit noire, Carter serra les pattes de ces animaux repoussants, les remercia de leur aide et envoya ses compliments à la bête qui, autrefois, avait eu nom Richard Pickman; il ne put cependant s'empêcher de soupirer d'aise dès leur départ, car un vampire demeure un vampire et n'est au mieux pour l'homme qu'un compagnon désagréable. Carter se mit alors à la recherche d'un étang dans la forêt afin de se laver de la boue infernale, il remit ensuite ses vêtements dont il avait pris soin durant tout son voyage.

Il faisait nuit à présent dans ce bois redoutable aux arbres monstrueux mais, à cause de la phosphorescence, on y pouvait marcher comme en plein jour. Carter gagna la route qui, par-delà les collines Tanariennes conduit à Celephaïs, dans l'Ooth-Nargaï, et pendant qu'il cheminait, il repensa au zèbre que tant d'éternités auparavant il avait laissé attaché à un arbre calciné, là-haut sur le Ngranek au cœur de la lointaine Oriab et il se demanda si quelque ramasseur de laves l'avait détaché et nourri. Il se demanda aussi s'il reviendrait jamais à Baharna, s'il paierait le zèbre qui, la nuit, avait été tué dans les vieilles ruines au bord du Yath et si le vieux tavernier se souviendrait de lui. Telles étaient les pensées qui lui traversaient l'esprit dans l'atmosphère retrouvée de la haute terre du rêve.

Sa marche fut tout à coup stoppée par un bruit venant d'un arbre creux. Il avait évité le grand cirque de pierre car, dans l'immédiat, il ne tenait pas à discourir avec les Zoogs. Les singulières vibrations qui bruissaient dans l'arbre monstrueux l'avertirent qu'un important conseil se tenait quelque part. En s'approchant un peu plus, il perçut les accents d'une discussion passionnée et comprit vite que l'affaire était pour lui du plus haut intérêt, car l'assemblée souveraine des Zoogs était en train de débattre d'une guerre contre les chats. Tout provenait de la disparition de ce groupe qui, en rampant, avait suivi

Carter jusqu'à Ulthar et que les chats avaient puni
justement pour ses peu convenables intentions.
L'affaire avait été longtemps classée, mais à présent, ou tout au moins au cours du mois, les troupes
Zoogs étaient prêtes à détruire toute la gent féline
par une série d'attaques-surprises qui permettraient soit individuellement, soit par groupes, la
capture des chats sans méfiance et ne laisserait pas
aux myriades de chats d'Ulthar la moindre chance
de pouvoir mobiliser et s'organiser. Tel était le
plan des Zoogs et Carter comprit qu'il devait le
faire échouer avant de partir pour sa quête fameuse.

Randolph Carter se glissa donc silencieusement
vers l'orée du bois et par-dessus les champs éclairés
par les étoiles lança le cri des chats. Dans un proche
cottage, une vieille chatte, prenant le relais, transmit le signal d'alarme par-dessus les vastes prairies
ondulées, jusqu'aux guerriers : les grands, les petits,
les noirs, les gris, les tigrés, les blancs et les jaunes.

A travers Nir et par-delà la Skaï, le signal fut porté
jusqu'à Ulthar par l'écho. Les nombreux chats de
la ville répondirent en chœur et se rangèrent en ordre de marche. La lune, heureusement, ne s'était
pas encore levée, aussi les chats étaient-ils tous sur
terre. Sautant vivement et silencieusement hors de
chaque foyer, hors de chaque toiture de maison, ils
se déversèrent comme une mer en furie dans les
plaines et gagnèrent l'orée du bois. Carter était là
pour les recevoir. La vue des chats, de leurs formes
belles et saines réjouissait son œil après tout ce qu'il
avait rencontré dans l'abîme. Il fut heureux de voir
son vieil ami et sauveur, un collier de commande-

ment passé autour du cou luisant et les moustaches relevées d'un air martial, à la tête du détachement d'Ulthar. Il le fut plus encore en voyant un jeune et vif gaillard qui, sous-lieutenant dans ce détachement, s'avéra n'être autre que le tout petit chat auquel il avait donné une assiette de riche crème en cette matinée depuis si longtemps évanouie. C'était maintenant un chat musclé et plein de promesse qui ronronnait en serrant la main de son ami. Son grand-père dit qu'il se débrouillait fort bien dans l'armée et qu'après une autre campagne, il pouvait s'attendre à être élevé au grade de capitaine.

Carter résuma alors le péril qui menaçait le peuple des chats et fut remercié de tous côtés par de profonds ronronnements. Consultant les généraux, il prépara un plan d'action qui comprenait l'attaque immédiate du conseil des Zoogs et de leurs places fortes connues; on devancerait ainsi leurs attaques-surprises et on les forcerait à traiter avant la mobilisation de leur armée d'invasion. Sur ce, sans perdre un instant, l'immense marée des chats inonda le bois enchanté encerclant l'arbre du conseil et le grand cirque de pierre. Les vibrations s'élevèrent jusqu'à la panique quand l'ennemi vit les nouveaux arrivants et les Zoogs bruns, furtifs et curieux n'offrirent que peu de résistance. Ils comprirent qu'ils étaient battus d'avance aussi échangèrent-ils leur désir de vengeance contre celui de sauver leur peau.

Une partie des chats s'assit en cercle, les Zoogs capturés au centre, et par un passage ménagé dans les rangs, les autres chats poussèrent les Zoogs faits prisonniers ailleurs dans le bois. Carter servant d'interprète, un traité fut négocié. Il fut décidé que les Zoogs conserveraient leur indépendance à condition d'apporter aux chats un important tribut de coqs de bruyère, de cailles et de faisans des parties les moins fabuleuses de leur forêt. Douze jeunes Zoogs de noble naissance furent emmenés comme otages pour être gardés dans le temple des chats à Ulthar, et les vainqueurs firent comprendre que toute disparition de chats aux frontières du pays zoog serait suivie de conséquences désastreuses pour ce pays. Ces questions ayant été réglées, les chats rompirent leurs rangs et permirent aux Zoogs de regagner un à un leurs domiciles respectifs, ce qu'ils s'empressèrent de faire en jetant en arrière plus d'un regard hargneux.

Le vieux général offrit alors à Carter une escorte pour traverser la forêt et gagner la frontière qu'il désirait atteindre estimant que les Zoogs devaient couver à son égard un vif ressentiment à cause de l'échec de leur entreprise de guerre. Carter accuillit cette offre avec gratitude, non pas seulement pour la sécurité qu'elle lui apportait, mais parce qu'il aimait la gracieuse compagnie des chats. Aussi traversa-t-il dignement au milieu d'un agréable et joyeux régiment détendu par l'heureuse issue du combat, le bois enchanté où dans la phosphorescence se dressaient des arbres titanesques tout en parlant de sa quête avec le vieux général et son petit-fils, tandis que le reste de la troupe se livrait à de fantastiques cabrioles ou chassait les feuilles mortes que le vent poussait entre les champignons de ce sol primitif. Le vieux chat dit qu'il avait beaucoup entendu parler de Kadath, la cité inconnue qui s'élève dans l'immensité froide mais qu'il ne savait pas où elle se trouvait. Quant à la merveilleuse cité du soleil couchant, il n'en avait jamais entendu parler, mais serait heureux de faire part à Carter de tout ce qu'il pourrait apprendre à son sujet.

Il instruisit le chercheur de quelques mots de passe de grande valeur qui lui serviraient parmi les chats du monde des rêves et le recommanda spécialement au vieux chef des chats de Celephaïs, cité où il se rendait. Ce vieux chat que Carter connaissait déjà un peu, était un digne maltais et son aide serait hautement influente pour toutes les transactions. L'aube pointait quand ils atteignirent la lisière du bois et Carter affligé dit adieu à ses amis. Le jeune sous-lieutenant qu'il avait connu chaton l'aurait suivi si le vieux général ne le lui avait interdit. L'austère patriarche insista sur le fait que son devoir était de rester avec l'armée et la tribu. Carter partit donc seul à travers les champs dorés qui s'étendaient mystérieusement au long d'une rivière bordée de saules, tandis que les chats retournaient dans le bois.

Carter connaissait bien ce pays de jardins situé entre le bois enchanté et la Mer Cérénérienne et il suivait gaiement les rives du chantant Oukranos qui lui indiquaient sa direction. Le soleil monta plus haut sur les pentes charmantes couvertes de gazon et de bosquets et vivifia les couleurs de milliers de fleurs qui étoilaient chaque creux et chaque monticule. Une légère brume bénie recouvrait cette région où plus qu'ailleurs brille le soleil et bourdonnent, musique de l'été, les abeilles et les oiseaux. Les hommes s'y promènent comme dans un endroit féerique et y ressentent un émerveillement et un bonheur plus grands qu'en aucun autre lieu.

Carter atteignit vers midi les terrasses de jaspe de Kiran qui descendent en pentes douces jusqu'au bord de la rivière et portent ce temple de la beauté où le roi d'Ilek Vad dans un palanquin d'or, vient une fois par an de son lointain royaume riverain des mers crépusculaires pour prier le dieu d'Oukranos qui, autrefois, avait chanté pour lui quand, jeune, il habitait sur ses rivages. Ce temple est tout entier de jaspe, il couvre un acre de terrain de ses cours et de ses murs, de ses sept tours pointues et de son sanctuaire où par des canaux cachés pénètre la rivière et où doucement dans la nuit chante le dieu. Souvent quand elle brille au-dessus de ces cours, de ces terrasses et de ces tours, la lune entend une étrange musique, mais seul le roi d'Ilek-Vad pourrait dire si cette musique est le chant du dieu ou celui des prêtres magiciens, car seul il a pénétré dans le temple et vu les prêtres. Pour l'instant dans l'engourdissement du jour, le temple finement sculpté était silencieux et Carter marchant sous un soleil enchanté n'entendait que le murmure du grand courant accompagné du bourdonnement des abeilles et des oiseaux.

Le pèlerin se promena tout l'après-midi à travers les prairies parfumées qui s'étendent à l'abri des charmantes collines riveraines et portent de petites fermes calmes à toit de chaume et de petits sanctuaires dédiés à d'aimables dieux sculptés dans la jaspe ou le chrysobéryl. Tantôt il marchait au bord de l'Oukranos, sifflant le poisson irisé qui suit le courant de cristal, tantôt il se reposait parmi les joncs frémissants, contemplant sur l'autre rive la grande forêt sombre dont les arbres descendent jusqu'au bord de l'eau. Au cours de ses premiers rêves, il avait vu de singuliers buopoths à la lourde démarche sortir timidement du bois pour venir boire, mais à présent il n'en pouvait apercevoir aucun. Il s'arrêta une fois pour regarder un poisson carnivore attraper un oiseau pêcheur qu'il avait attiré au bord de l'eau en faisant luire au soleil ses écailles tentatrices, le poisson saisit le bec dans son énorme bouche à l'instant où le chasseur ailé plongeait pour le piquer.

Le soir il grimpa sur un monticule herbeux et vit devant lui incendiées par le soleil couchant, les mille spires dorées de Thran. Incroyablement élevés sont les murs d'albâtre de cette extraordinaire cité, murs qui s'effilent vers leur sommet et sont bâtis d'un seul tenant selon une technique inconnue des hommes, car elle est plus vieille que mémoire. Si hauts soient-ils pourtant avec leur cent portes et leurs deux cents tourelles, les tours intérieures, toutes blanches sous leurs spires dorées sont encore plus élevées de sorte que les hommes de la plaine les voient s'élancer dans le ciel et parfois accrocher des pans de brume ou de nuages et parfois entourées de nuages bas, étinceler au-dessus des vapeurs. A l'endroit où les portes de Thran s'ouvrent sur la rivière sont de grands quais de marbre et de beaux galions de cèdre et de plaqueminier odorant qui se balancent sur leurs ancres tandis que de mystérieux marins barbus sont assis sur des caisses et des ballots portant les hiéroglyphes de lointaines terres. Dans la campagne, hors des murs, c'est le pays des fermes : de petites maisons blanches rêvent entre les collines, et des routes étroites passent sur une multitude de petits ponts de pierre gracieusement jetés par-dessus rivières et jardins.

Le soir, Carter descendit à travers ces terres verdoyantes et vit le crépuscule flotter de la rivière jusqu'aux merveilleuses spires dorées de Thran. Il arriva à la porte sud de la ville juste à l'heure où la nuit tombait et, arrêté par une sentinelle vêtue d'une robe rouge, il dut raconter trois rêves incroyables et montrer qu'il était un rêveur véritable avant de se voir accorder le droit de monter à travers les rues secrètes et abruptes de Thran et de s'attarder dans les bazars où se vendent les marchandises apportées par les galères décorées. Il pénétra alors dans cette ville indescriptible, traversa d'abord le mur si épais que la porte ressemble à un tunnel, puis, plus loin, des chemins incurvés et ondulants qui, profonds et étroits, serpentent entre les tours dressées vers le ciel. Des lumières brillaient aux fenêtres grillagées ornées de balcons et des cours intérieures où babillaient des fontaines de marbre, lui parvenaient les sons timides des luths et des pipeaux. Carter connaissait son chemin, par des rues sombres il descendit jusqu'au bord de la rivière où, dans une vieille taverne de marins il retrouva les capitaines et les matelots qu'il avait connus dans des myriades d'autres rêves. Il paya là le prix de son voyage pour Celephaïs sur un grand galion vert et s'arrêta pour la nuit dans cette taverne après avoir parlé gravement au vénérable chat qui sommeillait devant un énorme foyer en rêvant de vieilles guerres et de dieux oubliés.

Au matin, Carter monta à bord du galion qui faisait voile pour Celephaïs et s'assit à la proue tandis qu'on larguait les amarres et que commençait le long voyage sur la Mer Cérénérienne. Pendant des lieues, les rivages furent fort semblables à ce qu'ils étaient au-dessus de Thran. De temps à autre, un curieux temple s'élevait sur la droite au sommet de collines éloignées ou bien l'on apercevait un village endormi sur la rive avec ses toits rouges en pente et ses filets étendus au soleil. Préoccupé par sa quête, Carter interrogea sérieusement tous les matelots au sujet des gens qu'ils avaient rencontrés dans les tavernes de Celephaïs et leur demanda quels étaient le nom et les mœurs de ces hommes étranges aux grands yeux bridés, aux oreilles aux lobes allongés, aux narines minces et aux mentons pointus qui venaient du Nord sur leurs bateaux noirs et échangeaient leur onyx contre le jade sculpté, les fils d'or et les oiseaux rouges. De ces hommes, les marins ne savaient pas grand'chose sauf qu'ils parlaient rarement et semaient autour d'eux une sorte d'effroi mêlé d'admiration.

Leur très lointain pays était appelé Inquanok et peu de gens avaient envie d'y aller, car c'était une contrée crépusculaire et froide dont on disait qu'elle s'étendait près de l'abominable Leng. D'infranchissables montagnes se dressaient du côté où l'on situait

Leng de sorte que personne ne pouvait dire au juste si cet affreux plateau avec ses horribles villages de pierre et son monastère dont il vaut mieux ne pas parler se trouvait bien par là ou si cette rumeur ne venait que de cette crainte que les gens timides ressentent la nuit quand la formidable barrière rocheuse se dessine en noir sur le lever de la lune. Sans doute les hommes gagnaient-ils Leng par des océans très différents. Les marins n'avaient aucune idée des autres frontières d'Inquanok et ils n'avaient jamais entendu parler ni de l'immensité froide, ni de Kadath, la cité inconnue, excepté par de vagues et incertaines allusions. Ils ne savaient rien de la merveilleuse cité du soleil couchant que cherchait Carter, aussi le voyageur n'en demanda-t-il pas plus et attendit-il l'heure où il pourrait parler aux étranges humains venus de la froide et crépusculaire Inquanok, humains qui sont les descendants des dieux qui ont sculpté leurs traits sur le Ngranek.

Tard dans la journée, le galion atteignit ces méandres qui traversent les jungles parfumées du Kled. Là Carter souhaita de pouvoir débarquer car dans ces fourrés tropicaux dorment, intacts et solitaires, de merveilleux palais d'ivoire, où habitèrent autrefois les fabuleux monarques d'un pays dont le nom est oublié. Les sortilèges des Très Anciens gardent ces palais de la destruction parce qu'il est écrit qu'on pourrait un jour en avoir de nouveau besoin. Les caravanes d'éléphants les regardent de loin au clair de lune et personne n'ose les approcher à cause des gardiens qui les veillent. Le bateau continua sa course et la pénombre sembla accélérer la tombée du jour. Les premières étoiles clignotaient en réponse aux premiers feux follets des rives alors que la jungle disparaissait à l'arrière ne laissant, comme un souvenir de sa présence, que son fantastique parfum. Toute la nuit le galion vogua au-dessus de mystères passés, invisibles et insoupçonnables. Une vigie signala une fois des feux sur une colline à l'est, mais le capitaine qui avait sommeil leur conseilla de ne pas trop les regarder car l'on ne savait au juste qui ou quoi les avait allumés.

Au matin, la rivière s'était considérablement élargie et Carter, d'après les maisons bâties au long des rives, comprit qu'ils approchaient du grand port commercial de Hlanith sur la Mer Cérénérienne. Ici les murs étaient de granit rudes et les maisons extrêmement pointues avec leurs pignons de plâtre étincelant. Les habitants de Hlanith sont parmi tous les peuples des terres du rêve les plus ressemblants aux hommes du monde de l'éveil, aussi la ville n'est-elle guère fréquentée sauf pour les échanges car on prise l'excellent travail de ses artisans. Les quais de Hlanith sont en chêne, le galion s'y arrêta pendant que le capitaine allait commercer dans les tavernes. Carter descendit à terre et considéra avec curiosité les rues creusées d'ornières où des chars à bœufs roulaient cahin-caha tandis que les marchands criaient fiévreusement, vantant leurs marchandises dans les bazars. Les tavernes du port étaient tout près des quais dans des ruelles pavées, salées par l'écume des grandes marée. Elles paraissaient excessivement vieilles avec leurs plafonds bas, noirs et brillants, et leurs œils-de-bœuf encastrés dans les murs. Les vieux marins y parlaient beaucoup de ports lointains et y racontaient des quantités d'histoires sur les mystérieux habitants de la crépusculaire Inquanok mais ils n'apprirent rien de plus à Carter que ce que les matelots du galion lui avaient déjà dit. Après de longs déchargements et chargements, le bateau mit enfin à la voile au soleil couchant, les hauts murs et les pignons de Hlanith diminuèrent alors que les dernières lueurs du jour leur donnaient une beauté merveilleuse bien supérieure à celle que leur avaient donnée les hommes.

Deux jours et deux nuits, le galion vogua sur la mer Cérénérienne sans qu'aucune terre fût en vue et il ne rencontra qu'un seul vaisseau. Le second jour au couchant ils virent devant eux apparaître le pic neigneux d'Aran et se balancer sur les basses pentes ses ifs du Japon. Carter sut qu'ils arrivaient au pays d'Ooth-Nargaï et de la splendide cité de Celephaïs. Ils furent bientôt en vue des minarets étincelants de cette ville fabuleuse, de ses murs de marbre toujours brillants, de ses statues de bronze et de son grand pont de pierre sous lequel le Naraxa rejoint la mer. Ils aperçurent ensuite les charmantes collines vertes qui s'élèvent derrière la ville avec leurs bosquets, leurs jardins d'asphodèles, leurs petits sanctuaires et leurs fermes, et loin à l'horizon, puissante et magique, la chaîne pourpre des montagnes de Tannarie, derrière laquelle serpentent les chemins interdits qui conduisent au monde de l'éveil et vers d'autres régions du rêve.

Le port était plein de galions peints, certains venaient de Serannie, la marmoréenne cité des nuages, qui se dresse par-delà le lieu où la mer rencontre le ciel, d'autres venaient de régions plus matérielles du monde du rêve. Parmi eux, l'homme de barre se fraya un chemin jusqu'au quai sentant l'épice où le galion s'arrêta dans le noir alors que les millions de lumières de la ville commençaient à scintiller sur l'eau. Toujours neuve paraissait cette immortelle cité de rêve car sur elle le temps n'a ni le pouvoir de détruire, ni celui de ternir. Elle est toujours de turquoise de Nath-Horthath et ses quatre-vingts prêtres couronnés d'orchidées sont les mêmes que ceux qui la construisirent il y a dix mille ans.

Encore brillant est le bronze de ses grandes portes et ses rues d'onyx ne sont jamais ni usées ni brisées. Les grandes statues de bronze érigées sur les murs regardent passer les marchands et les conducteurs de chameaux plus vieux que les légendes et cependant sans un poil gris dans leurs barbes fourchues.

Carter ne se mit pas immédiatement en quête du temple, du palais ou de la citadelle, mais demeura près du mur de la mer parmi les marchands et les marins. Quand il fut trop tard pour les nouvelles et les récits il chercha une vieille taverne qu'il connaissait bien et s'y reposa, rêvant des dieux et de Kadath, la cité inconnue. Puis, il s'en fut tout au long des quais à la recherche des mystérieux matelots d'Inquanok mais on lui dit qu'en ce moment il n'y en avait aucun dans le port, leur galion n'étant pas attendu avant deux bonnes semaines. Il rencontra cependant un matelot Thorabonien qui avait été à Inquanok et avait travaillé dans les carrières d'onyx de ce pays crépusculaire. Cet homme lui dit qu'un passage, que tout le monde semblait craindre et fuir, existait certainement au nord de ce pays habité. Le Thorabonien pensait que le désert situé au nord d'Inquanok contournait la plus haute chaîne de pics infranchissables et conduisait sur l'horrible plateau de Leng et que c'était la raison pour laquelle les hommes en avaient peur. Il admit pourtant qu'il y avait d'autres vagues récits parlant de présences infernales et de sentinelles innommables. Si oui ou non, c'était là la fabuleuse immensité où se dresse Kadath la cité inconnue, il ne pouvait le dire, mais il semblait invraisemblable que ces présences et ces sentinelles, si vraiment elles existaient, pussent se tenir là pour rien.

Le jour suivant, Carter monta la rue des Piliers jusqu'au temple de turquoise et parla avec le Grand Prêtre. Bien que Nath-Horthath soit particulièrement adoré à Celephaïs, tous les Grands Anciens sont mentionnés dans les prières quotidiennes et le prêtre les connaissait assez bien. Tout comme autrefois Atal, dans la lointaine Ulthar, il lui déconseilla vivement de tenter de les voir, déclarant qu'ils étaient capricieux et irascibles et sous l'étrange protection des Autres Dieux de l'Extérieur dont l'âme et le messager est Nyarlathotep, le chaos rampant. La merveilleuse cité du soleil couchant, leur retraite jalousement cachée, montrait clairement qu'ils ne désiraient pas que Carter l'atteignît et l'on pouvait douter de la façon dont ils recevraient un voyageur dont le but était de les voir et de plaider sa cause devant eux. Aucun homme n'avait jamais découvert Kadath dans le passé et il valait mieux que personne ne la découvrît dans le futur. Les rumeurs qui couraient sur le château d'onyx des Grands Anciens n'étaient en aucune façon rassurantes.

Ayant remercié le Grand Prêtre couronné d'orchidées, Carter quitta le temple et se mit à la recherche du bazar des bouchers de moutons où, luisant et satisfait, habitait le vieux chef des chats de Celephaïs. Cet être gris et noble se chauffait au soleil sur les pavés d'onyx et tendit à son visiteur une patte alanguie mais quand Carter lui eut donné le mot de passe et les phrases d'introduction que lui avait confiés le vieux général des chats d'Ulthar, le patriarche à fourrure devint très cordial et très communicatif. Il parla beaucoup du savoir secret connu des chats qui vivent sur les pentes marines de l'Ooth-Nargaï. Bien mieux, il répéta ce que lui avaient dit les timides chats des quais de Celephaïs à propos des hommes d'Inquanok et à propos de leurs sombres bateaux qui n'ont pas de chats à bord.

Il semble que ces hommes sont entourés d'un souffle qui ne vient pas de la terre bien que ce ne soit pas pour cette raison qu'aucun chat ne navigue sur leurs bateaux. La véritable raison est qu'il n'y a jamais eu dans ce crépusculaire royaume, ni ronronnement réconfortant, ni miaulement familier. Est-ce à cause des choses qui sont transportées pardessus les infranchissables pics de l'hypothétique Leng, est-ce à cause des choses qui, venant de ce désert froid qui se trouve au nord, s'infiltrent dans le pays, personne ne peut le dire, mais c'est un fait qu'il y a dans ce lointain pays une émanation de l'espace extérieur que n'aiment pas les chats et à laquelle ils sont plus sensibles que les hommes. C'est pourquoi ils ne vont pas sur les sombres bateaux qui transportent le basalte d'Inquanok.

Le vieux chef des chats lui indiqua où il trouverait son ami le roi Kuranès qui, dans les anciens rêves de Carter, avait régné alternativement dans le Palais de Cristal rose des Soixante-Dix Délices de Celephaïs et dans le nuageux château à tourelles flottant dans le ciel de Sérannie. Il semblait que n'étant plus satisfait de ces lieux il ressentît une puissante nostalgie pour les falaises anglaises des basses terres de son enfance où, dans les petits villages rêveurs voltigent les vieux chants d'Angleterre le soir derrière les fenêtres à guillotine et où les tours grises des églises surgissent, admirables, à travers la verdure des vallées éloignées. Kuranès ne pouvait retourner vers ses régions du monde de l'éveil car son corps était mort mais il avait fait ce qui s'en rapprochait le plus, il avait rêvé un petit espace de campagne semblable dans la région est de la cité où les prairies gracieusement ondulantes montent depuis les falaises jusqu'au pied des collines Tanariennes. Il habitait là dans un manoir gothique aux pierres grises, donnant sur la mer et essayait de s'imaginer que c'était Trévor Towers où il était né et où treize générations de ses ancêtres avaient vu le jour. Tout près sur la côte il avait construit un petit village de pêcheurs de Cornouailles avec des rues pavées en pente et y avait installé les gens qui avaient le visage le plus anglais. Il cherchait toujours à leur apprendre de chers accents remémorés des vieux pêcheurs de Cornouailles. Dans la vallée, pas très loin, il avait élevé une grande abbaye normande dont il pouvait voir la tour de sa fenêtre et alentour il avait disposé un cimetière de pierres grises gravées aux noms de ses ancêtres et recouvertes d'une mousse assez semblable à celle de la Vieille Angleterre.

Bien que Kuranès fût monarque dans le monde du rêve et disposât à volonté de toute la pompe et de toutes les merveilles imaginables, de toute la splendeur, la beauté, les extases et les délires, les nouveautés et les sensations, il aurait volontiers abandonné pour toujours sa puissance, son luxe et sa liberté pour, un seul jour béni, se retrouver petit garçon dans la simple et tranquille Angleterre, cette vieille Angleterre adorée qui avait façonné son être et dont immuablement il faisait partie.

III

Après avoir dit adieu au vieux chef grisonnant des chats, Carter ne se mit pas à la recherche du palais à terrasses construit en cristal rose, mais sortit de la ville par la porte de l'Est et à travers les champs émaillés de marguerites, marcha vers un pignon pointu qu'il avait aperçu entre les chênes d'un parc qui descendait jusqu'aux falaises. Il atteignit une grande haie où s'ouvrait une porte flanquée d'une petite loge en briques. Quand il sonna, ce ne fut pas un laquais en livrée du palais qui vint en clopinant pour le recevoir, mais un petit vieillard rabougri, en tablier, qui faisait de son mieux pour parler avec les curieuses intonations de la lointaine Cornouailles. Carter remonta le chemin ombragé par des arbres ressemblant autant qu'il était possible à ceux d'Angleterre et à travers des jardins dessinés comme au temps de la Reine Anne, escalada les terrasses. A la porte, flanquée, comme c'était autrefois la coutume, de chats de pierre, il fut accueilli par un maître d'hôtel en livrée portant des favoris qui le conduisit immédiatement dans la bibliothèque où Kuranès, Lord d'Ooth-Nargaï et de la région du ciel de Sérannie, était assis, pensif, sur une chaise près de la fenêtre, en train de contempler son village de pêcheurs et d'espérer l'entrée de sa vieille nurse qui le gronderait parce qu'il n'était pas prêt pour cette fameuse partie de tennis, que la voiture attendait et que la patience de sa mère était à bout.

Kuranès, vêtu d'une robe de chambre à la mode du Londres de sa jeunesse, se leva vivement pour accueillir son visiteur. La vue d'un Anglo-Saxon venant du monde de l'éveil lui était très chère, même si ce Saxon venait de Boston, Massachusetts, et non de Cornouailles. Ils parlèrent longuement du vieux temps et ils avaient beaucoup à dire car tous deux étaient de vieux rêveurs et bien informés des merveilles de lieux incroyables. En vérité, Kuranès, par-delà les étoiles, avait été jusqu'au vide ultime et l'on disait qu'il était le seul à ne pas être revenu fou d'un tel voyage.

Carter finit par parler de sa quête et il posa à son hôte les questions qu'il avait posées à tant d'autres. Kuranès ne savait pas où se trouvait Kadath ni la merveilleuse cité du soleil couchant, mais il savait que les Grands Anciens sont des créatures qu'il est très dangereux de rechercher et que les Autres Dieux ont d'étranges façons de les protéger de toute impertinente curiosité. Il avait beaucoup appris sur les Autres Dieux dans les lointaines régions de l'espace, spécialement dans cette région où la forme n'existe pas et où des gaz colorés étudient les secrets les plus cachés. Le gaz violet, S'ugac, lui avait raconté de terribles choses sur Nyarlothotep, le chaos rampant, et l'avait prévenu de ne jamais approcher du vide central où Azathoth, le sultan des démons, grogne avec colère dans le noir. De même, il n'était pas bon de s'occuper des Très Anciens, et s'ils interdisaient avec persistance tout accès à la cité merveilleuse, il valait mieux ne pas chercher cette cité.

Kuranès, de plus, se demandait si son visiteur tirerait beaucoup de profit d'un tel voyage, même s'il atteignait son but.

Pendant de longues années il avait rêvé et soupiré après l'adorable Celephaïs et la terre d'Ooth-Nargaï, après sa liberté, sa couleur et sa haute expérience de vie, libérée de toute chaîne, de toute convention et de toute stupidité. Maintenant qu'il avait pénétré dans cette ville et dans ce pays, maintenant qu'il en était le roi, il trouvait que la liberté et la vivacité sont trop vite épuisées et qu'elles sont monotones par manque de liens avec quoi que ce soit de solide dans les sentiments et dans les souvenirs. Il était roi dans l'Ooth-Nargaï, mais ne trouvait aucun sens à cette royauté et se penchait sans cesse sur les vieilles choses familières d'Angleterre qui avaient formé sa jeunesse. Il aurait donné tout son royaume pour entendre dans le lointain le son des cloches de Cornouailles et les mille minarets de Celephaïs pour les toits en pente du village qui se dressait près de son manoir. Aussi dit-il à son visiteur que la cité inconnue du soleil couchant pouvait fort bien ne pas lui donner toutes les satisfactions qu'il recherchait et que peut-être il valait mieux continuer un rêve glorieux et à moitié oublié. Il avait souvent visité Carter dans les vieux jours du monde de l'éveil et connaissait fort bien les charmantes collines de la Nouvelle Angleterre où il avait vu le jour.

Il était certain qu'à la fin le chercheur ne se languirait plus que des scènes d'abord remémorées ; l'éclat de Beacon Hill dans la tombée du soir, les hauts clochers et les rues sinueuses sur la colline de Kingsport, les toits branlants et blanchis par les âges de l'ancienne Arkham hantée par les sorcières, les prairies fortunées, les vallées où couraient des murs de pierres sèches et les pignons des maisons blanches qui brillent dans les bouquets de verdure. Tout cela, il le dit à Randolph Carter, mais ce dernier maintint sa décision. Ils se séparèrent à la fin, chacun conservant ses propres convictions et, Carter, par la porte de bronze, revint à Celephaïs. Par la rue des Piliers il regagna le vieux rempart face à la mer, y conversa avec les marins venus des ports lointains et attendit le sombre navire qui devait venir de la froide et crépusculaire Inquanok. Ce navire dont les matelots aux visages étranges et les marchands d'onyx portent dans leurs veines le sang des Grands Anciens.

Un soir chargé d'étoiles alors que Pharos brillait splendidement sur le port, le bateau attendu accosta et marins et marchands aux étranges visages, un à un ou par groupes, parurent dans les vieilles tavernes du rempart de la mer. Il était fascinant de revoir ces visages qui ressemblaient aux traits divins sculptés sur le Ngranek, mais Carter ne se pressa pas de parler aux marins silencieux. Il ne savait quel orgueil, quel mutisme ou quels vagues souvenirs divins peuplaient ces fils des Grands Anciens et il était sûr qu'il ne serait pas sage de leur parler de sa quête ou de les interroger avec trop de précisions sur le désert glacé qui s'étend au Nord de leur pays crépusculaire. Ils parlaient fort peu avec les autres clients de ces vieilles tavernes mais se réunissaient en groupes dans les coins éloignés et chantaient entre eux les airs envoûtants de régions inconnues ou psalmodiaient de longs récits avec un accent étranger au reste du monde des rêves. Ces airs et ces récits étaient si peu communs et si émouvants que l'on en devinait les merveilles rien qu'en regardant les visages de ceux qui les écoutaient, bien que les mots ne parvinssent aux oreilles du vulgaire que sous la forme d'un rythme étrange et d'une mélodie obscure.

Pendant une semaine les mystérieux marins traînèrent dans les tavernes et commercèrent dans les bazars de Celephaïs. Avant qu'ils ne repartissent Carter, disant qu'il était un vieux carrier d'onyx et désirait travailler dans leurs carrières, avait retenu une place sur leur sombre navire. C'était un très beau bateau habilement travaillé, fait de bois de teck et orné d'accessoires d'ébène et d'incrustations d'or, la cabine où logeait le voyageur était tendue de soie et de velours. Un matin, au changement de la marée, on hissa les voiles et on leva l'ancre. Carter, qui se tenait à la poupe, vit le soleil levant incendier les remparts, les statues de bronze et les minarets dorés de Celephaïs, la ville sans âge. Il les vit ensuite se perdre au loin, et le pic neigeux du Mont Aran devenir de plus en plus petit. A midi on ne voyait plus rien que le bleu délicat de la Mer Cérénérienne avec, au loin, un galion peint qui faisait voile vers ce royaume de Sérannie où la mer rencontre le ciel.

La nuit vint gorgée d'étoiles et le sombre navire mit le cap sur le Chariot et sur la petite Ourse qui doucement se balançait autour du pôle. Les marins chantèrent les chants mystérieux de pays inconnus puis, un par un, se glissèrent dans l'entrepont tandis que les vigies et les hommes de quart murmuraient de vieilles chansons et se penchaient au-dessus du bastingage pour regarder les poissons lumineux qui jouaient en bandes dans la mer. Carter alla se coucher à minuit et se leva dans la clarté d'un jeune matin en remarquant que le soleil semblait plus au Sud que d'habitude. Tout au long de cette deuxième journée il fit un peu mieux connaissance avec les hommes du bateau, les amenant lentement à parler de leur froid pays crépusculaire, de leur exquise cité d'onyx et de leur crainte des hauts pics infranchissables par-delà lesquels, dit-on, se trouve Leng. Ils lui dirent combien cela les ennuyait qu'aucun chat ne voulût rester dans Inquanok et combien, pensaient-ils, la proximité incertaine de Leng en était responsable. Du désert de pierres du Nord, et de lui seul ils ne voulurent pas parler. Il y avait quelque chose d'inquiétant dans ce désert et on trouvait plus commode d'en nier l'existence.

Les jours suivants, ils parlèrent des carrières dans lesquelles Carter disait qu'il allait travailler. Il y en avait beaucoup parce que toute la cité d'Inquanok était faite d'onyx et parce qu'on en échangeait de grands blocs polis à Rinar, Ogrothan, Celephaïs ou sur place à des marchands venus de Thraa, de Ilarnek et de Kadatheron contre les belles marchandises de ces ports fabuleux. Loin au Nord, presque dans le désert glacé dont les hommes d'Inquanok ne tenaient pas à admettre l'existence, il y avait une carrière abandonnée plus grande que toutes les autres, dont, en des temps oubliés, on avait tiré des blocs si prodigieux que la vue de leurs empreintes découpées au ciseau suffisait à frapper de terreur tous ceux qui les contemplaient. Qui avait taillé ces blocs d'une taille incroyable et où avaient-ils été transportés, nul ne pouvait le dire. On pensait qu'il valait mieux ne pas profaner cette carrière à laquelle, imaginait-on, s'accrochaient des souvenirs extraordinairement inhumains, aussi la laissait-on inexploitée dans le crépuscule où seuls le corbeau et peut-être l'oiseau Shantak planaient sur son immensité. Quand Carter entendit parler de cette carrière il fut profondément ému, car il savait par les vieilles légendes qu'au sommet de Kadath la cité inconnue, le château des Grands Anciens est bâti d'onyx.

Chaque jour le soleil tournait de plus en plus bas dans le ciel tandis qu'à l'avant les brumes devenaient de plus en plus épaisses.

Au bout de deux semaines, il n'y eut plus de lumière solaire, rien qu'un crépuscule gris et singulier, brillant le jour à travers un dôme de nuages éternels. La nuit, une froide phosphorescence sans étoiles émanait de cette même voûte de nuages. Le vingtième jour on aperçut au loin, dans la mer, un grand rocher décharné, c'était la première terre en vue depuis que le pic neigeux d'Aran s'était évanoui derrière le bateau. Carter demanda au capitaine le nom de ce rocher, mais on lui répondit que ce rocher n'avait pas de nom et que jamais aucun bateau n'avait approché à cause des bruits qui, la nuit, en provenaient. Quand, après la tombée du jour, une plainte triste et continue s'éleva de cette masse de granit décharné, le voyageur fut heureux que le bateau n'eût pas stoppé et que le rocher n'eût pas de nom. Les marins prièrent et chantèrent jusqu'à ce que ce rocher fût hors de vue, et Carter, durant les petites heures de la nuit, fit des rêves terrifiants.

Deux matins plus tard, ils virent à l'Est se dessiner dans le lointain une ligne de hauts pics gris dont les sommets se perdaient dans la masse des nuages crépusculaires. A leur vue les marins entonnèrent des chants de joie et certains s'agenouillèrent sur le pont pour prier. Carter comprit qu'ils arrivaient au pays d'Inquanok et que bientôt ils seraient amarrés devant les quais de la grande ville qui porte le nom de ce pays. Vers midi une côte sombre apparut et un peu avant trois heures les dômes arrondis et les spires fantastiques de la ville d'onyx surgirent vers le Nord. Cette ville ancienne, bizarre et insolite, s'élevait au-dessus de ses remparts et de ses quais, toute noire mais ornée de décorations et d'arabesques d'or incrusté. Les maisons étaient hautes, décorées de fleurs de chaque côté et de motifs dont l'obscure symétrie éblouissait l'œil par leur beauté plus saisissante que la lumière. Certaines étaient surmontées de dômes magnifiques, d'autres de terrasses pyramidales sur lesquelles s'élevaient des minarets dont la singularité dépassait toute imagination. Les remparts étaient bas et percés de nombreuses portes. Chacune de ces portes étaient surmontées d'une grande arche qui s'élevait très au-dessus du niveau général des murs et au sommet de laquelle reposait la tête d'un dieu sculpté avec la même maîtrise que celle qui, sur le lointain Ngranek, avait guidé la taille du monstrueux visage. Au centre de la ville, sur une colline, s'élevait une tour à seize côtés plus haute que toutes les autres, et portant un grand beffroi pointu qui reposait sur un dôme aplati. C'étaient, dirent les marins, le Temple des Très Anciens, régi par un vieux Grand Prêtre austère et chargé de secrets.

Par intervalles, un tintement mystérieux résonnait sur la cité d'onyx auquel répondait chaque fois une envolée de musique occulte faite de cors, de violons et de voix. Sur un galion amarré près du grand dôme du Temple, une rangée de trépieds laissait par moments jaillir l'éclat d'un feu. Les prêtres et le peuple de cette ville étaient sages et respectaient les mystères originels, ils conservaient fidèlement les rythmes des Grands Anciens comme il est ordonné dans des inscriptions plus anciennes encore que les *Manuscrits Pnakotiques*. A l'instant où le bateau doublait la grande digue de basalte et pénétrait dans le port, les moindres bruits de la ville devinrent audibles et Carter aperçut sur les docks les esclaves, les marins et les marchands. Les marins et les marchands, avec leurs visages étranges, étaient de la race des dieux, mais l'on disait que les esclaves, peuple trapu aux yeux torves, avaient traversé ou contourné les pics infranchissables et qu'ils venaient des vallées situées au-delà de Leng. Les quais s'avançaient, très larges devant les remparts de la ville et s'encombraient de toutes sortes de marchandises déchargées des galions ancrés devant eux tandis qu'à l'une de leurs extrémités s'entassaient de grandes quantités d'onyx, sculpté ou non, attendant d'être embarquées à bord de navires qui les emporteraient vers les lointains marchés de Rinar, d'Ograthan et de Celephaïs.

Le soir n'était pas encore tombé quand le sombre vaisseau jeta l'ancre le long d'un quai de pierre. Tous les marins et les marchands descendirent à terre et à travers une porte voûtée pénétrèrent dans la ville. Les rues étaient pavées d'onyx, certaines étaient larges et droites, d'autres sinueuses et étroites. Les maisons bâties près de la mer étaient plus vastes et portaient au-dessus de leurs portes curieusement voûtées des insignes dorés que l'on disait se trouver là en hommage aux petits dieux qui, respectivement, protégeaient chacune d'entre elles. Le capitaine du bateau emmena Carter dans une vieille taverne de marins où se pressaient les matelots de mystérieux pays et lui promit qu'il lui ferait visiter dès le lendemain les merveilles de la cité crépusculaire et le conduirait, sur les remparts du Nord, aux tavernes des carriers d'onyx. La nuit tomba et l'on alluma les petites lampes de bronze tandis que les marins entonnaient les chants de lointains pays. Quand de la haute tour, la grande cloche résonna sur la ville et que lui répondirent les cors, les violes et les voix fascinantes, tous cessèrent leurs chants et leurs récits et s'inclinèrent silencieusement jusqu'à ce que mourût le dernier écho. Sur la cité crépusculaire d'Inquanok plane une présence étrange et merveilleuse et les hommes redoutent, en ne respectant pas ces rites, que colère et vengeance soient prêtes à se manifester sans qu'on le sache.

Loin, dans un coin plein d'ombre de la taverne, Carter aperçut une forme trapue qu'il n'aimait pas : c'était, sans aucun doute, le marchand à l'œil torve que, si longtemps auparavant, il avait rencontré dans les auberges de Dylath-Leen et qui avait la réputation de commercer avec les horribles villages de pierre de Leng, villages qu'aucun homme sain ne visite et dont la nuit l'on aperçoit de très loin les feux infernaux. L'on disait même que ce marchand avait conclu un marché avec cet indescriptible grand prêtre qui porte sur le visage un masque de soie jaune et vit seul dans un monastère préhistorique. Cet homme avait semblé témoigner d'un curieux intérêt quand Carter interrogeait les commerçants de Dylath-Leen sur Kadath et l'immensité froide. Sa présence dans la sombre et hantée Inquanok si proche des merveilles du Nord n'était pas en somme rassurante. Le marchand disparut avant que Carter ait pu lui parler et les marins racontèrent plus tard que ce marchand était venu d'un lieu mal défini avec une caravane de yaks et avait apporté un chargement d'œufs énormes et richement parfumés de cet oiseau Shantak dont parlent les légendes, pour les échanger contre les gobelets de jade ouvragé que les marchands rapportent de Ilarnek.

DÉMONS ET MERVEILLES

Le matin suivant, le capitaine du bateau conduisit Carter à travers les rues d'onyx, grises sous le ciel crépusculaire. Les portes incrustées et les façades ornées de bas-reliefs, les balcons sculptés et les encorbellements recouverts de cristal, tout brillait d'une beauté sombre. De distance en distance s'ouvrait une place ornée de piliers noirs, de colonnades et de statues d'êtres étranges à la fois humains et fabuleux. La plupart des perspectives : rues droites et larges, allées latérales et enfilades de dômes arrondis, de spires et de toits couverts d'arabesques étaient pleines d'une beauté et d'une magie dépassant toute expression, mais rien n'égalait la splendeur des massives hauteurs du grand Temple central des Grands Anciens avec ses seize faces sculptées, son dôme aplati et son beffroi élancé qui dominait toutes les constructions d'une majesté égale sous quelque angle qu'on le considérât. Vers l'Est, très loin par-delà les murs de la ville et par-dessus des lieux de pâturages, s'élevaient les minces et grises silhouettes de ces pics infranchissables aux sommets perdus dans la brume, derrière lesquels on disait que se trouvait la hideuse cité de Leng.

Le capitaine emmena Carter vers l'immense temple qui, avec son jardin clos de murailles, se dresse sur une grande place ronde d'où partent les rues comme partent du moyeu les rayons d'une roue. Les sept portes voûtées de ce jardin sont toutes surmontées d'un visage sculpté semblable à ceux qui dominent les portes de la cité. Elles sont toujours ouvertes et le peuple s'y presse avec respect, parcourant librement les chemins couverts de tuiles et les petites allées bordées de grotesques statues des dieux Termes et de sanctuaires des petits dieux. Il y avait des fontaines, des étangs et des bassins qui reflétaient l'éclat fréquent des flammes de trépieds placés sur un haut balcon; tous étaient faits d'onyx et l'on avait mis dans leurs eaux de petits poissons phosphorescents capturés par les pêcheurs sur les rivages de l'océan. Quand le profond carillon du beffroi vibrait au-dessus du jardin et de la ville et que des sept loges situées près des portes du jardin lui répondaient les cors, les violes et les voix, de longues théories de prêtres masqués et encapuchonnés de noir sortaient par les sept portes du temple, portant devant eux, à bout de bras, de grands récipients d'or d'où s'élevait une singulière vapeur. Les sept processions marchaient avec orgueil sur une seule file, chacun jetant la jambe loin en avant sans plier le genou, et descendaient les chemins qui conduisent aux sept loges du temple. Pour en revenir, les longues files de prêtres empruntent une voie secrète et l'on murmure que de profonds escaliers d'onyx descendent jusqu'aux mystères dont on ne parle jamais; seuls quelques-uns insinuent que les prêtres qui, masqués et encapuchonnés, défilent en colonnes ne sont pas des êtres humains.

Carter ne pénétra pas dans le temple car personne d'autre que le Roi voilé n'est autorisé à le faire. Avant qu'il ne quittât le jardin vint l'heure du carillon; il entendit son tintement résonner au-dessus de lui et le gémissement des corps, des violes et des voix jaillir des loges près des portes. Les longues processions de prêtres portant des coupes d'or des-

cendirent les sept grands promenoirs de leur démarche bizarre et ce spectacle fit naître au cœur du
voyageur une crainte que ne lui auraient pas donné
des prêtres humains. Quand le dernier de ces prêtres
eut disparu, Carter quitta le jardin non sans remarquer sur les dalles une tache à l'endroit où avaient
passé les coupes. Le capitaine du bateau lui-même
n'aima pas cette tache et entraîna rapidement Carter
vers la colline où s'élèvent les nombreux dômes du
palais merveilleux du Roi Voilé.

Les rues qui mènent au palais d'onyx sont
abruptes et étroites à l'exception de celles larges
et sinueuses, où se promènent sur des yaks le roi et
ses compagnons. Carter et son guide, entre les murs
incrustés portant d'étranges signes d'or et sous des
balcons et des encorbellements d'où provenaient
parfois de douces bouffées de musique ou de parfum
exotique, gravirent une allée en escaliers. Ils
avaient toujours devant les yeux ces murs titanesques et ces faisceaux de dômes bulbeux qui ont fait
la renommée du palais du Roi Voilé. Ils passèrent
enfin sous une grande voûte noire et émergèrent
dans les jardins de plaisir du monarque. Là Carter
s'arrêta saisi devant tant de beauté. Les terrasses
d'onyx, les promenoirs à colonnades, les portiques
amusants, les beaux arbres en fleurs grimpant en
escaliers jusqu'aux fenêtres dorées, les urnes et les
trépieds d'airain ornés d'un léger bas-relief, les
statues de marbre noir presque vivantes sur leurs
piédestaux, les fontaines aux fonds de basalte où
frétillaient des poissons phosphorescents, les minuscules temples des oiseaux chanteurs, au plu-

mage irisé, posés au sommet de colonnes sculptées, les merveilleuses arabesques, les grandes portes de bronze et les vignes en fleur grimpant sur toute la surface des murs polis, tout se joignait pour donner un spectacle dont la beauté dépassait la réalité et paraissait à demi fabuleuse même dans le monde du rêve. Tout cela scintillait comme une vision sous le crépusculaire ciel gris: au premier plan la magnificence des dômes et des sculptures du palais, au loin, sur la droite la fantastique silhouette des pics infranchissables. Les petits oiseaux et les fontaines chantaient éternellement tandis que le parfum des fleurs rares flottait comme un voile sur cet incroyable jardin. Il n'y avait pas d'autres présences humaines, et Carter en était heureux. Ils s'en retournèrent alors et redescendirent l'allée aux escaliers d'onyx. Aucun visiteur ne peut pénétrer dans le palais lui-même et il vaut mieux ne pas regarder trop longtemps et trop fixement le grand dôme central qui domine l'entrée car il abrite, dit-on, le vieux père de tous les fabuleux oiseaux Shantak et ce dernier envoie aux curieux des rêves fort bizarres.

Après cette visite, le capitaine emmena Carter dans le quartier nord de la ville, près de la porte des Caravanes, où sont les tavernes des marchands de Yak et des mineurs d'onyx. Là, dans une auberge de mineurs, au plafond bas, ils se dirent adieu: ses affaires appelaient le capitaine et Carter était pressé de parler de la région nord du pays avec les mineurs. Les hommes étaient nombreux dans cette auberge et le voyageur n'attendit pas longtemps pour converser avec quelques-uns d'entre eux. Il racontait qu'il était un vieux mineur d'onyx et qu'il lui tardait d'avoir des nouvelles des carrières d'Inquanok, mais tout ce qu'il apprit n'ajouta pas grand-chose à ce qu'il savait déjà. Les mineurs devenaient timides et évasifs dès qu'il était question du désert glacé qui s'étend dans le Nord et de la carrière que ne visite aucun homme. Ils avaient peur des émissaires fabuleux qui viennent des montagnes avoisinant le pays où, dit-on, se trouve Leng. Ils avaient peur des présences diaboliques et des sentinelles innombrables qui veillent dans le grand Nord parmi les rocs éparpillés. Ils murmuraient aussi que les fameux oiseaux Shantak ne sont pas des animaux normaux et qu'en vérité il valait mieux qu'aucun homme n'en ait jamais réellement vu un (le légendaire père des Shantaks qui gîte dans le dôme du palais royal est nourri dans le noir).

Le jour suivant, disant qu'il désirait faire le tour des différentes mines du pays pour son compte, visiter les fermes dispersées et les curieux villages d'onyx d'Inquanok, Carter loua un yak et le chargea de grands sacs de cuir pour le voyage. Par-delà la Porte des Caravanes la route s'étire toute droite entre les champs labourés où se dressent de nombreuses et singulières fermes couronnées de dômes bas. Carter s'arrêta dans quelques-unes de ces maisons pour poser des questions, il tomba une fois sur un hôte si austère, si réticent et paré d'une telle majesté naturelle (semblable à celle qui imprégnait les traits sculptés sur le Ngranek) qu'il fut certain d'avoir rencontré l'un des Grands Anciens en personne ou tout au moins un être dans les veines duquel leur sang coulait pour neuf dixièmes. A cet être austère et réticent il prit garde de ne dire que du bien des dieux et de vanter toutes les bénédictions dont ils l'avaient toujours comblé.

Cette nuit-là, Carter campa au bord de la route, dans une prairie, sous un arbre Lygath auquel il avait attaché son Yak et au matin il reprit son pèlerinage vers le Nord. Vers dix heures il atteignit le village, aux petits dômes, d'Urg, où se reposent les marchands, et où les mineurs racontent leurs histoires; il s'arrêta dans leur taverne jusqu'à midi. C'est à partir de là que la grand-route des caravanes oblique à l'Ouest vers Sélarn. Carter continua vers le Nord par la route des carrières. Tout l'après-midi il suivit cette route montante qui était un peu plus étroite que la grand-route et qui traversait maintenant une région où s'étendent plus de rochers que de champs labourés. Le soir, les basses collines qui se dressaient à sa gauche firent place à de colossales falaises noires qui lui firent comprendre qu'il approchait de la région des mines. Tout au long de sa marche les grandes faces dénudées des montagnes infranchissables avaient, à sa droite, culminé dans le lointain et plus il avançait pires étaient les contes que dans la bouche des fermiers, des marchands et des conducteurs des lourdes charrettes d'onyx, il entendit à propos de ces montagnes.

La deuxième nuit, il attacha son yak à un poteau planté dans le sol et campa à l'ombre d'un grand rocher. Il remarqua sous cette latitude nordique la plus grande phosphorescence des nuages et pensa plus d'une fois avoir vu des silhouettes noires se dessiner contre eux. Le troisième matin il arriva en vue de la première carrière d'onyx et salua les hommes qui y travaillaient avec des pics et des ciseaux. Avant que le soir ne tombât il était passé devant onze de ces carrières, le pays étant surtout formé de falaises d'onyx et de murs de galets sans la moindre végétation. Il n'y avait çà et là que de grands morceaux de rocs dispersés sur le sol noir tandis que sur la droite les grands pics infranchissables s'élevaient toujours sinistres et décharnés. Il passa la troisième nuit dans un camp de mineurs dont les feux tremblants jetaient des reflets bizarres sur la falaises polies qui se dressaient à l'Ouest. Ils chantèrent beaucoup et racontèrent nombre d'histoires faisant preuve d'un si étrange savoir des anciens jours et des habitudes des dieux que Carter comprit qu'ils possédaient beaucoup de souvenirs latents de leurs ancêtres, les Grands Anciens. Ils lui demandèrent où il allait et lui conseillèrent de ne pas remonter trop loin vers le Nord, mais il leur répliqua qu'il cherchait de nouvelles falaises d'onyx et qu'il ne courait pas plus de risques que les habituels prospecteurs. Au matin il leur dit adieu et chevaucha à travers un pays de plus en plus sombre où, d'après ce qu'on lui avait dit, devait se trouver la carrière inquiétante et abandonnée d'où des mains plus vieilles que les mains des hommes avaient extrait des blocs prodigieux.

Il fut pris d'inquiétude quand, se retournant pour un dernier geste d'adieu, il pensa avoir vu s'approcher du camp ce vieux marchand trapu, à l'œil torve, dont le trafic supposé avec Leng, défrayait les conversations dans la lointaine Dylath-Leen. Après qu'il eut dépassé deux autres carrières les régions habitées d'Inquanok semblèrent prendre fin et la route se fit plus étroite jusqu'à n'être plus qu'un chemin de yak très en pente serpentant à travers les noires falaises interdites. Sur la droite se dressaient toujours les pics lointains et décharnés et à mesure que Carter s'avançait de plus en plus dans ce royaume vierge, il trouvait qu'il devenait plus sombre et plus froid. Il s'aperçut bientôt que sur le noir chemin il n'y avait plus ni empreinte de pieds, ni empreinte de sabots et comprit qu'en vérité il était arrivé dans les contrées étranges et désertes de l'ancien temps. Une fois, par hasard, un corbeau croassa dans le ciel et, derrière quelque énorme rocher, le temps à autre il entendit un battement d'ailes qui lui fit penser avec angoisse au fameux oiseau Shantak. Le plus souvent, il n'y avait rien et Carter continuait, solitaire, à chevaucher sur sa monture à la toison broussailleuse. Il se troubla en remarquant que son excellent yak renâclait de plus en plus à avancer et était de plus en plus enclin à grogner de frayeur au moindre bruit.

Le sentier se resserrait maintenant entre des murs noirs et luisants et sa pente s'accentuait. La progression y était difficile et le yak glissait souvent sur de gros éclats de pierre. Au bout de deux heures, Carter aperçut devant lui une crête aux contours précis au-delà de laquelle il n'y avait plus rien que le triste ciel gris; il bénit la perspective d'un palier ou d'une descente. Atteindre cette crête n'était pas cependant chose facile, car le chemin était maintenant presque vertical et que la chute de graviers noirs et de petites pierres le rendait dangereux. Carter descendait parfois de son yak et quand il s'entravait ou trébuchait tirait derrière lui l'animal inquiet en gardant son équilibre du mieux qu'il le pouvait. Il atteignit alors brusquement le sommet, et comme il regardait à l'avant, ce qu'il vit lui coupa le souffle.

Droit devant lui le chemin continuait, descendant légèrement entre les mêmes lignes de hauts murs naturels qu'auparavant mais sur la gauche s'ouvrait un monstrueux espace, ayant d'innombrables acres d'étendue. Quelque archaïque puissance avait en ces lieux taillé et arraché les originelles falaises d'onyx pour les transformer en une carrière de géants. Loin, à l'arrière, dans le précipice, il y avait encore les marques de la gouge gigantesque et, profond dans les entrailles de la terre, bâillaient de gigantesques trous de bêche. Cette carrière n'était pas œuvre humaine et ses faces concaves étaient creusées de grands carrés ayant plusieurs yards de côté qui disaient la taille des blocs arrachés là un jour par des ciseaux et des mains inconnus. Très haut, au-dessus des bords de la carrière, des corbeaux volaient et croassaient; dans les profondeurs invisibles, de vagues vrombissements signalaient la présence de chauves-souris, d'urhags ou d'encore plus innommables présences qui hantaient la noirceur infinie. Carter, debout dans le crépuscule sur l'étroit chemin, regardait le sentier rocailleux descendre devant lui. Sur sa droite les hautes falaises d'onyx se prolongeaient à perte de vue, sur sa gauche elles étaient taillées par cette terrible carrière supra-terrestre.

Le yak poussa tout à coup un grand cri et, échappant au contrôle de Carter, le dépassa d'un bond et, terrifié, fonçant droit devant lui, disparut vers le Nord dans l'étroit chemin en pente. Des pierres projetées par ses sabots tombèrent dans la carrière et se perdirent dans le noir sans faire au fond le moindre bruit de chute. Carter, qui, à bout de souffle poursuivait la monture rapide, ignora les dangers de cet étroit passage. Bientôt les falaises se dressèrent à nouveau sur la gauche, resserrant une fois de plus le chemin et le voyageur continua de courir après son yak dont les larges empreintes disaient la fuite désespérée.

Pensant avoir entendu le bruit des sabots de la bête effrayée et, encouragé par ce bruit, il accéléra sa poursuite. Il franchissait des milles et petit à petit le chemin s'élargissait devant lui de sorte qu'il comprit bientôt qu'il allait atteindre le désert terrible et glacé qui s'étend dans le Nord. Les flancs décharnés des lointains pics infranchissables étaient à nouveau visibles, au-dessus des rochers qui s'étendaient sur sa droite. Devant lui, il y avait des rocs et des pierres énormes, et cette étendue lui donnait sans doute un avant-goût de la plaine sombre et sans bornes. Une fois de plus le bruit des sabots résonna à ses oreilles plus fort qu'auparavant, mais au lieu de l'encourager, cela le remplit de terreur car il se rendit compte que ce n'était pas le bruit des sabots de son yak. Ce bruit impitoyable et décidé venait de derrière lui.

La poursuite du yak se transforma alors en une fuite éperdue devant quelque chose qu'il n'avait pas encore vu car, sentant que la bête qu'il avait à ses trousses ne pouvait être ni normale, ni définissable, il n'osait pas jeter un coup d'œil par-dessus son épaule. Son yak avait dû l'entendre ou la sentir le premier et Carter n'avait aucune envie de se demander s'il était suivi depuis les demeures des mineurs ou seulement depuis le gouffre noir de la carrière. Il avait entre-temps dépassé les falaises et la nuit tombait sur une immensité de sable et de rochers spectraux où tout chemin se perdait. Il ne pouvait plus voir les empreintes de son yak mais l'affreux galop continuait toujours derrière lui ; à cela s'ajoutait de temps en temps une sorte de vrombissement et de gigantesque bruit d'ailes. Il s'aperçut avec désespoir qu'il perdait du terrain et il comprit qu'il était irrémédiablement perdu dans ce désert chaotique et maudit rempli de rocs indéfinissables et de sable vierge. Seuls sur sa droite les pics lointains et infranchissables lui indiquaient vaguement sa direction mais ils devenaient de moins en moins distincts à mesure que le crépuscule gris faisait place à la morbide phosphorescence des nuages.

Vers le Nord qui s'enténébrait il aperçut alors, imprécise et entourée de brume, une chose terrible. Il avait, pendant quelques instants, pensé que c'était une chaîne de noires montagnes, il voyait maintenant que c'était quelque chose d'autre. La phosphorescence des nuages immobiles le montrait nettement et de rougeoyantes vapeurs en découvraient en partie la silhouette. Quelle en était la distance? Il ne pouvait le dire, mais elle devait être très grande. Cette chose avait des milliers de pieds de haut et s'étendait, en un immense arc de cercle concave, depuis les pics gris et infranchissables jusqu'aux espaces inimaginablement vastes de l'Ouest.

Les anciennes montagnes d'onyx n'étaient plus maintenant des montagnes parce qu'une main plus grande que celle des hommes les avait touchées. Silencieuses, elles étaient accroupies, là, au sommet du monde, comme des loups, ou des vampires, couronnées de nuages et de brouillard et veillant pour toujours sur les secrets du Grand Nord. Rangées en un immense demi-cercle, ces montagnes, chiens de garde du Nord, étaient sculptées en monstrueuses statues vigilantes et leurs mains droites étaient levées dans un geste de menace contre le genre humain.

Ce n'était que la lumière tremblante des nuages qui donnait l'illusion que leurs doubles têtes nitreuses semblaient bouger, mais tandis que Carter continuait d'avancer, il vit se lever sur leurs sommets ombreux de grandes formes dont le mouvement, lui, n'était pas une illusion. Ailées et vrombissantes, ces formes grandissaient à chaque instant et le voyageur comprit que sa marche en avant était terminée. Ce n'était pas, comme ailleurs sur la terre ou au pays des rêves, des oiseaux ou des chauves-souris, car ces formes étaient plus grosses qu'un éléphant et avaient une tête de cheval. Carter comprit que ce devait être les fameux oiseaux Shantaks et il ne se demanda plus quels étaient les gardiens infernaux et les sentinelles innommables qui empêchaient les hommes d'atteindre le désert rocheux et boréal. Enfin résigné il s'arrêta et osa regarder derrière lui. Sur un maigre yak trottait, en grimaçant, l'homme trapu à l'œil torve, le marchand entouré d'une diabolique légende qui conduisait une horrible horde de féroces Shantaks dont les ailes gardaient encore le givre et le nitre des gouffres infernaux.

Bien qu'encerclé par ces cauchemardesques et fabuleuses bêtes ailées à tête de cheval qui se pressaient autour de lui en un cercle démoniaque Randolph Carter ne perdit pas conscience. Hautes et horribles, ces gigantesques gargouilles se dressaient au-dessus de lui tandis que le marchand à l'œil torve sautait à bas de son yak et, grimaçant, se tenait devant le prisonnier. L'homme enjoignit alors à Carter de monter sur l'un des répugnants Shantaks et l'y aida. Carter, sa raison combattant son dégoût, obéit, mais il avait du mal à s'exécuter car l'oiseau Shantak, au lieu de plumes est couvert d'écailles et ces écailles sont très glissantes. Quand il fut assis, l'homme à l'œil torve sauta derrière lui, laissant à l'un des incroyables colosses ailés le soin de conduire son yak vers la chaîne des montagnes sculptées.

Ils décrivaient maintenant de hideuses courbes dans l'espace glacé, volant sans arrêt vers ces montagnes infranchissables aux flancs gris et décharnés qui se dressaient à l'est et derrière lesquelles devait se trouver Leng. Ils volèrent plus haut que les nuages jusqu'à ce qu'en fin passassent au-dessous d'eux les fabuleux sommets qui se perdent dans des paquets de brume luisante et que n'ont jamais vus les habitants d'Inquanok. Carter, en les survolant, les observa attentivement et aperçut sur leurs pics les plus élevés l'entrée d'étranges cavernes qui lui rappelèrent celles du Ngranek. Il ne questionna pas à ce sujet l'homme qui l'avait fait prisonnier s'étant aperçu que celui-ci et sa monture à tête de cheval semblaient curieusement effrayés par ces cavernes et se dépêchaient nerveusement de les doubler montrant une grande inquiétude tant qu'ils ne les eurent pas laissés loin à l'arrière.

Le Shantak volait maintenant plus bas et, sous la couche de nuages, se révélait une plaine grise et nue sur laquelle, à de grandes distances, luisaient de petits feux. Comme ils descendaient, des huttes de granit et des villages de pierres noires, dont les minuscules fenêtres luisaient à peine d'une lumière pâle, apparurent par intervalles. De ces huttes et de ces villages leur parvint le bourdonnement criard des pipeaux et l'horrible bruit des crotales, ce qui démontra sur-le-champ que les habitants d'Inquanok ne se trompent pas dans leurs intuitions géographiques. Les voyageurs auxquels il est arrivé d'entendre de tels sons savent qu'ils ne s'élèvent que de ce plateau désert et glacé que les gens normaux ne visitent jamais, de cette région mystérieuse et diaboliquement hantée qui s'appelle Leng.

Des formes sombres dansaient autour de petits

feux et Carter se demandait avec curiosité de quelle sorte d'êtres il pouvait bien s'agir. Personne, en effet, n'a jamais été à Leng et l'endroit n'est connu que parce qu'on a vu de loin ses feux et ses huttes de pierre. Ces formes sautaient selon un rythme lent et affreux et avaient une façon de se tordre et de se courber qui paraissait malsaine et n'était pas agréable à regarder, aussi Carter ne s'étonna-t-il pas de la monstrueuse malédiction que leur attribue une vague légende, ni de la terreur que, dans tout le pays du rêve, suscite leur horrible plateau glacé. Le Shantak volant plus bas, la répulsion que lui inspiraient ces danseurs ne lui parut pas tout à fait inconnue et lui sembla même empreinte d'une familiarité infernale. Le prisonnier fixa attentivement ses yeux sur eux, cherchant dans sa mémoire où il avait déjà pu voir de telles créatures.

Elles avaient des sabots à la place des pieds et paraissaient coiffées d'une sorte de perruque ou de bonnet surmonté de petites cornes. Elles n'avaient pas d'autres vêtements mais, pour la plupart, étaient couvertes d'une abondante fourrure. Ces créatures avaient des queues minuscules, et, quand elles levèrent la tête, il remarqua la largeur anormale de leur bouche. Il sut alors qui elles étaient et qu'après tout elles ne portaient ni perruques ni bonnets. L'infernal peuple de Leng ne faisait qu'un avec les marchands inquiétants venus à bord des galères noires pour vendre leurs rubis à Dylath-Leen (ces marchands pas tout à fait humains qui sont les esclaves des monstrueux habitants de la lune) et c'était bien, en vérité, les mêmes êtres que ceux qui, si longtemps auparavant, avaient enlevé Carter sur leur galère puante. Il avait vu leurs semblables conduits en troupeaux sur les ignobles quais de l'affreuse cité lunaire, il avait vu comment les plus maigres étaient condamnés au travail et les plus gras enfermés dans des cages et emmenés pour satisfaire aux besoins de leurs maîtres aux corps amorphes de polypes. Il savait maintenant d'où provenaient ces créatures si mystérieuses et il frissonna à la pensée que Leng devait être en rapport avec ces informes abominations qui peuplent la lune.

Le Shantak, cependant, continuait son vol. Il dépassa les feux, les huttes de pierre et ces danseurs qui n'étaient pas humains, il plana au-dessus de stériles montagnes de granit et d'immensités sombres couvertes de rochers, de glaces et de neige. Le jour vint et la phosphorescence des nuages bas fit place au crépuscule brumeux de ce monde nordique mais l'affreux oiseau continuait son vol imperturbable dans le silence et le froid. Par moments, l'homme à l'œil torve parlait à sa monture dans un langage guttural et haïssable, le Shantak répondait par des ricanements qui ressemblaient aux crissements d'un morceau de verre. Le relief, entre-temps, s'éleva de plus en plus et ils atteignirent finalement un pays plat balayé par le vent. Pays qui semblait être le toit suprême d'un monde inhabité et flétri. Seul dans la brume, les ténèbres et le froid, s'élevait là un bâtiment trapu et sans fenêtre, fait de pierres grossières, autour duquel étaient dressés en cercle des monolithes à peine dégrossis. L'ensemble n'avait rien d'humain et, se référant aux vieilles légendes,

Carter en conclut qu'il était arrivé dans le lieu le plus affreux et le plus mal famé, dans ce lieu isolé où se trouve le monastère préhistorique où vit en solitaire l'indescriptible Grand Prêtre qui porte sur son visage un masque de soie jaune et prie les autres Dieux et Nyarlathotep, Le Chaos Rampant.

L'oiseau répugnant atterrit alors tandis que l'homme à l'œil torve sautait à terre et aidait son prisonnier à descendre. Carter était maintenant fixé sur les intentions de son vainqueur : il était clair que le marchand à l'œil torve était un agent des puissances infernales et qu'il était pressé d'amener à ses maîtres ce mortel présomptueux qui voulait découvrir Kadath, la cité inconnue, et prier les Grands Anciens dans leur château d'onyx. Il crut aussi comprendre que ce marchand avait été la cause de son premier enlèvement à Dylath-Leen par les esclaves des êtres lunaires et qu'il désirait maintenant voir se réaliser ce que le secours des chats avait empêché de s'accomplir. Il allait emmener sa victime à quelque funeste rendez-vous où se trouverait le monstrueux Nyarlathotep et lui dire de quelle hardiesse avait fait preuve Carter dans sa recherche de Kadath, la cité inconnue. Leng et le désert glacé qui s'étend au nord d'Inquanok sont, sans doute, très proches des Autres Dieux et les passages qui mènent à Kadath sont bien gardés.

L'homme à l'œil torve était de petite taille mais le grand oiseau à tête de cheval veillait à ce qu'il soit obéi, aussi Carter le suivit-il et, traversant le cercle des menhirs, il pénétra par une porte voûtée à l'intérieur du monastère sans fenêtres. Il n'y avait aucune lumière mais l'infernal marchand alluma une petite lampe d'argile ornée d'affreux bas-reliefs et poussa son prisonnier à travers quantité d'étroits corridors. Sur les murs de ces corridors étaient peintes, dans un style inconnu des archéologues terrestres, des scènes terrifiantes, plus vieilles que l'histoire. Malgré d'innombrables éternités, leurs couleurs étaient encore brillantes car la sécheresse et le froid de l'abominable Leng conservent l'essentiel des choses. Carter les entrevit dans les éclats mouvants de cette lampe triste et frissonna en découvrant ce qu'elles racontaient.

On découvrait à travers ces fresques archaïques toute l'histoire de Leng. Les créatures presque humaines avec leurs cornes, leurs sabots et leurs larges bouches dansaient d'infernale façon parmi les villes oubliées. Il y avait des scènes d'anciennes guerres où l'on voyait les habitants presque humains de Leng combattre les araignées pourpres et boursouflées des vallées avoisinantes; des scènes relatant l'arrivée des noires galères, venues de la lune, des scènes relatant la soumission du peuple de Leng aux êtres blasphématoires, aux corps amorphes et couverts de polypes qui semblaient patauger, se tordre et se glisser hors de la muraille. Ces êtres blasphématoires aux corps blancs, grisâtres et visqueux, ils les adoraient comme des dieux ne se plaignant jamais quand ils emmenaient sur leurs galères noires des troupeaux de leurs mâles les plus gras et les plus beaux. Les monstrueuses bêtes de la lune établissaient leurs camps en mer, sur une île rocheuse, Carter, en considérant ces fresques, constata que cette île n'était autre que le rocher isolé et sans nom qu'il avait vu en faisant voile vers Inquanok ; ce rocher gris et maudit que fuient les marins et d'où d'horribles hurlements s'élèvent toutes les nuits.

Ces fresques représentaient, en outre, le grand port et la capitale de ces créatures presque humaines, ville fière dont les nombreux piliers s'élevaient entre les falaises et les quais de basalte, ville étonnante avec ses places pleines de sculptures et ses temples élevés. De grands jardins et des rues bordées de colonnades conduisaient des falaises et de chacune des six portes surmontées par des sphinx à une vaste place centrale. Il y avait sur cette place deux gigantesques lions ailés, veillant sur l'ouverture d'un escalier souterrain ; maintes et maintes fois étaient représentés ces énormes lions ailés, leurs puissants flancs de diorite luisant dans le gris crépuscule du jour ou dans la nuageuse phosphorescence de la nuit. Carter, tout en continuant d'avancer, comprit enfin, à force de voir se répéter les dessins qui les représentaient, quels étaient ces lions et quelle était cette cité sur laquelle avaient autrefois régné, avant l'arrivée des galères noires, ces êtres presque humains. On ne pouvait s'y tromper, les légendes du pays des rêves étant précises et abondantes. Indubitablement, cette cité primitive n'était autre que la légendaire Sarkomand dont les ruines ont blanchi pendant un million d'années avant que ne naisse le véritable premier homme et dont les lions gigantesques gardent éternellement les marches qui, du pays des rêves, descendent jusqu'au Grand Abîme.

DÉMONS ET MERVEILLES

D'autres peintures représentaient les pics gris et décharnés qui séparent Leng d'Inquanok et les monstrueux oiseaux Shantaks qui, à mi-hauteur, y construisent leurs nids sur des saillies. Elles représentaient également les mystérieuses cavernes creusées près du sommet des pics les plus élevés, ces cavernes que même les plus téméraires des Shantaks évitent en hurlant. Carter les avait aperçues en les survolant et il avait noté leur ressemblance avec celles du Ngranek. Il savait maintenant que cette ressemblance était plus que fortuite car les peintures montraient les terrifiants habitants de ces cavernes : leurs ailes de chauves-souris, leurs cornes recourbées, leurs queues poilues, leurs pattes préhensiles et leurs corps caoutchouteux ne lui étaient pas étrangers, il avait déjà rencontré ces créatures silencieuses, ces gardiens sans esprit du Grand Abîme que craignent les Grands Anciens eux-mêmes et qui ont pour seigneur, non pas Nyarla-thotep mais Nodens, le dieu blanchi par les âges. Ces êtres infernaux ce sont les maigres bêtes de la nuit, bêtes qui ne rient jamais parce qu'elles n'ont pas de visage et qui volent éternellement dans les ténèbres entre le Val de Pnoth et les passages qui conduisent aux mondes extérieurs.

Le marchand à l'œil torve avait maintenant poussé Carter dans une vaste salle voûtée, dont les murs étaient recouverts d'inquiétants bas-reliefs. Au centre de cette pièce, béait l'ouverture circulaire d'un puits entouré par six démoniaques autels de pierre. Il n'y avait aucune lumière dans cette vaste crypte pleine d'une odeur infernale et la petite lampe du sinistre marchand brillait si faiblement que ce n'est que petit à petit qu'on pouvait se rendre compte des détails. A l'autre extrémité se dressait une haute estrade de pierre où l'on accédait par cinq marches, là, sur un trône doré, se tenait une silhouette apathique, vêtue de soie jaune frangée de rouge et portant sur le visage un masque de soie jaune. L'homme à l'œil torve fit quelques gestes avec ses mains et l'être caché dans le noir répondit en élevant dans ses pattes recouvertes de soie, une flûte d'ivoire horriblement décorée et en émettant sous son masque quelques sons répugnants. Ce colloque se poursuivit un moment et il y avait dans le son de cette flûte et dans la puanteur de cette crypte quelque chose qui, tout en rendant Carter malade, lui semblait pourtant familier. Cela lui faisait penser à l'effrayante cité éclairée par une lumière rouge et à la révoltante procession qui y avait défilé. Cela lui rappelait aussi l'affreuse escalade à travers le paysage lunaire avant que n'arrivassent les chats qui l'avaient sauvé. Il savait que la créature qui se trouvait sur l'estrade était sans nul doute possible l'indescriptible grand-prêtre auquel la légende attribue des pouvoirs diaboliquement anormaux mais il avait peur ne fût-ce que de penser à ce que pouvait être ce grand-prêtre abhorré.

La soie brodée glissa découvrant l'une des pattes blanches et grisâtres et Carter devina qui était ce répugnant grand prêtre. Dans cette mortelle seconde, une peur invincible le poussa à accomplir un acte que n'aurait jamais osé sa raison: dans sa lucidité en émoi, il n'y avait place que pour la farouche volonté d'échapper à ce qui siégeait sur ce trône d'or. Il savait que, sans espoir, des labyrinthes de pierre le séparaient du plateau glacé qui s'étendait à l'extérieur, il savait que, sur ce plateau, l'attendait encore l'infernal Shantak, mais en dépit de tout cela son esprit n'était possédé que par l'immédiate volonté d'échapper à cette visqueuse monstruosité vêtue de soie.

L'homme à l'œil torve avait posé sa lampe baroque sur l'un des hauts autels de pierre qui entouraient le puits et s'était quelque peu avancé pour parler par gestes au grand-prêtre. Carter, jusque-là absolument immobile, se jeta brusquement sur cet homme et, de toute la force sauvage de sa peur, le précipita dans le trou béant où il disparut aussitôt. La légende dit que ce puits descend jusqu'aux infernales voûtes de Zin où, dans les ténèbres, les Gugs chassent les Pâles. Carter aussitôt s'empara de la lampe et s'élança dans les labyrinthes ornés de fresques, s'engouffrant au hasard dans tel ou tel corridor et essayant de ne pas penser à l'infecte masse aux pattes informes qui, derrière lui, se tenait sur l'estrade de pierre, ni aux glissements et aux reptations qui devaient le poursuivre dans ces corridors sans lumières.

Au bout de quelques instants, il regretta sa hâte inconsidérée et pensa qu'il aurait mieux fait de suivre en sens inverse, les fresques qu'il avait vues à l'aller. Elles étaient, en vérité, si confuses et si compliquées qu'elles n'auraient pu l'aider beaucoup mais il regrettait de ne pas avoir tenté de le faire. Il s'aperçut alors que les fresques qui l'environnaient maintenant étaient encore plus horribles que les premières et il comprit qu'il n'était pas dans les corridors qui menaient au-dehors. Certain, bientôt, de n'être pas suivi, il ralentit ses pas mais à peine avait-il repris son souffle qu'un nouveau péril l'assaillit. Sa lampe faiblissait et il serait vite dans une nuit de poix sans rien pour se guider ni s'éclairer.

Quand la lumière se fut complètement éteinte, il continua à tâtons dans le noir et pria les Grands Anciens de lui accorder toute l'aide possible. Par moments, il sentait que le sol de pierre s'inclinait vers le haut ou vers le bas et il buta une fois contre une marche qui ne semblait avoir aucune raison d'être. Plus il avançait, plus il y avait d'humidité et quand il avait à choisir dans un embranchement ou un large passage, il choisissait toujours le chemin dont la pente était la moindre. Il s'aperçut néanmoins que le chemin qu'il suivait était plutôt descendant. L'odeur de la voûte et les instructions qu'il rencontrait sur les murs et sur le sol graisseux l'avertirent qu'il était en train de s'enfoncer profondément à l'intérieur du malsain plateau de Leng. Mais rien ne l'avertit de ce qui finalement arriva; rien que la chose elle-même et le choc de cet horrible et terrifiant chaos qui vous coupe la respiration. Tandis que lentement il avançait à tâtons sur le sol glissant presque plat à cet endroit, il tomba brusquement dans un puits ténébreux et quasiment vertical. Du temps que dura cette horrible glissade, il ne put jamais être sûr mais elle sembla durer des heures au milieu d'une nausée délirante et d'une frénésie extatique. Il comprit ensuite qu'il se trouvait de nouveau sous les phosphorescents nuages d'une nuit nordique qui, tristement, luisait autour de lui. Des murs délabrés et des colonnes brisées l'entouraient; le dallage sur lequel il était étendu était jonché d'herbes et crevé un peu partout par des racines et des buissons. Infinie et verticale, une colonne de basalte s'élevait derrière lui, son côté sombre était couvert de repoussants bas-reliefs et percé par une entrée voûtée donnant sur les ténèbres intérieures qu'il venait de quitter. Devant lui s'étendait une double rangée de piliers ou de fragments de piliers, rappelant qu'il y avait eu là au temps passé, une large rue. En considérant les urnes et les bassins dispersés au long de cette voie, il comprit qu'il s'agissait d'une ancienne allée de jardin. Au loin, tout au bout, les piliers s'écartaient pour décrire une vaste place circulaire; à l'intérieur de ce cercle se dessinaient, sous les nuages livides de la nuit, deux choses monstrueuses : deux énormes lions ailés de diorite entre lesquels on apercevait des ténèbres et des ombres. Ils avaient plus de vingt pieds de haut, penchaient en arrière leurs têtes grotesques aux traits intacts, et, dérisoirement, montraient les dents aux ruines qui les entouraient. Carter savait parfaitement ce qu'étaient ces deux lions, car les légendes n'en mentionnent que deux. Ils étaient les gardiens immuables du Grand Abîme et ces ruines sombres étaient celles de Sarkomand, la cité originelle.

Le premier acte de Carter fut de clore et de barricader la porte de la falaise avec les blocs et les débris qu'il trouva tout autour. Il ne tenait pas à être poursuivi par le serviteur du haïssable monastère de Leng car il y aurait bien assez de dangers nouveaux sur la route qu'il allait suivre. Comment se rendre de Sarkomand dans les régions habitées du monde des rêves, il n'en savait absolument rien. Il n'avait guère intérêt à descendre jusqu'aux grottes des vampires puisqu'il savait que ceux-ci n'étaient pas mieux renseignés que lui. Les trois vampires qui l'avaient aidé à traverser la cité des Gugs et à gagner le monde extérieur ne savaient pas comment, dans leur voyage de retour, atteindre Sarkomand et avaient projeté de demander leur chemin au vieux marchand de Dylath-Leen. Carter pensait avec déplaisir qu'il devrait à nouveau gagner le monde souterrain des Gugs et s'aventurer une fois de plus dans l'infernale tour de Koth dont les marches cyclopéennes conduisent au bois enchanté. Il n'osait pas s'aventurer tout seul sur le plateau de Leng et passer devant le monastère solitaire; les émissaires du grand prêtre devaient être nombreux et il aurait sans doute affaire, avant la fin du voyage, au Shantak sinon à d'autres *Choses*. S'il arrivait à trouver un bateau, il pourrait retourner à Inquanok en doublant le roc hideux et décharné qui se dresse dans la mer: les fresques originelles lui avaient montré, dans le labyrinthe du monastère, que ce lieu effrayant ne se trouve pas loin des quais de basalte de Sarkomand. Trouver un bateau dans cette ville abandonnée depuis des éternités était fort peu probable et il ne voyait pas comment il pourrait en fabriquer un. Telles étaient les pensées de Randolph Carter quand une nouvelle image commença à s'imposer à son esprit. Semblable à un immense cadavre, la fabuleuse Sarkomand s'étendait au-dessous de lui avec ses piliers noirs, ses portes en ruines surmontées de sphinx, ses pierres titanesques et ses nombreux lions ailés se dessinant dans la morbide pénombre des lumineux nuages de la nuit. Sur la droite, il vit alors loin devant lui une lueur qui ne pouvait être jaillie d'aucun nuage et il comprit qu'il n'était pas seul dans le silence de la cité morte. Cette luminescence s'élevait et retombait capricieusement faisant vaciller des reflets verdâtres peu faits pour rassurer Carter. Quand il s'en rapprocha en se glissant à travers la rue encombrée et à travers d'étroits passages qu'il se frayait à travers les murs croulants, il s'aperçut qu'il s'agissait d'un feu de camp, allumé près des quais et que de nombreuses formes incertaines se serraient en masses sombres autour de lui. Une odeur mortelle flottait au-dessus de ce spectable. Au-delà, il y avait le ressac huileux du port; un grand bateau s'y balançait à l'ancre et Carter s'arrêta frappé de terreur en s'apercevant que ce bateau n'était autre que l'une de ces infernales galères noires qui venaient de la lune.

Juste au moment où il allait s'éloigner de ce feu détestable, il remarqua un mouvement parmi les sombres formes incertaines et entendit un son singulier mais absolument reconnaissable. C'était le cri effrayant d'un vampire qui, en un instant, s'était transformé en un véritable hurlement d'angoisse. A l'abri comme il l'était dans l'ombre de ces ruines monstrueuses, Carter permit à sa curiosité de pren-

dre le pas sur sa peur et il se glissa en avant au lieu
de battre en retraite. Une fois, pour traverser une rue
découverte, il dut ramper sur le ventre comme un
ver, une autre fois, il dut se mettre debout pour éviter
de faire du bruit sur un tas de marbre brisé. Il parvint
pourtant, sans être découvert, à trouver, derrière un
énorme pilier, une cachette d'où il pouvait observer
toute la scène éclairée par la lumière verte. Là, autour d'un feu abominable, alimenté par d'ignobles
morceaux de champignons lunaires, il y avait un
cercle puant de bêtes à formes de crapauds et d'esclaves presque humains. Quelques-uns de ces esclaves faisaient chauffer dans les flammes bondissantes d'étranges javelots de fer, et, par intervalles,
en appliquaient les pointes rougies à blanc sur trois
prisonniers bien attachés qui se tordaient de douleur devant les chefs. D'après les mouvements de
leurs antennes, Carter pouvait juger que les bêtes
lunaires aux groins aplatis prenaient un vif plaisir
à ce spectacle et grande fut son horreur quand il
reconnut soudain les hurlements frénétiques et comprit que les vampires torturés n'étaient autres que
le fidèle trio qui lui avait servi de guide et l'avait
aidé à sortir sain et sauf de l'Abîme. Ils avaient quitté
le bois enchanté avec l'intention de gagner Sarkomand et la porte de leur patrie profonde.

Le nombre de puantes bêtes lunaires qui se tenaient autour de ce feu verdâtre était considérable et
Carter comprit que, pour le moment, il ne pouvait
rien faire pour sauver ses anciens alliés. Il ne pouvait deviner comment les vampires avaient été capturés, mais il imaginait que les horreurs à faces de

crapauds les avaient entendu s'enquérir à Dylath-Leen de la route de Sarkomand et n'avaient pas voulu qu'ils approchassent d'aussi près le haïssable plateau de Leng et l'indescriptible grand-prêtre. Il se demanda un moment ce qu'il devait faire et se rappela soudain qu'il était très proche de la porte du royaume des vampires. Il était évident que le plus sage était de se glisser à l'est jusqu'à cette place où se dressaient les deux lions et de descendre sur-le-champ jusqu'au gouffre. Il n'y rencontrerait certainement pas d'horreur pire que celle qu'il avait devant lui et pourrait rapidement trouver des vampires prêts à secourir leurs frères et peut-être à exterminer les bêtes lunaires de la galère noire. Il y avait des chances que la porte, comme toutes les autres portes de l'abîme, soit gardée par des troupeaux de maigres bêtes de la nuit mais il ne craignait plus ces créatures sans visages. Il avait appris que des traités solennels les lient avec les vampires et le vampire Pickman lui avait appris leur mot de passe.

Carter recommença à ramper silencieusement à travers les ruines, suivant lentement les murs afin de gagner la grande place centrale où se trouvaient les lions ailés. Ce fut difficile mais les bêtes lunaires affairées à leur réjouissance n'entendirent pas le bruit qu'il fit par deux fois au milieu des pierres éparpillées. Il atteignit enfin l'espace découvert et choisit son chemin parmi les arbres rabougris et les vignes qui avaient poussé là. Les gigantesques lions se dessinaient, terribles, au-dessus de lui dans la luminescence morbide des phosphorescents nuages de la nuit. Intrépidement, il continua à s'avancer vers eux et rampa autour de leurs gueules, sachant que c'était de ce côté qu'il trouverait l'énorme monde obscur qu'ils gardent. Les bêtes de diorite aux visages moqueurs étaient accroupies sur des piedestaux cyclopéens dont les côtés étaient ornés d'effrayants bas-reliefs. Une cour tuilée, au centre de laquelle il y avait eu autrefois un espace entouré par des balustrades d'onyx, les séparait. Au milieu de cet espace s'ouvrait un puits noir et Carter comprit bientôt qu'il avait atteint le gouffre béant dont les marches antiques et décrépites descendent jusqu'aux abîmes du cauchemar.

Terrible est le souvenir de cette descente dans le noir où, tandis que les heures passaient, Carter tournait sans y voir tout au long d'une spirale incommensurable de marches abruptes et glissantes. Si usées et si étroites étaient ces marches, si poisseuses les avait rendues l'humidité de l'intérieur de la terre que Carter s'attendait à chaque instant à une chute horrible jusqu'au fond des puits ultimes. Il ne savait pas quand et comment les maigres bêtes de la nuit, gardiennes de ces gouffres lui tomberaient dessus; d'ailleurs, il ne savait même pas s'il y en avait vraiment qui fussent en faction dans ce passage des premiers âges du monde. Autour de lui, tout avait la puanteur des abîmes infernaux et il sentit que l'air de ces inquiétantes profondeurs n'était pas fait pour le genre humain. Engourdi et somnolent, il ne s'avança bientôt plus que mû par une impulsion automatique bien plus que par une volonté raisonnée et il ne s'aperçut d'aucun changement quand il cessa complètement d'avancer parce que quelque chose l'avait doucement saisi par-derrière. Il était en train de voler très rapidement lorsqu'un pincement malveillant l'avertit que les maigres bêtes de la nuit avaient rempli leur mission.

Devenu conscient de ce qu'il était dans les griffes humides et froides des oiseaux sans visages, Carter se rappela le mot de passe des vampires et du plus fort qu'il put le hurla dans le vent et le chaos du vol. Bien qu'on dise que les maigres bêtes de la nuit n'ont aucune espèce de compréhension, l'effet fut immédiat: tous les pincements cessèrent aussitôt et ces créatures se dépêchèrent de placer leur prisonnier dans une position plus confortable. Ainsi encouragé, Carter risqua aussitôt quelques explications, racontant la capture de trois vampires par les bêtes lunaires, leur torture et la nécessité d'assembler une armée pour les secourir. Les maigres bêtes de la nuit, bien qu'elles ne parlassent pas, semblèrent comprendre ce qu'il disait et firent preuve dans leur vol de plus de hâte et de plus de décision. Les ténèbres denses firent brusquement place au crépuscule gris de la terre intérieure et l'une de ces plaines stériles et plates où les vampires aiment à s'installer, s'ouvrit devant eux. La présence des habitants de ce lieu se manifestait par une grande quantité de pierres tombales éparpillées et par des monceaux d'os. A l'instant où Carter jeta le cri d'alarme une foule de terriers se vidèrent de leurs occupants aux corps élastiques, dont la forme ressemble à celle d'un chien. Les maigres bêtes de la nuit descendirent en planant, déposèrent leur passager puis se reculèrent un peu, se groupant en demi-cercle tandis que les vampires accueillaient le nouvel arrivant.

A l'assemblée grotesque, Carter rapidement et avec précision, délivra son message. Quatre vampires pénétrèrent aussitôt dans différents terriers pour diffuser la nouvelle et réunir les troupes dont on aurait besoin pour le sauvetage. Après une longue attente, apparut un vampire de quelque importance, ce dernier fit aux maigres bêtes de la nuit des signes qui eurent pour effet de faire s'envoler dans le noir deux d'entre elles. A partir de cet instant, d'incessant renforts vinrent grossir le troupeau des maigres bêtes de la nuit jusqu'à ce qu'à la fin le sol limoneux en fût pratiquement couvert. Entre-temps, l'un après l'autre, de nouveaux vampires étaient sortis en rampant des terriers, tous criant avec excitation et se rangeant dans un semblant d'ordre de bataille non loin de l'assemblée des maigres bêtes de la nuit. A un certain moment apparut ce vampire fier et influent qui fut autrefois l'artiste Richard Pickman de Boston et Carter lui fit un compte rendu très détaillé de ce qui était arrivé. L'ex-Pickman fut heureux de revoir son ancien ami et sembla très impressionné. Un peu en retrait de l'armée sans cesse grandissante il se mit aussitôt à conférer avec les autres chefs.

Finalement, après avoir passé les rangs en vue, les chefs assemblés hurlèrent à l'unisson et commencèrent à donner des ordres à la foule des vampires et des maigres bêtes de la nuit. Un gros déta-

chement d'oiseaux à cornes disparut sur-le-champ
tandis que les autres, groupés deux par deux,
agenouillés et leurs pattes de devant étendues, attendaient qu'un par un s'approchent des vampires.
Lorsque chaque vampire atteignait le couple de maigres bêtes de la nuit qui lui était assigné, il montait
sur leur dos et était emporté dans la nuit. Toute la
troupe eut bientôt disparu et il ne resta plus que
Carter, Pickman, les autres chefs et quelques couples
de maigres bêtes de la nuit. Pickman expliqua que
les maigres bêtes de la nuit constituaient l'avant-
garde des vampires et que l'armée se dirigeait vers
Sarkomand pour régler le sort des bêtes lunaires.
Carter et les chefs vampires s'approchèrent alors des
montures qui les attendaient et sur le dos desquelles
les hissèrent des pattes humides et glissantes. Quelques secondes plus tard, ils tournaient tous dans le
vent et la nuit, montant, montant, montant sans
fin jusqu'à la porte des lions ailés, jusqu'aux ruines
spectrales de l'antique Sarkomand.

Quand au bout de longs moments, Carter revit
la morbide lumière du ciel nocture de Sarkomand, ce
fut pour contempler la grand-place centrale débor-
dant de troupes de vampires et de maigres bêtes de
la nuit. Le jour, il en était sûr, devait être très
proche, mais si puissante était l'armée qu'elle n'aurait pas besoin de surprendre l'ennemi. Près des
quais, la lueur verdâtre brillait encore faiblement,
mais comme ne s'élevaient plus les hurlements des
vampires, il semblait que la torture des prisonniers
eût pour le moment cessé. Indiquant silencieusement la direction à leurs montures et à l'avant-

garde qui les précédait, les vampires s'élevèrent alors en colonnes tournoyantes et, survolant les ruines désolées, foncèrent sur le feu diabolique. Carter, à côté de Pickman était maintenant au premier rang des vampires et, en approchant du camp hideux, il constata que les bêtes lunaires étaient complètement prises à l'improviste. Ligotés et inertes, les trois prisonniers gisaient près du feu, les esclaves presque humains étaient endormis et les sentinelles elles-mêmes avaient failli à leur devoir, pensant, sans doute, que, dans ce royaume, leur rôle était tout à fait superflu.

L'attaque des maigres bêtes de la nuit et des vampires qui les montaient fut très soudaine. Chacun des êtres grisâtres à forme de crapaud et chacun de leurs esclaves presque humains fut saisi par un groupe de maigres bêtes de la nuit avant même que se fût élevé un seul bruit. Les bêtes lunaires étaient naturellement sans voix mais les esclaves eux-mêmes n'avaient que peu de chances de pouvoir crier avant que les pattes caoutchouteuses ne les eussent réduites au silence. Les monstres gélatineux se tordaient horriblement lorsque les sardoniques maigres bêtes de la nuit les attrapaient mais ils ne pouvaient rien contre la force de ces noires griffes préhensiles. Quand une bête lunaire se tordait trop violemment, une maigre bête de la nuit les attrapait et lui tirait ses tentacules frémissants, ce qui semblait lui faire tant de mal que la victime abandonnait immédiatement toute résistance. Carter s'attendait à voir un grand carnage, mais il s'aperçut que les plans des vampires étaient bien plus subtils. Ils donnèrent certains ordres aux maigres bêtes de la nuit qui maintenaient leurs prisonniers, et bientôt les malheureuses créatures furent silencieusement emportées dans le Grand Abîme pour être impartialement distribuées entre les Dholes, les Gugs, les Pâles et les autres habitants de la nuit dont les méthodes d'alimentation ne sont pas indolores pour les victimes qu'ils ont choisies. Entre-temps, les trois vampires ligotés avaient été libérés par leurs compagnons tandis que différents groupes fouillaient le voisinage à la recherche des bêtes lunaires qui pourraient encore se cacher et montaient à bord de la puante galère noire, à l'ancre le long du quai, pour s'assurer que rien n'avait échappé à la défaite générale. Leur victoire, sans doute, avait été complète, car les vainqueurs ne décelèrent pas un signe de vie. Carter, soucieux de se ménager un moyen d'atteindre le reste du monde des rêves les pria instamment de ne pas couler la galère, et sa requête lui fut facilement accordée en signe de gratitude pour la façon dont il avait fait part de la situation des trois prisonniers. On trouva sur le bateau quelques objets et quelques ornements très curieux dont certains furent immédiatement jetés à la mer par Carter.

Les maigres bêtes de la nuit et les vampires formaient maintenant des groupes séparés et ces derniers interrogeaient leurs trois camarades sur ce qui leur était arrivé. On apprit alors que les trois vampires avaient, depuis le bois enchanté jusqu'à Dylath-Leen en passant par Nir et par la Skaï, suivi les directions données par Carter. Ils avaient volé des vêtements humains dans une ferme isolée et imité de leur mieux la démarche des hommes. Leur visage et leurs manières grotesques avaient soulevé de nombreux commentaires dans les tavernes de Dylath-Leen mais, jusqu'à ce qu'un vieux voyageur ait été capable de le leur indiquer, ils avaient persisté à demander le chemin de Sarkomand. Ils apprirent alors que seul un bateau se rendant à Lelag-Leng pourrait leur permettre d'accomplir leur voyage, aussi s'étaient-ils patiemment préparés à attendre ce vaisseau.

Sans doute de diaboliques espions avaient-ils rapporté leurs intentions car bientôt apparut dans le port une galère noire montée par des marchands de rubis qui avaient de grandes bouches et qui invitèrent les vampires à trinquer avec eux dans une taverne. Le vin qui leur était servi était tiré de sinistres bouteilles grotesquement taillées dans un rubis. Après avoir bu, les vampires se retrouvèrent prisonniers sur la galère noire comme un jour l'avait été Carter. Cette fois pourtant, les rameurs invisibles ne dirigèrent pas la galère vers la lune mais vers l'antique Sarkomand. Ils devaient évidemment amener leurs prisonniers à l'indescriptible grand-prêtre. Ils s'étaient arrêtés à ce roc décharné que, dans la mer du Nord, fuient les marins d'Inquanok et là, pour la première fois, les vampires avaient vu les maîtres rouges du navire. Rendus malades en dépit de leur propre laideur par un pareil comble de monstruosité et d'insupportable odeur, les vampires furent aussi témoins en ce lieu des ignobles distractions de la garnison à corps de crapauds — distractions qui sont l'origine de ces hurlements nocturnes qui terrifient les hommes. Ils avaient ensuite abordé dans les ruines de Sarkomand et les tortures avaient commencé. Leur sauvetage en avait empêché la continuation.

Après ce récit, on discuta de plans futurs, les trois rescapés suggérant un raid sur le roc décharné et l'extermination de toute la garnison à corps de crapauds. Les maigres bêtes de la nuit n'étaient cependant pas d'accord sur ce point car la perspective de voler au-dessus de l'eau ne leur agréait pas. La plupart des vampires étaient favorables à ce plan, mais ils étaient incapables de le réaliser sans l'aide des maigres bêtes de la nuit. Là dessus, Carter voyant qu'ils ne pouvaient utiliser la galère qui se trouvait à l'ancre, leur proposa de leur enseigner à se servir des grandes rames. Ils acceptèrent avec empressement. Un jour gris s'était à présent levé et, sous un nordique ciel de plomb, un détachement de vampires pénétra dans le répugnant navire et s'assit sur les bancs des rameurs. Carter les trouva assez doués et, avant que la nuit ne tombât, il s'était risqué à leur faire exécuter quelques petites sorties hors du port à titre d'expérience. Ce ne fut pourtant que trois jours plus tard qu'il jugea prudent de tenter le voyage. Alors, le groupe des rameurs s'installa enfin, Pickman et les autres chefs étant réunis sur le pont et discutant des méthodes d'approche et d'exécution.

Dès la première nuit, on perçut les hurlements venant du rocher. Leur timbre était tel que tout l'équipage de la galère en fut visiblement ému mais ceux qui tremblaient le plus étaient les trois rescapés qui, seuls, savaient exactement ce que signifiaient ces hurlements. On ne jugea pas bon de tenter une attaque de nuit, aussi, le bateau arrêté sous les nuages phosphorescents, attendit-il l'ombre d'un jour grisâtre. Quand le jour fut levé et que les hurlements eurent cessé, les rameurs reprirent leurs places, les maigres bêtes de la nuit se mirent à l'abri dans l'entrepont et la galère s'approcha de plus en plus du rocher décharné dont les pics de granit s'élançaient fantastiquement vers le ciel triste et gris. Les flancs du rocher étaient à forte pente mais on pouvait voir, çà et là, sur les saillies, les murs renflés de curieuses habitations sans fenêtres. On pouvait voir également les parapets qui bordaient les hautes routes. Aucun bateau des hommes n'avait jamais approché ces lieux d'aussi près, ou du moins ceux qui l'avaient fait n'en étaient jamais revenus. Carter et les vampires, libres de toute peur, continuèrent inflexiblement d'avancer et, contournant le flanc est du rocher, gagnèrent les quais que les trois rescapés disaient se trouver sur le flanc sud à l'intérieur d'un port formé par les prolongements abrupts du rocher.

Ces prolongements, véritables presqu'îles, se resserraient tellement qu'un seul bateau à la fois pouvait passer entre eux. Comme il ne semblait pas y avoir de sentinelle, la galère s'engagea avec témérité dans cette sorte de canal et pénétra dans le port stagnant et putride. Là, cependant, tout n'était qu'agitation et activité : il y avait quelques bateaux ancrés le long d'un quai de pierre repoussant, il y avait, au bord de l'eau un grand nombre d'esclaves presque

humains qui portaient des cages et des caisses ou
conduisaient des horreurs innommables et fabuleuses jusqu'à de grosses charrettes. Au-dessus des
quais, accrochée au flanc de la falaise verticale, il y
avait une petite ville et l'amorce d'une route qui,
montant en spirale, serpentait à perte de vue jusqu'aux saillies. Personne n'aurait pu dire ce qui gisait à l'intérieur de ce prodigieux pic de granit, mais
ce que l'on apercevait à l'extérieur était loin d'être
encourageant.

CONCLUSION

A la vue de la galère qui pénétrait dans le port, la foule sur les quais, manifesta un grand empressement : ceux qui avaient des yeux la fixaient avec attention, ceux qui n'en avaient pas tortillaient leurs tentacules roses, dans l'attente. Ils ne se rendaient évidemment pas compte que le bateau noir avait changé de mains parce que les vampires ressemblaient beaucoup aux esclaves à cornes et à sabots et que les maigres bêtes de la nuit étaient cachées, au-dessous, dans l'entrepont. Les chefs avaient terminé leur plan : il s'agissait de débarquer les maigres bêtes de la nuit dès qu'on toucherait à quai et de laisser agir les instincts de ces bêtes presque dénuées d'esprit tandis que la galère repartirait directement. Abandonnés sur le rocher, les oiseaux à cornes saisiraient d'abord tout ce qu'ils y trouveraient de vivant, puis, sans réfléchir et poussés par l'instinct, s'envoleraient rapidement vers l'abîme et, oubliant leur peur de l'eau, regagneraient leur gîtes. Ils emporteraient leurs proies vers des destinations appropriées dans cette nuit dont peu d'êtres ressortent vivants.

Le vampire Pickman descendit dans l'entrepont et transmit très simplement ces instructions aux maigres bêtes de la nuit, tandis que le bateau s'approchait du quai inquiétant et malodorant. Il y eut, à ce moment une nouvelle agitation sur le quai et Carter comprit que les mouvements de la galère avaient commencé à faire naître des soupçons. L'homme de barre ne se dirigeait évidemment pas vers le dock prévu et les sentinelles avaient probablement remarqué la différence qu'il y avait entre les hideux vampires et les esclaves presque humains dont ils avaient pris la place. L'alarme avait dû être donnée car presque aussitôt une horde de méphitiques bêtes lunaires commença à se déverser par les petites portes noires des maisons sans fenêtres et à dévaler la route qui courait en zig-zags sur la droite. Une pluie de curieux javelots quand sa proue heurta le quai, s'abattit sur la galère tuant deux vampires et en blessant légèrement un troisième, mais toutes les écoutilles furent ouvertes à ce moment, lachant un noir nuage tourbillonnant de maigres bêtes de la nuit qui foncèrent sur la ville comme un troupeau de gigantesques chauves-souris cornues.

Les gélatineuses bêtes lunaires s'étaient procuré un bélier et tentaient de repousser le navire des envahisseurs, mais elles abandonnèrent cette tentative quand les maigres bêtes de la nuit les frappèrent. C'était un spectacle terrifiant que de voir jouer les pinces élastiques de ces bêtes sans visages et il était affreusement impressionnant de contempler leur dense nuage se déployer sur la ville et survoler la route sinueuse pour atteindre les saillies élevées. Un groupe de ces oiseaux noirs lâchait, parfois, involontairement un prisonnier à face de crapaud et c'était ignoble de voir comment la victime éclatait en s'écrasant sur le sol. Quand la dernière des maigres bêtes de la nuit eut quitté le bord, les chefs des vampires donnèrent l'ordre de battre en retraite et les rameurs, entre les grises presqu'îles, poussèrent doucement la galère hors du port pendant que la ville était encore un chaos de bataille et de conquête. Le vampire Pickman pensait que les maigres bêtes de la nuit en avaient pour plusieurs heures avant de décider leurs esprits rudimentaires à surmonter leur peur de survoler la mer. Il fit arrêter la galère à un mille environ du roc décharné pour voir ce qui arriverait et panser les plaies des blessés. La nuit tomba et le crépuscule gris fut remplacé par la morbide phosphorescence des nuages tandis que les chefs des vampires surveillaient les pics décharnés du rocher maléfique pour voir s'envoler les maigres bêtes de la nuit. Au matin, on aperçut un point noir volant timidement au-dessus du pic le plus élevé et, peu après, ce point se transforma en un essaim. Juste avant l'aube, cet essaim parut diminuer et un grand quart d'heure plus tard, il avait, au loin, complètement disparu vers le nord-est. Il sembla une fois ou deux que cet essaim avait laissé tomber quelque chose dans la mer mais Carter ne s'inquiéta pas car ses observations lui avaient appris que les bêtes lunaires ne peuvent pas nager. A la fin, quand les vampires furent sûrs que toutes les maigres bêtes de la nuit étaient parties avec leurs fardeaux damnés pour Sarkomand et le Grand Abîme, la galère retourna dans le port en passant entre les deux presqu'îles et la hideuse armée des vampires mettant pied à terre se répandit avec curiosité sur le roc dénudé

où les tours, les aircs et les forteresses étaient
taillées à même la pierre.

Terrifiants étaient les secrets cachés dans ces
cryptes diaboliques et sans fenêtres et les distractions interrompues des bêtes lunaires avaient laissé
de nombreux restes. L'on pouvait constater que
chacune de ces distractions avait été interrompue
à des stades différents. Carter fit transporter à
l'extérieur des Choses qui paraissaient dotées d'une
certaine vie mais il s'enfuit précipitamment en
découvrant d'autres Choses sur le compte desquelles
il ne pouvait avoir de certitude. Le principal
du mobilier de ces puantes demeures consistait en
tabourets et en bancs taillés dans des arbres lunaires
et ornés de dessins innommables et effrayants. Il y
avait d'innombrables armes, des ustensiles et des
ornements parmi lesquels de grandes idoles de rubis
massif représentant des êtres bizarres qu'on ne trouve
pas sur la terre. Ces dernières, malgré leur matière
précieuse, ne donnaient pas envie de s'en saisir,
ni de les regarder longuement. Carter prit la peine
d'en réduire cinq en miettes. Il ramassa les piques
et les javelots éparpillés et, avec l'approbation de
Pickman, les distribua aux vampires. De telles
armes étaient choses nouvelles pour ces êtres élastiques ressemblant à des chiens mais leur habileté
naturelle leur permit de les manier avec une
parfaite maîtrise après quelques essais.

Dans les parties élevées du rocher, il y avait
beaucoup plus de temples que de maisons privées,
et l'on trouva dans d'innombrables salles secrètes
d'effrayants autels sculptés, des sanctuaires et des

bassins à sacrifices destinés au culte de choses ou bien d'êtres plus monstrueux que les dieux sauvages qui règnent sur Kadath. Au fond d'un grand temple, il y avait un passage souterrain étroit et noir que Carter armé d'une torche suivit très loin à l'intérieur du rocher jusqu'à ce qu'il débouchât sur un immense hall sans lumière dont le plafond avait la forme d'un dôme. Les voûtes de ce hall étaient couvertes de sculptures démoniaques et, en son centre, béait un puits noir et sans fond analogue à celui qui se trouve dans l'affreux monastère de Leng où, solitaire, trône l'indescriptible grand-prêtre. Dans l'ombre, sur le mur opposé, au-delà du puits diabolique, Carter crut deviner une porte en bronze bizarrement travaillée; une raison inconnue suscita en lui une terreur indicible qui, non seulement l'empêcha de l'ouvrir, mais de s'en approcher. Il retourna rapidement rejoindre ses affreux alliés qui, pour l'instant, se laissaient aller à l'abandon avec une aisance qui lui était insupportable. Les vampires avaient remarqué les jeux interrompus des bêtes lunaires et en avaient profité à leur façon. Ils avaient aussi découvert une barrique de vin de lune et étaient en train de la rouler jusqu'aux quais pour l'emporter et l'utiliser plus tard dans leurs échanges diplomatiques bien que les trois rescapés qui se rappelaient l'effet produit sur eux à Dylath-Leen, par ce vin, les aient mis en garde et leur aient conseillé de ne point y toucher. Dans l'une des caves qui se trouvaient près des quais, il y avait un grand stock de rubis, bruts ou polis, apportés des mines lunaires mais quand les vampires s'aperçurent que cela ne se mangeait pas, ils n'y attachèrent plus aucun intérêt. Carter n'essaya pas d'en emporter parce qu'il en savait trop sur ceux qui les avaient extraits dans les mines.

Tout à coup, les sentinelles poussèrent de grands cris excités et les ignobles maraudeurs abandonnèrent leurs affaires pour fixer la mer et se serrer en rond sur les quais. Entre les grises presqu'îles, une nouvelle galère noire s'avançait rapidement, quelques instants plus tard, les êtres presque humains qui se trouvaient sur son pont s'apercevaient de l'invasion et donnaient l'alarme aux bêtes monstrueuses qui se cachaient dans l'entrepont. Les vampires avaient encore, heureusement, les piques et les javelots que Carter leur avait distribués. Sur son ordre, secondé par Pickman, ils se rangèrent en bataille et se préparèrent à empêcher l'accostage du navire. A ce moment, sur la galère, une excitation soudaine annonça que l'équipage avait découvert le changement qui s'était opéré et l'arrêt instantané du navire prouva qu'on tenait compte de la supériorité numérique des vampires. Après un moment d'hésitation, les vampires n'imaginèrent pas un instant que la lutte pût être terminée. Le bateau noir allait, ou bien chercher des renforts, ou bien essayer de débarquer son équipage quelque part sur l'île, aussi une patrouille d'éclaireurs fut-elle envoyée sur-le-champ au sommet du rocher pour surveiller les mouvements de l'ennemi.

Au bout de quelques minutes, un vampire revint

hors d'haleine pour annoncer que les bêtes lunaires et leurs esclaves presque humains étaient en train de débarquer sur le côté marin de la presqu'île grise et tourmentée qui se trouvait le plus à l'est et qu'ils étaient en train de grimper par des sentiers cachés et des saillies sur lesquelles une chèvre oserait à peine s'aventurer. A cet instant, on entrevit une seconde la galère noire au bout du passage encaissé et, peu de temps après, un deuxième messager descendit hors d'haleine pour annoncer qu'un deuxième groupe débarquait sur l'autre presqu'île. Ces deux groupes étaient bien plus importants que ne le laissait supposer la taille de la galère. Cette dernière, propulsée par une seule rangée de rames s'avança bientôt entre les presqu'îles et s'arrêta dans le port fétide comme si elle avait l'intention de surveiller la bataille afin de pouvoir intervenir au bon moment.

Entre-temps, Carter et Pickman avaient réparti les vampires en trois armées: deux pour aller à la rencontre des colonnes ennemies et une pour garder la ville. Les deux premières colonnes escaladèrent sur-le-champ les rochers, s'avançant chacune dans leurs directions respectives tandis que la troisième était subdivisée en une armée de terre et une armée de mer. L'armée de mer commandée par Carter monta à bord de la galère qui se trouvait à l'ancre et rama à la rencontre du bateau ennemi. Ce que voyant, ce dernier battit en retraite à travers la passe pour gagner la haute mer. Carter ne le poursuivit pas tout de suite car il savait que sa présence pourrait être bien plus nécessaire près de la ville.

Pendant ce temps, le terrifiant détachement des bêtes lunaires et de leurs esclaves presque humains, avait gagné le sommet des presqu'îles et, de chaque côté se dessinait de façon inquiétante sur le ciel gris crépusculaire. Les minces flûtes infernales des envahisseurs avaient maintenant commencé à jouer et l'effet général de cette procession hybride et à demi-amorphe suscitait une nausée égale à l'odeur qui émanait de ces horreurs lunaires aux formes de crapauds. Les deux armées de vampires arrivèrent alors en vue et se dessinèrent elles aussi dans le panorama. Les javelots commencèrent à voler de part et d'autre, les hurlements des vampires et les hurlements bestiaux des êtres presque humains se joignirent graduellement à l'infernale musique des flûtes pour former un indescriptible chaos et une cacophonie démoniaque. De temps en temps, des crêtes étroites des presqu'îles, des corps tombaient soit vers l'extérieur, dans la mer, soit vers l'intérieur, dans le port. Dans ce dernier cas, ils étaient immédiatement saisis par des rôdeurs sous-marins dont la présence n'était indiquée que par de prodigieuses bulles.

Pendant une demi-heure la bataille fit rage jusqu'à ce que, sur la falaise ouest, les envahisseurs eussent été complètement anéantis. Sur la falaise est cependant, où semblait être présent le chef des bêtes lunaires, les vampires n'étaient pas dans une aussi bonne position et ils se retiraient lentement sur les pentes du rocher lui-même. Pickman envoya rapidement sur ce front des renforts prélevés sur l'armée de la ville, et leur aide fut efficace dans les dernières phases du combat. Quand la bataille fut terminée à l'ouest les vainqueurs se dépêchèrent d'aller à l'aide de leurs camarades en difficulté et, retournant la situation, ils repoussèrent les envahisseurs sur l'étroite crête de la presqu'île. Tous les esclaves presque humains étaient morts, mais les dernières horreurs aux formes de crapauds combattaient désespérément, serrant de grandes piques dans leurs pattes puissantes et répugnantes. Maintenant, il n'y avait pratiquement plus moyen de lancer les javelots et le combat devenait un corps-à-corps dans lequel les porteurs de piques ne pouvaient être aux prises qu'en très petit nombre sur cette étroite crête.

La furie et la témérité du combat augmentant le nombre de ceux qui tombaient à la mer devint considérable. Ceux qui tombaient dans le port trouvaient une mort innommable dans la gueule des invisibles faiseurs de bulles, mais ceux qui tombaient dans la mer pouvaient nager jusqu'au pied de la falaise et remonter sur les rochers. La galère ennemie qui rôdait dans ces parages put ainsi sauver plusieurs bêtes lunaires. Les falaises étaient impossibles à escalader excepté à l'endroit où avaient débarqué les monstres, aussi aucun des vampires ayant réussi à se tirer de la mer et à grimper sur le rocher ne pouvait-il rejoindre sa ligne de bataille. Quelques-uns furent tués par les javelots lancés de la galère ennemie ou par les bêtes lunaires qui se trouvaient au-dessus d'eux, mais d'autres survécurent et purent être sauvés. Quand la sécurité des armées de terre sembla être assurée, la galère de Carter traversa le chenal entre les deux presqu'îles et, loin sur la mer, prit en chasse le bateau ennemi, jusqu'à ce que, dans la soirée, les chefs vampires fussent certains que l'île était à nouveau complètement libérée. La galère ennemie avait entre-temps disparu et l'on décida que l'infernal rocher décharné serait évacué avant que quelque horde d'horreurs lunaires puisse être rassemblée et envoyée contre les vainqueurs. A la nuit tombante, Pickman et Carter rassemblèrent tous les vampires et les comptèrent avec soin. Ils constatèrent que plus d'un quart avait disparu dans les batailles de la journée. Les blessés furent placés sur des brancards et embarqués. Pickman s'était toujours opposé à la vieille coutume des vampires qui tuent et mangent leurs propres blessés. Les troupes intactes furent affectées aux rames et aux autres postes qu'elles pouvaient utilement remplir. Sous les phosphorescents nuages de la nuit, la galère leva l'ancre et Carter ne fut pas mécontent de quitter cette île aux secrets infernaux. Le hall voûté et sans lumière, le puits sans fond et la repoussante porte de bronze lui revenaient sans cesse à l'esprit. L'aube trouva le bateau en vue des quais de basalte en ruines de Sarkomand. Quelques sentinelles des maigres bêtes de la nuit attendaient encore, accroupies comme de noires gargouilles cornues sur les colonnes brisées et les sphinx croulants de cette effrayante cité qui a vécu et est morte avant l'ère des hommes. Les vampires établirent leur camp parmi les pierres écroulées de Sarkomand et expédièrent un messager qui ramènerait des maigres bêtes de la nuit en assez grand nombre pour leur servir de montures: Pickman et les autres chefs manifestèrent à Carter une immense gratitude pour l'aide qu'il leur avait apportée. Carter commençait à sentir maintenant que ses plans se déroulaient fort bien et qu'il pourrait recourir à l'aide de ses effrayants alliés, non seulement pour quitter cette région du pays des rêves, mais encore pour poursuivre son ultime quête des dieux qui règnent sur Kadath, la cité inconnue et pour découvrir cette merveilleuse ville du soleil couchant qui se dérobait si étrangement à son sommeil. Il expliqua ses projets aux chefs des vampires, détaillant tout ce qu'il savait de l'immensité froide au sein de laquelle se dresse Kadath, des monstrueux Shantaks et des montagnes sculptées en formes à deux têtes qui la gardent. Il parla de la peur qu'inspirent aux Shantaks les maigres bêtes de la nuit, et il dit comment les grands oiseaux à tête de cheval s'enfuient en hurlant quand ils aperçoivent les terriers sombres qui s'ouvrent au flanc des pics gris qui séparent Inquanok de l'haïssable Leng. Il parla aussi de ce que les fresques du monastère sans fenêtre où règne l'indescriptible grand prêtre lui avaient appris sur les maigres bêtes de la nuit que craignent les grands anciens dont le chef n'est pas du tout Nyarlathotep, le chaos rampant, mais l'immémorial Nodens, blanchi par les âges, le Seigneur du Grand Abîme.

Carter fit part de tout cela aux vampires et esquissa la requête qu'il avait dans l'esprit, requête qu'il ne jugeait pas extravagante étant donné tous les services qu'il avait récemment rendus à ces êtres caoutchouteux et élastiques aux corps assez semblables à ceux des chiens. Il désirait ardemment, expliqua-t-il, se voir assurer les servives d'un assez grand nombre de maigres bêtes de la nuit qui le transporteraient en toute sécurité par-delà le royaume des Shantaks et des montagnes sculptées jusque dans l'immensité froide, plus loin qu'aucun humain n'avait jamais été aller et retour. Il voulait atteindre le château d'onyx qui, au sein de l'immensité froide, domine Kadath la cité inconnue, afin de supplier les Grands Anciens de lui permettre d'entrer dans la merveilleuse ville du soleil couchant, ce qu'ils lui avaient autrefois refusé. Il était sûr que les maigres bêtes de la nuit pourraient sans difficultés le porter jusque-là, en volant très haut, par-dessus les périls du désert glacé et par-dessus les hideuses formes, à double tête, sculptées dans le bloc tout entier des montagnes, sentinelles éternellement accroupies dans le gris crépuscule. Pour les créatures cornues et sans visages il ne saurait y avoir aucun danger sur terre puisque les Grands Anciens eux-mêmes les redoutent. Au cas où quelque entrave inattendue surviendrait de la part des Autres Dieux qui, dit-on, supervisent les affaires des petits dieux terrestres, les maigres bêtes de la nuit n'auraient pas besoin d'avoir peur car les enfers extérieurs sont absolument indifférents à des oiseaux aussi silencieux et aussi glissants et qui, d'ailleurs, n'ont pas pour maître Nyarlathotep mais uniquement le puissant et très ancien Nodens.

Une troupe de dix ou douze maigres bêtes de la nuit serait certainement suffisante pour tenir à distance tout rassemblement de Shantaks, mais peut-être vaudrait-il mieux que quelques vampires fassent partie de l'expédition pour diriger les maigres créatures, car étant leurs alliés, ils connaissent mieux leurs habitudes que les hommes. La troupe pourrait, continua Carter, le déposer en un endroit propice à l'intérieur des murs quelconques qui pouvaient entourer cette citadelle d'onyx; elle attendrait ensuite, dans l'ombre, son retour ou son signal tandis qu'il s'aventurerait à l'intérieur du château pour prier les dieux de la terre. Si quelques-uns des vampires choisissaient de l'escorter dans la salle du trône des Grands Anciens, il les en remercierait, car leur présence ajouterait du poids et de l'importance à sa prière. Il n'insisterait pourtant pas sur ce point, mais désirait simplement être transporté, aller et retour, jusqu'au château qui domine Kadath, la cité inconnue. Le voyage final aurait pour but soit la merveilleuse cité du soleil couchant, si les dieux se montraient favorables à ses prières, soit le retour sur terre par la Porte du Profond Sommeil qui se dresse à l'orée du bois enchanté si ses prières ne portaient pas de fruits.

Les vampires écoutèrent avec une grande attention le discours de Carter et bientôt le ciel se couvrit de nuages de maigres bêtes de la nuit que des messages avaient été chercher. Les horreurs ailées s'installèrent en demi-cercle autour de l'armée des vampires, attendant avec respect que les chefs aux corps de chiens aient discuté la requête du voyageur terrestre. Le vampire Pickman parlait gravement avec ses compagnons et, à la fin, il offrit à Carter bien plus que ce dernier n'avait espéré. Carter avait aidé les vampires dans leur lutte contre les bêtes lunaires, ils l'aideraient à leur tour dans son téméraire voyage jusqu'au royaume d'où personne n'est jamais revenu; ils lui prêteraient non pas simplement quelques-unes des maigres bêtes de la nuit, leurs alliées, mais toute l'armée qui était en ce moment campée là, y compris les vieux guerriers vampires et les maigres bêtes de la nuit qui venaient de s'assembler. Ils ne conserveraient qu'une petite garnison qui garderait la galère saisie et les autres prises faites sur le rocher décharné. Ils s'envoleraient quand il le voudrait et une fois arrivés à Kadath une bonne escorte de vampires l'assisterait tandis qu'il irait présenter sa requête aux dieux de la terre dans leur château d'onyx.

Ému, à la fois par une gratitude et une satisfaction indicible, Carter dressa les plans de son audacieux voyage avec les chefs des vampires. Ils décidèrent que l'armée survolerait à très haute altitude la hideuse Leng, son innommable monastère et ses diaboliques villages de pierre et qu'elle ne s'arrêterait que sur les grands pics gris pour discuter avec les maigres bêtes de la nuit dont les terriers parsèment, à la grande frayeur des Shantaks les sommets de ces pics. Ils choisi-

raient alors, d'après les conseils que leur donne-
raient les habitants de ces terriers leur route finale.
Ils approcheraient de Kadath la cité inconnue, soit
par le chemin du désert où se dressent les montagnes
sculptées, désert qui s'étend au nord d'Inquanok,
soit par la voie des extrêmes provinces nordiques de
la répugnante Leng. Avec leurs corps de chiens sans
âme, les vampires et les maigres bêtes de la nuit
n'avaient aucune crainte de ce que pouvaient recéler
ces déserts que personne n'a jamais traversés et ils ne
ressentaient aucune inquiétude particulière à la
pensée de Kadath, la ville solitaire dont le
mystérieux château d'onyx surplombe le monde.

Vers midi, les vampires et les maigres bêtes de la
nuit préparèrent leur envol, chaque vampire
choisissant pour le transporter, un couple de
montures cornues. Carter prit place en tête de
colonne, à côté de Pickman. Une double file
de maigres bêtes de la nuit sans cavaliers servait
d'avant-garde. Sur un cri de Pickman, toute cette
inquiétante armée s'éleva au-dessus des colonnes
brisées et des sphinx en ruines de l'originelle Sarkomand, en un nuage de cauchemar, s'éleva de plus
en plus haut jusqu'à dépasser même la grande
falaise de basalte qui se dressait derrière la ville,
et, bientôt, le pays plat, stérile et froid des environs
de Leng s'étendit à perte de vue. La sombre armée
monta encore plus haut jusqu'à ce que ce pays plat
devînt lui-même tout petit au-dessous d'elle. En
se dirigeant vers le nord par-dessus ce plateau
d'horreur balayé par le vent, Carter revit en frissonnant le cercle de grossiers monolithes et de bâti-

ments trapus et sans fenêtres qui, il le savait,
abritaient cet effrayant blasphème masqué de soie
des pattes duquel il avait eu tant de peine à
s'échapper. Cette fois on ne descendit pas quand
l'armée, minuscule chauve-souris dans les hauteurs
du ciel, survola le paysage stérile où s'allumaient
les faibles feux des ignobles villages de pierre; on
ne s'arrêta pas non plus pour regarder les contor-
sions morbides de ces créatures presque humaines
nanties de cornes et de sabots qui soufflent dans
leurs instruments et dansent éternellement. Ils
aperçurent une fois, un oiseau Shantak qui volait
bas au-dessus de la plaine, mais quand il les vit,
il poussa un cri affreux et s'envola vers le nord dans
un grotesque mouvement de panique.

Ils atteignirent à la brume les pics gris et déchiquetés qui forment la frontière d'Inquanok et
planèrent au-dessus des étranges cavernes qui, Carter
se le rappelait, avaient tellement effrayé les
Shantaks. Aux cris insistants des chefs des vampires sortirent de chacun de ces terriers des
troupeaux de noirs oiseaux cornus avec lesquels
conférèrent, au moyen de gestes inquiétants, les
vampires et les maigres bêtes de la nuit. Il fut
bientôt évident que la meilleure route serait celle
qui passe à travers le désert glacé qui s'étend au nord
d'Inquanok car les dernières marches nordiques de
Leng sont pleines de pièges invisibles excitant même
la répugnance des maigres bêtes de la nuit. Certaines
blanches constructions hémisphériques bâties sur
de curieux monticules y répandent d'autre part
d'insondables influences qu'une vieille sagesse

folklorique associe de façon déplaisante avec les Autres Dieux et Nyarlathotep, leur chaos rampant.

Les habitants des pics ne savaient à peu près rien de Kadath, si ce n'est que devait se dresser vers le nord une grande merveille que gardent les Shantaks et les montagnes sculptées. Ils firent allusion aux bruits qui couraient au sujet des anormales proportions de ces distances sans limites qui s'étendent là-bas et rappelèrent les vagues rumeurs qui rapportent l'existence d'un royaume où la nuit règne éternellement, mais ils ne pouvaient donner aucune précision. Carter et son armée les remercièrent courtoisement et, franchissant les hauts sommets granitiques qui s'élèvent aux frontières d'Inquanok, ils descendirent au-dessous des phosphorescents nuages de la nuit et aperçurent dans le lointain ces terribles gargouilles accroupies qui furent des montagnes avant qu'une main titanesque ne sculptât l'épouvante dans leur roc vierge.

Elles étaient accroupies, là, en un demi-cercle infernal, leurs jambes reposant sur le sable du désert et leurs mitres perçant les lumineux nuages: sinistres, ressemblant à des loups, leurs doubles têtes avaient des visages chargés de fureur tandis que leurs mains droites se levaient méchamment vers l'univers des hommes, elles surveillaient les frontières de ce monde nordique et glacé qui n'est pas un monde humain. De leurs girons s'élancèrent, lourds comme des éléphants, les Shantaks diaboliques mais ils s'enfuirent tous en poussant des ricanements insensés dès qu'ils aperçurent dans le ciel brumeux l'avant-garde des maigres bêtes de la nuit. L'armée survolant les montagnes-gar-gouilles continua vers le nord par-dessus des lieues et des lieues de désert obscur où jamais ne se dressait une borne. Les nuages devinrent de moins en moins lumineux et, à la longue, Carter fut plongé dans une obscurité complète, mais les coursiers ailés avançaient sans faillir car ils étaient nés dans les abîmes les plus ténébreux de la terre et semblaient voir non seulement avec leurs yeux mais avec toute la surface humide de leurs corps glissants. Ils volaient toujours plus avant, par-delà les vents chargés d'odeurs incertaines et les bruits suspects, toujours plus avant dans l'obscurité de plus en plus épaisse, couvrant de si prodigieuses distances que Carter se demandait s'ils se trouvaient encore à l'intérieur du monde terrestre du rêve.

Soudain, les nuages s'éclaircirent et, spectrales, les étoiles rayonnèrent. Tout, en bas, était encore sombre, mais les blêmes signaux du ciel semblaient animés d'une signification que jamais ailleurs ils n'avaient possédée. Ce n'était pas que la disposition des constellations fût différente, mais ces positions familières révélaient maintenant une signification qu'autrefois elles n'avaient pas réussi à rendre claire. Tout convergeait vers le nord; chaque courbe et chaque astérisme du ciel étincelant devenait une partie d'un immense dessin qui avait pour fonction d'obliger l'œil, puis l'observateur lui-même, à se diriger vers quelque terrible but secret de conver-gence qui se trouvait au-delà de l'immensité glacée étendue sans fin devant eux.

Carter se tourna vers l'est pour voir si demeurait

visible l'énorme barrière de pics montagneux qui avait hanté tout son voyage à travers le pays d'Inquanok et il aperçut contre les étoiles une silhouette décharnée qui témoignait encore de la présence de ces montagnes. Elles paraissaient maintenant beaucoup plus déchiquetées, trouées de crevasses béantes et surmontées de pics fantastiquement erratiques; Carter étudia attentivement les courbes et les inclinaisons suggestives de leurs grotesques silhouettes et celles-ci lui semblèrent partager avec les étoiles le mystérieux magnétisme qui les orientait vers le nord.

L'armée volait à folle vitesse, aussi Carter dut-il faire un violent effort d'attention pour saisir les détails. Ils distingua, tout à coup, juste au-dessus de la ligne des sommets les plus élevés un objet noir qui se mouvait contre les étoiles et dont la course était exactement parallèle à celle de sa bizarre armée. Les vampires avaient eux aussi aperçu cet objet car il les entendit en parler. Un moment il imagina qu'il s'agissait d'un Shantak gigantesque, d'une taille infiniment supérieure à celle de la moyenne de l'espèce. Il vit bientôt, cependant, que cette pensée n'était pas juste, la forme de la bête en question, se détachant au-dessus des montagnes, s'avérait n'être pas celle de l'un de ces oiseaux à tête de cheval. Sa silhouette, vue contre les étoiles de façon forcément assez vague, ressemblait à quelque énorme tête coiffée d'une mitre ou plutôt à une paire de têtes infiniment amplifiées; quant à son vol sautillant et rapide à travers les airs, on aurait dit qu'il se faisait sans l'aide d'aucune aile.

Carter n'aurait su dire de quel côté de la montagne se trouvait cette bête, mais il constata bientôt qu'au-dessous de ce qu'il en avait jusqu'alors aperçu, elle avait d'autres membres qui dissimulaient les étoiles lorsqu'elle passait devant les cols qui crevaient profondément la montagne.

Vint alors, dans la chaîne des pics, une large brèche à travers laquelle les marches de l'horrible Leng rejoignaient l'immensité glacée. Les étoiles y brillaient d'une clarté blême. Carter observa attentivement cette trouée, sachant qu'elle lui permettrait de voir en silhouette contre le ciel, l'ensemble du corps de cet animal dont il avait aperçu, au-dessus des pics, le vol ondulant. L'objet s'était maintenant quelque peu avancé et tous les yeux de l'armée étaient fixés sur l'immense val où allait apparaître, à contre ciel, toute l'énorme silhouette. Lentement, la gigantesque bête, visible au-dessus des pics, s'approcha de la trouée en ralentissant son allure comme si elle avait conscience d'avoir distancé l'armée des vampires. Pendant une minute l'attente et l'angoisse s'intensifièrent, puis vint le bref instant où toute la silhouette se dessina, révélant sa taille qui fit naître sur les lèvres des vampires une moue de crainte respectueuse en même temps qu'un cri d'effroi à demi-étouffé et, dans l'âme du voyageur, un frisson que jamais encore il n'avait vraiment ressenti. La colossale forme qui se ballotait par-dessus la crête des pics n'était qu'une tête — une double tête mitrée — au-dessous de laquelle avançait par bonds sur le désert glacé, le corps énorme et effrayant qui la portait.

DÉMONS ET MERVEILLES

Ce monstre aussi grand qu'une montagne, marchait furtivement et silencieusement; cette bête, vaguement semblable à une hyène qui aurait été la parente d'un gigantesque anthropoïde, trottait obscurément à contre-ciel, dressant sa répugnante paire de têtes aux coiffes coniques à mi-hauteur du Zénith.

Carter, parce qu'il était un vieux rêveur, ne perdit pas conscience, il ne hurla pas non plus mais il regarda derrière lui avec horreur et frémit lorsqu'il s'aperçut que d'autres têtes monstrueuses se découpaient au-dessus du niveau des pics montagneux, bondissant furtivement à la suite de la première. Au sud, pleinement visibles, à contre-ciel, sur les étoiles, trois formes aussi puissantes que des montagnes marchaient comme des loups, leurs hautes mitres s'inclinant dans les airs à un millier de pieds.

Les montagnes sculptées, leur main droite levée, n'étaient pas demeurées accroupies en demi-cercle au nord d'Inquanok. Elles avaient une mission à remplir et ne la négligeaient pas, mais il était horrible qu'elles ne parlassent jamais et que jamais elles ne fissent de bruit en marchant.

Sur ces entrefaites le vampire Pickman donna un ordre aux maigres bêtes de la nuit et l'armée tout entière s'éleva plus haut dans les airs. La grotesque colonne monta vers les étoiles jusqu'à ce que plus rien à l'horizon ne se dressât contre le ciel, ni la grise barrière granitique, ni les montagnes sculptées et coiffées de mitres qui s'avançaient. Tout n'était que ténèbres au-dessous de la légion qui filait vers le nord parmi les vents violents et les rires invisibles éclatés dans l'éther; jamais un Shantak ni une entité encore moins catalogable ne s'éleva des espaces hantés pour les poursuivre. Plus ils avançaient, plus augmentait la vitesse de leur vol, en sorte que bientôt leur allure vertigineuse sembla dépasser celle d'une balle de fusil et approcher de celle d'une planète dans son orbite. Carter se demandait comment, vu leur vitesse, la terre pouvait encore s'étendre au-dessous d'eux, mais il savait que dans le monde du rêve les dimensions ont d'étranges propriétés. Qu'ils se trouvassent dans le royaume de la nuit éternelle, il en était certain et il imagina que les constellations avaient secrètement accentué vers le nord leur convergence, se rassemblant ainsi pour jeter l'armée volante dans le vide du pôle boréal de même qu'on rassemble les plis d'un sac pour y enfermer jusqu'au dernier morceau de marchandise.

Il remarqua avec terreur que les ailes des maigres bêtes de la nuit ne battaient absolument plus. Les montures cornues et sans visage avaient rassemblé leurs appendices membraneux et s'abandonnaient tout à fait passivement au chaos de ce vent qui tourbillonnait et semblait rire tout bas en les emportant. Une force qui ne venait pas de la terre avait saisi l'armée et vampires et maigres bêtes de la nuit étaient sans pouvoirs devant cette force qui les poussait aveuglément et sans répit vers ce nord d'où jamais aucun mortel n'était revenu. A la fin apparut à l'horizon une lumière blême et solitaire qui s'élevait au fur et à mesure qu'ils en appro-

chaient et qui avait au-dessous d'elle une masse
noire qui effaçait les étoiles. Carter comprit que
ce devait être une sorte de phare allumé sur une
montagne, car seule une montagne pouvait s'élever
dans les airs à une aussi prodigieuse hauteur.

Toujours plus haut, s'élevait la lumière et les
ténèbres qui la portaient, et la moitié du ciel nordique était obscurci par la masse conique et
déchiquetée. Malgré que l'armée volât à très haute
altitude, la lumière blême et sinistre de ce phare
brillait au-dessus d'elle, dépassant monstrueuse-
ment tous les pics les plus élevés de la terre et
plongeant dans l'éther sans atomes où gravitent la
lune noire et les sombres planètes. Cette montagne
qui se dessinait devant eux n'était pas connue des
hommes. Les plus hauts nuages très loin au-dessous
n'étaient qu'une vague frange flottant au ras des
premiers contreforts. L'air étourdissant qui règne
sur les plus hauts sommets de la terre se serait à
peine tenu à mi-hauteur de cette montagne. Ce pont
jeté entre la terre et le ciel s'élevait dédaigneux et
spectral, noir dans la nuit éternelle et couronné
d'un diadème d'étoiles inconnues dont les contours
imposants et significatifs devenaient à chaque
instant plus clairs. Les vampires hurlèrent d'émerveillement en les apercevant et Carter frémit de peur
à la pensée que toute l'armée allait être réduite en
miettes contre le dur onyx de cette montagne cyclopéenne.

Toujours plus haut s'élevait la lumière et se
mêlant aux orbes du Zénith elle clignotait avec une
lugubre ironie vers les troupes en vol. Le nord tout

entier n'était maintenant au-dessous d'elle que ténèbres épouvantables, ténèbres pleines de rocs, ténèbres montant d'infinies profondeurs jusqu'à d'infinies hauteurs. Au sommet de toute cette vision il n'y avait que ce pâle phare clignotant et inaccessible. Carter en étudia la lumière plus attentivement et discerna à la fin quelles étaient les lignes que dessinaient, à contre-ciel sur les étoiles, son arrière-plan d'un noir d'encre. Il y avait des tours sur ce titanesque sommet, d'horribles tours couvertes de dômes et comptant d'innombrables étages. Elles étaient groupées selon une architecture dont l'habileté dépassait tout ce que les hommes peuvent concevoir même au monde du rêve; bâtiments et terrasses pleins à la fois de merveilleux et de menace, minuscules et noirs, se détachaient au loin contre le diadème stellaire qui brillait avec malveillance à l'extrême limite de la vue. Couronnant cette montange démesurée il y avait un château dépassant toute imagination mortelle et à l'intérieur de ce château luisait la lumière du démon. Randolph Carter comprit alors que sa quête était terminée et qu'il apercevait au-dessus de lui le but de tous les voyages interdits et de toutes les visions audacieuses: le siège incroyable et fabuleux des Grands Anciens au-dessus de Kadath la cité inconnue.

En même temps qu'il comprenait cela, Carter remarqua un changement dans la direction du courant suivi par l'armée irrémédiablement prisonnière du vent. Maintenant elle montait abruptement dans les airs et il était évident que le point de convergence de cet envol était le château d'onyx où brillait la blême lumière. La grande montagne noire était si proche qu'ils en frôlaient les flancs à une vitesse vertigineuse, mais sur ceux-ci ils ne purent, dans l'obscurité, rien distinguer. Les tours ténébreuses du château de nuit se dessinaient de plus en plus vastes au-dessus d'eux et Carter put constater que son immensité touchait presque au blasphème.

D'innombrables travailleurs pouvaient fort bien avoir extrait les blocs de ces maçonneries de l'horrible gouffre ouvert dans le roc de la montagne, au nord d'Inquanok et telle était leur taille, qu'un homme à côté d'eux avait l'air d'être au pied de l'une des plus hautes forteresses terrestres. Le diadème d'étoiles inconnues brillait au-dessus des myriades de tourelles et de dômes d'une lumière blafarde et morbide qui faisait planer une sorte de crépuscule sur les murailles d'onyx poli. La pâle lueur du phare se révélait, maintenant, n'être qu'une fenêtre brillante, allumée vers le sommet de l'une des plus hautes tours. Lorsque l'armée, prisonnière du courant qui la portait, approcha du sommet de la montagne, Carter pensa qu'il avait discerné de déplaisantes ombres en train de traverser lentement l'espace faiblement éclairé. La fenêtre était étrangement voûtée et sa forme n'avait absolument rien de terrestre.

Le roc massif avait à présent cédé la place aux gigantesques fondations du château monstrueux et il semblait que la vitesse de l'armée se fût quelque peu ralentie. De hauts murs jaillirent et, en un clin d'œil, l'armée se vit précipitée sous la voûte d'une grande porte. Tout était nuit dans la titanesque cour d'entrée, puis vinrent les ténèbres profondes des couloirs intérieurs qui aspirèrent la colonne par un énorme portail voûté. Des tourbillons de vent froid chargés d'humidité emplissaient les obscurs labyrinthes d'onyx et Carter jamais ne put deviner quels corridors et quels escaliers cyclopéens s'ouvraient silencieux, sur le chemin de leur vol sans fin tourbillonnant. Toujours plus haut les jetait leur terrible plongeon ténébreux et jamais ni son ni contact, ni vision ne déchirèrent le voile dense du mystère. Quoique nombreuse, l'armée des vampires et des maigres bêtes de la nuit se perdait dans les volumes prodigieux de ce château supra-terrestre. Quand, à la fin, brusquement blanchit autour de lui la lumière blafarde venue de cette tour dont la haute fenêtre avait servi de phare, Carter fut long à deviner le plafond et les murs élevés et lointains et à comprendre qu'en vérité il n'était pas encore revenu à l'air libre.

Randolph Carter avait espéré faire avec fierté et dignité son entrée dans la salle du trône des Grands Anciens ; il avait espéré faire son entrée, solennellement escorté d'impressionnantes rangées de vampires et adresser ses prières en seigneur du monde des rêves. Il savait que l'on peut traiter avec les Grands Anciens eux-mêmes car leur pouvoir ne s'élève pas au-dessus du monde des mortels et il avait espéré que les Autres Dieux et Nyarlathotep, leur chaos rampant, n'interviendraient pas au moment crucial comme tant de fois auparavant quand des hommes avaient tenté d'atteindre les dieux de la terre dans leur demeure ou sur leurs montagnes. Il avait même, avec son hideuse escorte, espéré, si besoin était, pouvoir défier les Autres Dieux sachant que les vampires n'ont pas de maîtres et que les maigres bêtes de la nuit n'ont pas pour seigneur Nyarlathotep mais l'immémorial Nodens. Il avait maintenant la certitude que l'extraordinaire Kadath au sein de son immensité glacée est gardée par de sombres merveilles et d'innombrables sentinelles et que les Autres Dieux surveillent attentivement les débonnaires dieux de la terre. Bien que n'ayant aucune autorité sur les vampires et les maigres bêtes de la nuit, les horreurs sans forme et sans esprit de l'espace extérieur ont cependant prise sur eux quand il le faut, aussi ce ne fut pas en grand seigneur du monde des rêves que Randolph Carter, accompagné de ses vampires, fit son entrée dans la salle du trône des Grands Anciens. Balayée pêle-mêle par une tempête de cauchemar soufflant des étoiles, prisonnière des horreurs invisibles qui peuplent la vastitude nordique, toute cette armée vola, irrémédiablement captive dans la lumière blafarde, et tomba, engourdie, sur le parquet d'onyx lorsqu'un ordre inaudible fit cesser ce vent de frayeur.

Ce ne fut pas devant une estrade dorée qu'arriva Randolph Carter et il n'y eut aucun cercle solennel d'êtres couronnés d'un halo, d'êtres aux yeux bridés, aux oreilles aux lobes allongés, au nez mince et au menton pointu que leur parenté avec la face sculptée sur le Ngranek aurait pu désigner comme étant ceux auxquels doit s'adresser la prière d'un rêveur. Excepté la fenêtre au sommet de la tour, le château d'onyx qui dominait Kadath était sombre et ses maîtres en étaient absents. Carter avait atteint, dans l'immensité froide, Kadath, la cité inconnue mais n'y avait pas trouvé les dieux. Pourtant au sommet de la tour, la lumière blafarde luisait encore dans cette pièce dont les dimensions n'étaient que bien peu inférieures à celles des autres volumes, et la vastitude rendait presque invisibles les murs et le plafond aux courbes tortueuses. Effectivement les dieux de la terre étaient absents mais il y avait certainement d'autres présences plus mystérieuses et moins apparentes. Là où les dieux débonnaires sont absents, les Autres Dieux ne manquent pas d'être représentés et sans aucun doute le divin château d'onyx était loin d'être inhabité. Carter ne pouvait vraiment pas imaginer sous quelle forme, sous quels visages saisissants, allait maintenant se manifester la terreur. Il comprenait qu'on avait attendu sa visite et se demandait quelle avait été la rigueur de la surveillance exercée sur lui par Nyarlathotep, le chaos rampant. C'est Nyarlathotep, horreur des formes infinies, âme damnée et messager des Autres Dieux que servent les visqueuses bêtes lunaires. Carter se souvint alors de la galère noire qui s'était enfuie, quand, sur le roc décharné qui se dresse dans la mer, le sort du combat avait tourné contre les monstruosités aux formes de crapauds.

En pensant à cela, Carter tituba au milieu de son escorte de cauchemar, quand retentit subitement dans l'immensité de cette salle faiblement éclairée, l'horrible sonnerie d'une trompette démoniaque. Par trois fois éclata l'horrible cri d'airain et quand, dans une sorte de ricanement, se furent évanouis les échos du dernier cri, Randolph Carter s'aperçut qu'il était seul. Pourquoi et comment les vampires et les maigres bêtes de la nuit avaient-ils été ravis à sa vue? Ce n'était pas à lui de le deviner. Tout ce qu'il savait c'est que présentement, il se retrouvait seul et que quelles que fussent les puissances invisibles qui sournoisement se cachaient autour de lui, elles n'appartenaient pas au monde bien connu des rêves de la terre. Une nouvelle sonnerie retentit à l'extrémité de la pièce. C'était un coup de trompette se modulant sur un rythme précis mais très éloigné des trois rauques sonneries qui avaient dispersé son impétueuse cohorte. Dans cette sourde fanfare résonnait l'écho de toute la merveille et de toute la mélodie des rêves éthérés, car des visions exotiques, d'une beauté inimaginable jaillissaient de chaque étrange accord et de chaque mystérieuse cadence. Des odeurs d'encens vinrent se marier aux notes dorées et une grande lumière se leva dont la couleur changeante obéissait à des cycles inconnus du spectre terrestre et suivait, en occultes harmonies symphoniques, le rythme des trompettes. Des torches étincelèrent au loin et le roulement d'un tambour vibra tout près, au cœur d'une attente frémissante.

Des nuages d'encens et des brumes qui se levaient sortirent deux colonnes d'esclaves noirs et gigantesques vêtus de longs pagnes de soie iridescente.

Sur leur tête étaient fixées de grandes torches de métal luisant ressemblant à des casques. Ces torches répandaient en fumeuses spirales le parfum de baumes secrets. Dans leur main droite, ils tenaient des baguettes de cristal dont les extrémités étaient sculptées en forme de chimères, tandis que leur main gauche serrait de longues et minces trompettes d'argent dans lesquelles, chacun à leur tour, ils soufflaient.

Aux poignets et aux chevilles ils portaient des bracelets d'or et ils étaient entravés d'une chaîne d'or qui les obligeait à une démarche mesurée. Il était immédiatement évident qu'ils étaient de vrais nègres originaires du monde terrestre des rêves, mais il était moins certain que leurs rites et leurs costumes fussent vraiment terrestres. Les colonnes s'arrêtèrent à dix pieds de Carter en même temps que chacun des hommes portait sa trompette à ses minces lèvres. Sauvage et extatique fut la sonnerie qui suivit et plus sauvage encore le cri qui juste après jaillit des sombres gorges, cri dont la stridence semblait naître d'un étrange artifice.

Entre les deux colonnes séparées par un large espace, surgit alors une silhouette solitaire, une grande silhouette élancée ayant ce jeune visage propre aux antiques pharaons et portant des robes prismatiques et un diadème d'or qui semblait luire comme d'une lumière intérieure. Cette royale silhouette s'approcha rapidement de Carter. Sa démarche orgueilleuse et ses traits élégants avaient la fascination d'un dieu sombre et d'un archange déchu, et ses paupières semblaient cacher les pétillements d'une humeur capricieuse. Cette silhouette parla et dans sa voix grave passait la sauvage musique des courants du Léthé.

« Randolph Carter, dit la voix, vous êtes venu chez les Grands Anciens alors que la loi interdit aux hommes de les voir. Ces gardiens l'ont rapporté aux Autres Dieux, tandis qu'ils grondaient et se bousculaient absurdement au son de minces flûtes dans le vide ultime et noir où règne le sultan démoniaque dont, à voix haute, aucune lèvre n'ose prononcer le nom.

« Quand Barzaï le Sage escalada Hatheg-Kla pour voir les Grands Anciens danser et hurler au clair de lune au-dessus des nuages, il n'en revint jamais. Les Autres Dieux étaient là et ils firent ce qui était prévu. Zenig d'Aphorat chercha à atteindre Kadath, la cité inconnue de l'immensité froide et son crâne orne maintenant l'anneau passé au petit doigt de celui dont je n'ai pas besoin de dire le nom. Vous, au contraire, Randolph Carter, vous avez bravé tous les dangers du monde terrestre des rêves et vous brûlez encore de la flamme de la quête: Vous ne veniez pas en curieux, mais comme celui qui vient chercher son dû et vous n'avez jamais manqué de respect envers les dieux débonnaires de la terre. Ces dieux vous ont pourtant interdit la merveilleuse cité du soleil couchant de vos rêves et ils ne l'ont fait qu'à cause de leur propre petite convoitise car, en vérité, ils désiraient ardemment posséder la douceur magique de ce que votre imagination avait façonné et ils avaient juré que, dès lors, aucun autre lieu ne serait leur demeure.

« Ils ont quitté leur château qui dominait Kadath, la cité inconnue, pour aller habiter dans votre merveilleuse cité. Tout au long du jour ils s'amusent dans ses palais de marbre et quand se couche le soleil, ils sortent dans les jardins parfumés pour contempler la gloire du couchant sur les temples et les colonnades, les ponts voûtés et les bassins d'argent des fontaines, les rues larges bordées d'urnes pleines de fleurs et de rangées brillantes de statues d'ivoire. Quand la nuit vient ils grimpent dans la rosée sur les hautes terrasses et s'assoient sur des bancs de porphyre sculpté pour scruter les étoiles, ou s'appuient sur les pâles balustrades pour regarder, au Nord, la ville et les pentes abruptes où, une à une, dans les vieux pignons pointus, s'allument doucement les calmes lumières jaunes des petites fenêtres.

« Les dieux aiment votre merveilleuse cité et se sont écartés des voies des dieux. Ils ont oublié les hauts lieux de la terre et les montagnes que connut leur jeunesse. La terre n'a plus aucun dieu qui soit vraiment un dieu et seuls les Autres Dieux de l'espace extérieur ont une influence sur Kadath oubliée. Les Grands Anciens étourdis jouent, très loin, dans une vallée appartenant à votre propre enfance. Vous avez trop bien rêvé, ô sage archi-rêveur, car les dieux du rêve, vous les avez enlevés au monde de toutes les visions des hommes pour les amener dans celui qui est entièrement vôtre et vous avez bâti, à partir des petites rêveries de votre enfance, une cité plus belle que tous les fantômes qui ont existé auparavant.

« Il n'est pas bon que les dieux de la terre aban-
donnent leurs trônes à l'araignée pour qu'elle y tisse
sa toile et leurs royaumes aux Autres Dieux pour
qu'ils les gouvernent à leur sombre manière. A vous,
Randolph Carter, qui les avez dérangées, les
puissances du dehors enverraient volontiers l'horreur et le chaos si elles ne savaient que vous seul
pouvez renvoyer les dieux à leur monde. Aucune
puissance des ultimes ténèbres ne peut s'aventurer
dans ce monde du rêve à demi éveillé qui est le
vôtre, vous seul, avec diplomatie, pouvez chasser
de votre merveilleuse cité du soleil couchant les
Grands Anciens égoïstes et les renvoyer à travers le
crépuscule nordique vers. cette demeure qui les
attend dans l'immensité froide au sommet de Kadath
la cité inconnue.

« Aussi, Randolph Carter, je vous épargne, au
nom des Autres Dieux et vous condamne à me servir.
Je vous condamne à rechercher cette cité du soleil
couchant qui est vôtre et à en chasser les dieux
somnolents et paresseux qu'attend le monde du rêve.
Cette fanfare de trompettes célestes, cet éblouissement de symboles immortels, ce mystère dont la
situation et la signification vous ont hanté à travers
les espaces de la veille et les gouffres du rêve et vous
ont tourmenté du rappel des souvenirs perdus et de
la douleur des choses disparues ne sont pas difficiles à trouver. Les reliques et les symboles de vos
jours de visions merveilleuses ne sont pas difficiles
à retrouver, car en vérité ils ne sont que la gemme
éternellement fixe où toute merveille étincelle,
cristallisée, pour éclairer votre sentier du soir.

Contemplez! ce n'est pas au-delà de mers ignorées mais dans votre passé bien connu que vous devez poursuivre votre quête; dans un retour aux étranges illuminations de l'enfance et aux visions inondées de soleil et de magie que les vieux paysages apportaient à de jeunes yeux grands ouverts.

« Sachez que votre merveilleuse cité d'or et de marbre n'est que la somme de ce que vous avez vu et aimé dans votre jeunesse. C'est à flanc de coteau, la gloire des toits de Boston et des fenêtres orientées à l'ouest enflammées par le soleil couchant; de Common parfumée par les fleurs et du grand dôme sur la colline et de l'enchevêtrement des pignons et des cheminées dans la vallée violette où coule paresseusement le Charles enjambé par de nombreux ponts. Vous avez vu ces lieux, Randolph Carter quand, pour la première fois, votre nourrice vous sortit au printemps dans votre poussette et ce seront les derniers lieux que vous verrez avec les yeux de la mémoire et de l'amour. Il y a l'antique Salem chargée d'années et la spectrale Marblehead étalant ses abîmes rocheux dans les siècles passés et la gloire des tours et des spires de Salem aperçues au loin depuis les pâturages de Marblehead et par-dessus le port se détachant sur le soleil couchant.

« Il y a Providence, curieuse et majestueuse, sur ses sept collines au-dessus du port bleu. Providence avec ses terrasses de gazon s'élevant jusqu'aux clochers et jusqu'aux citadelles d'une antiquité toujours vivante et Newport grimpant comme un appontement à partir de son brise-lames de rêve.

DÉMONS ET MERVEILLES

Là se dresse Arkham avec ses toits moussus et branlants, avec ses prairies ondulantes et rocheuses; et l'antédiluvienne Kingsport blanchie par les âges, avec ses cheminées serrées, ses quais déserts, ses pignons en surplomb, la merveille de ses hautes falaises et l'océan couvert de brume laiteuse où tintent des bouées.

« Vallons frais à Concord, ruelles pavées à Portsmouth, courbes crépusculaires des routes rustiques dans le New Hampshire où des ormes géants cachent à demi les murs blancs et les spirales délabrées de puits de ferme. Les entrepôts de sel à Gloucester et les saules agités par le vent à Truro. Les aperçus d'une lointaine ville en pente et de collines situées au-delà des collines le long du Rivage du Nord révèlent le silence de versants rocailleux et de cottages couverts de lierre bâtis à l'abri des murs naturels dans l'arrière-pays du Rhode Island. L'odeur de la mer et les senteurs des champs, le parfum des forêts sombres et la gaîté des jardins et des vergers à l'aube. Tout cela, Randolph Carter, constitue votre cité car c'est l'essentiel de vous-même. La Nouvelle-Angleterre vous a porté et a versé dans votre âme un charme impérissable. Cette beauté façonnée, cristallisée, polie par des années de souvenir et de rêve est l'essence même de la vision des merveilleuses terrasses baignées par d'insaisissables couchants. Pour découvrir ce parapet de marbre aux urnes curieuses et aux rampes sculptées et pour descendre enfin les marches bordées de balustrades qui conduisent à la cité des grandes places et des fontaines prismatiques, il vous suffit de retrouver les pensées et les visions de votre jeunesse assoiffée de rêves.

« Regardez ! A travers cette fenêtre brillent les étoiles de la nuit éternelle. Elles scintillent encore maintenant au-dessus de ces paysages que vous avez connus et aimés, elles boivent leur charme pour briller plus belles que jamais sur les jardins du rêve. C'est là que se trouve Antarès, il clignote en ce moment sur les toits de Tremont Street, et vous pourriez le voir de votre fenêtre de Beacon Hill. Par-delà ces étoiles s'ouvrent les gouffres d'où m'ont envoyé mes maîtres absurdes. Vous pourrez aussi les traverser un jour, mais si vous êtes sage vous vous garderez de commettre une telle folie, car parmi les mortels qui, aller et retour, ont fait ce voyage, un seul est revenu sans voir son esprit marqué par les horreurs écrasantes et saisissantes du vide. Les terreurs et les blasphèmes se disputent l'espace et les moins puissants sont les plus opiniâtres ; vous avez dû le constater d'après la façon d'agir de ceux qui vous ont saisi pour vous livrer à moi, alors que moi-même je n'avais aucun désir de vous condamner et vous aurais au contraire aidé depuis longtemps si je n'avais eu affaire ailleurs et si je n'avais été certain que vous trouveriez vous-même votre chemin. Fuyez donc les enfers extérieurs et fixez-vous dans les lieux calmes et tranquilles de votre jeunesse. Continuez votre quête de la cité merveilleuse et chassez-en les Grands Anciens paresseux pour les renvoyer avec diplomatie à ces paysages qui furent les témoins de leur propre jeunesse et qui attendent impatiemment leur retour.

« Plus facile que celui de la mémoire incertaine est le chemin que je vous préparerai. Regardez ! voici venir un monstrueux Shantak conduit par un esclave qui a été rendu invisible pour la paix de votre âme. Montez ce Shantak et soyez prêt. — Bon ! Yogash le noir vous aidera à vous maintenir sur l'horrible bête squameuse. Dirigez-vous vers cette étoile très brillante que vous voyez juste au-dessus du zénith — c'est Véga — et dans deux heures vous survolerez la terrasse de votre cité du soleil couchant. Allez dans la direction de cette étoile jusqu'à ce que vous entendiez un chant lointain dans l'éther, au-delà se cache la folie, aussi stoppez votre Shantak dès que vous entendrez la première note de ce chant fascinant. Retournez-vous alors vers la terre et vous verrez briller sur le toit sacré du temple les flammes immortelles de l'autel d'Ired-Naa. Ce temple se dresse dans votre cité du soleil couchant, aussi dirigez-vous vers lui avant de vous laisser séduire par le chant et de vous perdre.

« Quand vous parviendrez près de la cité, mettez-vous à la recherche du haut parapet d'où, autrefois, vous examiniez la splendeur du couchant et aiguillonnez le Shantak jusqu'à ce qu'il hurle. Son cri, les Grands Anciens assis sur leurs terrasses parfumées l'entendront et le comprendront et ils seront envahis par un tel mal du pays que toutes les merveilles de votre cité ne les consoleront pas de la pente de l'austère château de Kadath et du diadème d'étoiles éternelles qui le couronne.

« Vous devrez alors atterrir avec le Shantak au milieu d'eux et leur laisser toucher l'oiseau puant à tête de cheval, en leur parlant de Kadath, la cité inconnue, que vous aurez quittée si peu de temps auparavant en leur expliquant combien sont à la fois sombres et belles ses immenses salles où ils avaient autrefois coutumes de s'ébattre et de se divertir avec surnaturel. Le Shantak leur parlera à la façon des Shantaks mais il n'aura d'autre moyen de persuasion que le rappel des jours anciens.

« Parlez inlassablement aux Grands Anciens émerveillés de leur demeure et de leur jeunesse jusqu'à ce qu'enfin ils se mettent à pleurer et vous demandent de leur indiquer le chemin du retour qu'ils ont oublié. Vous pourrez alors vous séparer du Shantak et le lancer dans le ciel en poussant le cri d'appel de sa race ; les Grands Anciens, en entendant ce cri s'élanceront, pleins d'une ancienne joie, à la suite de l'ignoble oiseau, à travers les gouffres profonds de l'espace vers les tours et les dômes familiers de Kadath.

« La merveilleuse cité du soleil couchant sera, alors, à jamais vôtre pour que vous l'entreteniez et l'habitiez pour toujours. Une fois de plus, les dieux de la terre régiront les rêves des hommes depuis leur siège habituel. Partez maintenant — la fenêtre est ouverte et les étoiles vous attendent dehors. Déjà votre Shantak souffle et ricane d'impatience. Dirigez-vous dans la nuit vers Véga, mais retournez-vous dès que vous entendrez le chant fascinant et trompeur. N'oubliez pas cette recommandation de peur que des horreurs indicibles ne vous attirent dans des gouffres de folie terrifiante.

Souvenez-vous des Autres Dieux qui sont grands, absurdes et inexorables et qui se cachent dans les vides extérieurs. Ce sont vraiment des dieux à éviter.

« *Hei! Aa-Shanta'nygh!* Vous êtes libre! Renvoyez les dieux de la terre à leur demeure au-dessus de Kadath, la cité inconnue, et priez l'espace de ne jamais me rencontrer sous l'une de mes mille autres formes. Adieu, Randolph Carter, et prenez garde, car *je suis Nyarlathotep, le chaos Rampant!* ».

Monté sur son hideux Shantak, Randolph Carter, haletant et suffoquant, s'envola en hurlant dans l'espace, vers la froide lumière bleue de Véga, l'étoile boréale. Il se retourna une fois pour regarder la masse et le chaos des tourelles de ce cauchemar d'onyx au sein duquel brillait encore la solitaire et blême lueur de cette fenêtre ouverte bien plus haut que l'air et que les nuages du monde terrestre des rêves. De grandes horreurs aux formes de polypes glissaient hors d'atteinte dans le noir et d'invisibles chauves-souris battaient, nombreuses, autour de lui mais il se cramponnait à l'anormale crinière du répugnant oiseau à tête de cheval. Les étoiles dansaient ironiquement et de temps en temps, semblaient presque se changer en pâles signes du destin, signes dont il aurait pu s'étonner si jamais auparavant il ne les avait vus et craints tandis que, éternels, les vents inférieurs hurlaient dans les vagues ténèbres et la solitude qui s'étend au-delà du cosmos.

Il y eut soudain dans la voûte scintillante un silence avertisseur et tous les vents et toutes les

horreurs s'enfuirent avant l'aube. Par vagues tremblantes apparurent comme jetées par poignées,
des nébuleuses dorées nimbées d'une lueur magique
et alors s'éleva la timide impression d'une très
lointaine mélodie, dont les faibles accords bour-
donnants étaient absolument étrangers à notre
propre univers stellaire. Cette musique devenant
plus audible, le Shantak dressa les oreilles et
plongea en avant tandis que Carter se concentrait
pour saisir chacun des accords merveilleux. C'était
un chant, mais un chant qui ne jaillissait d'aucune
bouche. C'était le chant de la nuit et des sphères,
un chant qui était déjà ancien quand l'espace,
Nyarlathotep et les Autres Dieux furent créés.

Le Shantak vola plus vite et son cavalier se
concentra plus profondément, enivré par la merveille jaillie des gouffres étranges tourbillonnant
dans les spires de cristal du monde extérieur et
magique. Carter se souvint alors, mais trop tard, de
l'avertissement du démon, de la sardonique mise
en garde du légat diabolique qui lui avait recommandé de se méfier de la folie de ce chant. Ce
n'était que pour se moquer que Nyarlathotep avait
indiqué le chemin du salut et de la merveilleuse
cité; ce n'était que pour railler que le noir
messager avait révélé le secret de ces dieux paresseux
qu'il pourrait facilement ramener chez eux quand il
le voudrait. Les seuls dons que Nyarlathotep ait
faits au présomptueux étaient la folie et la sauvage
vengeance du vide. Carter essaya frénétiquement
de faire tourner sa répugnante monture mais le
Shantak ricanant précipita sa course impétueuse

et, battant de ses grandes ailes glissantes avec une joie maligne, se dirigea tout droit vers ces gouffres interdits qu'aucun rêve n'a jamais atteint, vers cet ultime abîme d'Azathoth, le sultan des démons, dont aucune lèvre n'ose prononcer le nom à voix haute.

Obéissant et fermement soumis aux ordres du légat des autres Dieux, cet infernal oiseau plongea toujours plus avant parmi la multitude des bêtes de proie et des bêtes informes qui se cachent dans les ténèbres et le vide troupeau de ces entités qui vont à la dérive et sans cesse tâtonnent et griffent, ignobles larves des Autres Dieux qui, comme eux, sont aveugles et dénuées d'esprit bien qu'elles soient possédées de faim et de soifs singulières.

Ferme et inflexible, ricanant gaiement au même rythme que le chant de la nuit et des sphères qui s'était à présent transformé en rires hystériques, l'horrible monture écailleuse emportait toujours de l'avant son cavalier sans défense. A folle vitesse, franchissant l'extrême cercle et traversant les plus profonds abîmes, laissant derrière eux les étoiles et les royaumes de la matière, ils se précipitaient comme des météores à travers l'informe vers les cavités inconcevables et sombres qui s'ouvrent au-delà du temps et dans lesquelles se goinfre le vorace Azathoth au milieu des battements sourds et insensés d'abominables tambours et des faibles lamentations monotones d'exécrables flûtes.

En avant, toujours en avant à travers les gouffres hurlants et crépitants remplis de bêtes obscures — et soudain, Randolph Carter, le condamné fut saisi par une image et une pensée réconfortantes. Nyarlathotep avait trop bien expliqué sa moquerie et sa vengeance, il avait fait se lever le souvenir de ce qu'aucun accès de terreur ne pourrait tout à fait effacer: la Maison — la Nouvelle Angleterre, Beacon Hill — le monde de l'éveil !

« Sachez que votre merveilleuse cité d'or et de marbre n'est que la somme de ce que vous avez aimé dans votre jeunesse... à flanc de coteau la gloire des toits de Boston et des fenêtres orientées à l'ouest enflammées par le soleil couchant; de Common parfumée par des fleurs et du grand dôme sur la colline et de l'enchevêtrement des pignons et des cheminées dans la vallée violette où coule paresseusement le Charles enjambé par de nombreux ponts... Cette beauté façonnée, cristallisée, polie par des années de souvenirs et de rêves est l'essence même de la vision des merveilleuses terrasses baignées par d'insaisissables couchants. Pour découvrir ce parapet de marbre aux urnes curieuses et aux rampes sculptées et pour descendre enfin les marches bordées de balustrades qui conduisent à la cité des grandes places et des fontaines prismatiques, il vous suffit de retrouver les pensées et les visions de votre jeunesse assoiffée de rêves. »

En avant — toujours en avant — jeté vertigineusement en avant vers l'ultime sentence à travers les ténèbres où d'aveugles tentacules griffaient, où des groins visqueux s'entrechoquaient et où des bêtes innommables ricanaient, sans cesse ricanaient. Mais la pensée et l'image étaient venues et Randolph

Carter savait maintenant qu'il rêvait, qu'il ne faisait que rêver et que, quelque part dans l'arrière plan, gisaient encore le monde de l'éveil et la cité de son enfance. Le souvenir des paroles de Nyarlathotep remonta: «il vous suffit de retrouver les pensées et les visions de votre jeunesse assoiffée de rêves». Retourner, retourner! Partout les ténèbres! Mais Randolph Carter pouvait revenir en arrière.

Malgré l'épaisseur du tourbillonnant cauchemar qui emprisonnait ses sens, Randolph Carter pouvait se mouvoir et revenir. Il pouvait se mouvoir et, s'il le voulait, sauter à bas de l'infernal Shantak qui, obéissant aux ordres de Nyarlathotep, l'emportait sans défense vers sa condamnation. Il pouvait sauter et affronter ces profondeurs de nuit qui intermibablement béaient au-dessous de lui, ces profondeurs de peur dont les horreurs ne pouvaient cependant dépasser l'indicible sentence qui, en attendant, se cachait au cœur du chaos. Il pouvait se mouvoir, revenir et sauter, il le pouvait — il le voulait — il le voulait.

Prêt à tout risquer, le rêveur condamné sauta à bas de l'énorme abomination à tête de cheval et il tomba à travers le vide sans fin plein de ténèbres vivantes. Des éternités tournoyèrent, des univers moururent et renaquirent, des étoiles se transformèrent en nébuleuses, des nébuleuses en étoiles et Randolph Carter continua à tomber à travers ces vides infinis remplis de ténèbres vivantes.

Dans la marche lente et rampante de l'éternité, le dernier cycle du cosmos se barrata lui-même en un autre avatar passager et toutes choses redevinrent ce qu'elles avaient été d'incalculables Kalpas auparavant. La matière et la lumière étaient nées de nouveau tels qu'autrefois l'espace les avait connus; les comètes, les soleils et les mondes s'élancèrent flamboyants dans la vie sans que rien ne survécût pour dire qu'ils avaient existé et avaient disparu, toujours et toujours sans commencement ni fin.

Il y eut de nouveau un firmament, il y eut de nouveau le vent et l'éclat d'une lumière pourpre dans les yeux du dormeur qui continuait à tomber. Il y eut des dieux, des présences et des désirs; il y eut la beauté et la laideur, et le rire de la nuit vorace à laquelle on avait volé sa proie parce qu'au sein du cycle ultime et inconnu avaient survécu les pensées et les visions de l'enfance d'un rêveur. Maintenant, pour incarner et justifier tout cela, un monde de l'éveil et une vieille cité chérie re-existaient. S'ngac, le gaz violet, avait indiqué la route conduisant hors du vide et l'immémorial Nodens, depuis d'inimaginables profondeurs, avait soufflé ses conseils.

Les étoiles s'élevèrent à l'aube et les ombres éclatèrent dans les fontaines d'or, de carmin et de pourpre, le rêveur continuait de tomber. Des cris déchirèrent l'éther à l'instant où les premiers rayons de lumière chassaient les démons, et le vieux Nodens blanchi par les âges poussa un hurlement de triomphe quand Nyarlathotep, tout près de sa proie, s'arrêta déconcerté par un étincelant rayon qui transforma en un nuage de poussière grise ses horribles corps informes lancés à la poursuite de Carter. Ce dernier avait enfin descendu les larges

escaliers de marbre qui conduisaient à sa merveilleuse cité, car, en vérité, il était revenu dans le
beau pays de la Nouvelle-Angleterre, son pays.

Les accords vocaux des myriades de sifflements
du matin, les grands rayons éblouissants de l'aube
reflétés sur les vitres pourpres par le grand
dôme doré de State House réveillèrent brusquement
Randolph Carter qui, dans sa chambre de Boston,
sauta en criant à bas de son lit. Dans des jardins
secrets les oiseaux chantèrent et le parfum des
treilles s'éleva des tonnelles que son grand-père
avait plantées. La beauté et la lumière s'épanouirent
sur le classique manteau de la cheminée, sur la corniche sculptée et sur les murs ornés de figures
grotesques tandis qu'un chat noir et luisant, sortant
d'un sommeil d'outre-terre qu'avaient troublé le
saut et le cri de son maître, se levait en bâillant.
Une multitude d'immensités plus loin, par-delà
la Porte du Profond Sommeil, le bois enchanté, la
terre des jardins, la mer Cérénérienne et les frontières
crépusculaires d'Inquanok, Nyarlathotep, le chaos
rampant, siégeait menaçant dans le château d'onyx
qui, au sein de l'immensité froide, se dresse au-
dessus de Kadath, la cité inconnue, et invectivait
insolemment les débonnaires dieux de la terre qu'il
avait violemment arrachés à leurs divertissements
dans les palais parfumés de la merveilleuse cité du
soleil couchant.

FIN

Achevé d'imprimer en août 1985
sur les presses de l'imprimerie Bussière
à Saint-Amand (Cher)

— Nº d'édit. 1618. — Nº d'imp. 2101. —
Dépôt légal : août 1985.

Imprimé en France